河出文庫

古典新訳コレクション

源氏物語 6

角田光代 訳

河出書房新社

目次

源氏物語

6

夕霧（ゆうぎり）

恋に馴れない男の、強引な策

一条御息所に取り憑いた物の怪の正体は、
この母自身の失望だったのかもしれません。

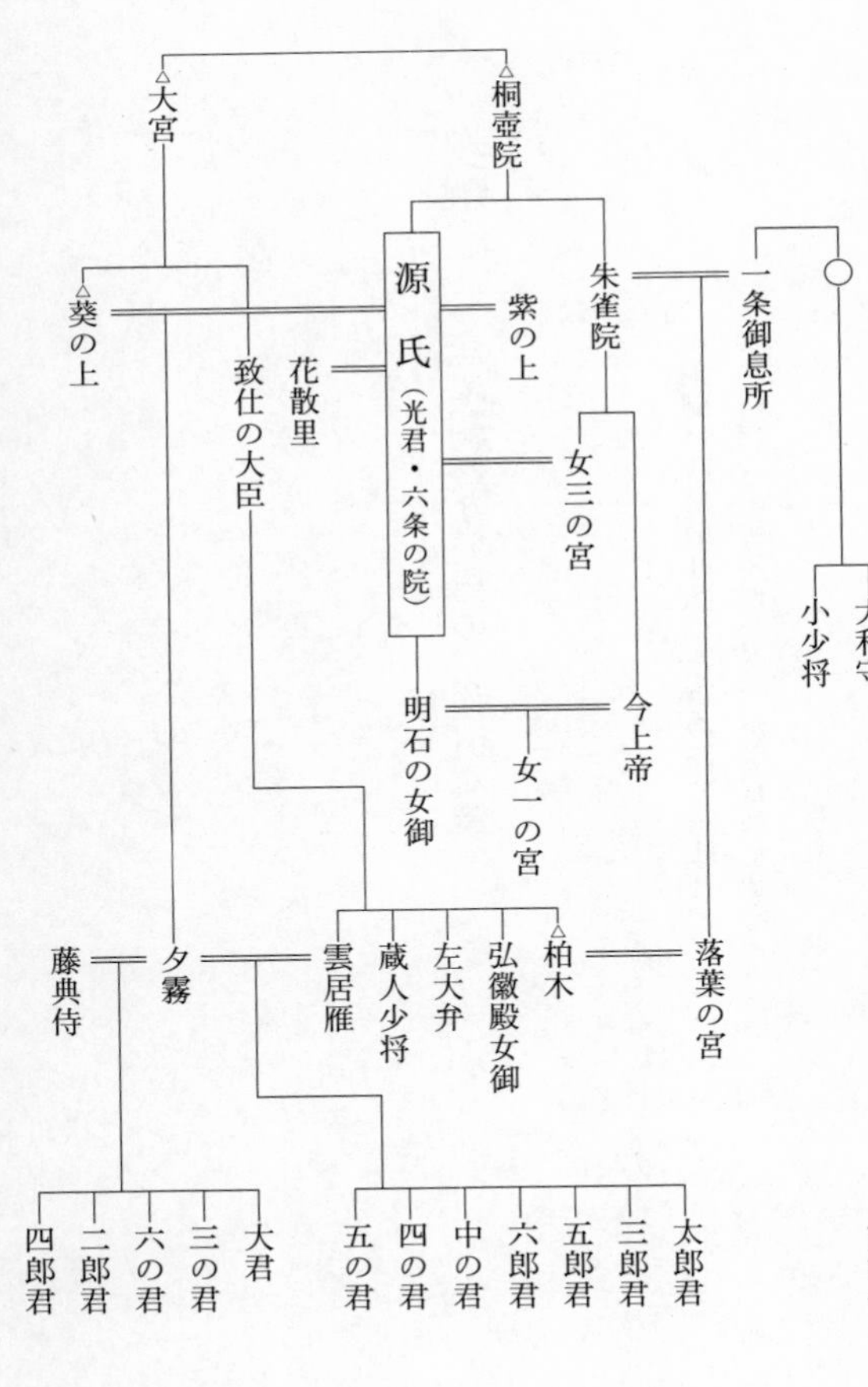

桐壺院
大宮
源氏（光君・六条の院）
朱雀院
一条御息所
葵の上
紫の上
花散里
致仕の大臣
女三の宮
大和守
小少将
明石の女御
今上帝
女一の宮
藤典侍
夕霧
雲居雁
蔵人少将
左大弁
弘徽殿女御
柏木
落葉の宮
四郎君
二郎君
六の君
三の君
大君
五の君
四の君
中の君
六郎君
五郎君
三郎君
太郎君

*登場人物系図

△は故人

世間には堅物として知られ、しっかり者のように振る舞っている大将（夕霧）ではあるが、この一条宮（落葉の宮）を、やはり理想的な人だと心に留め置き、世間の手前、亡き親友の遺言を忘れていないからこそだと見せかけて、じつに熱心にお見舞いの訪問を続けている。しかし内心ではこのままですむはずがなく、月日がたつにつれて、思いは募るばかりである。宮の母である一条御息所も、しみじみとありがたいご親切だと、今やますますものさみしく、気の紛らわしようもない日々の中、途絶えることのない大将の訪問に、ずいぶんと気持ちもなぐさめられているのだった。

はじめから恋愛じみたそぶりを見せていたわけでもないのに、今さら打って変わって気がありそうにするのも決まりが悪い、ただ自分の思いの深さを見せていれば、きっと宮も心を開いてくれる時が来るのに違いない、と思いつつ、何か用事があるとそれにかこつけて、宮の様子を注意深くうかがっている。宮は、自分から応対することはまったくない。何かいいきっかけを作って、思いの丈をすっかり伝えて、宮がどう思うか見てみたいものだ、と思っていたところ、一条御息所が物の怪にひどく患い、比叡山の麓近くの、小野というあたりに所有している山荘に移ることになった。というのも、前々から祈禱の師として物の怪などを調伏していた律師が、比叡山にこもって、人里に下りない誓いを立てているのだが、その律師に麓近くまで下りてきてくれるように招くためだった。小野までの車をはじめとして、先払いの者たちなどは、大将が手配し遣わせたが、亡き督の君と縁の近い弟君たちは、何かと仕事の忙しいそれぞれの暮らしに紛れて、かえってこちらのことを思い出すゆとりもない。督の君のすぐ下の弟、弁の君だけは、宮に下心がないわけではなく、そんな胸の内を匂わせてもみたのだが、もってのほかだというようなつれない対応だったので、それきり、無理に訪ねることはできなくなってしまっている。この大将は、じつに賢く、そんなそぶりも見せずに近づき、親しくなったようだけれど……。

律師に加持祈禱などをさせると聞きつけ、大将は、律師に従う僧たちへのお布施や浄衣などといったこまごましたものまで贈る。病人である御息所はお礼の手紙を書くこともままならない。「通りいっぺんの代筆のお手紙では、先方でも失礼だとお思いになるでしょう。重々しいご身分の方なのですから」と女房たちが言うので、宮自身が返事をしたためる。とても優雅な筆跡で、ほんの一行ばかり、おっとりとした書きぶりで、やさしい言葉も書き添えてあり、ますます逢ってみたいものだと大将は手紙から目を離すことができず、頻繁に手紙を送るようになる。このままでは、この二人はやはりとくべつな仲になってしまうのだろうと、北の方（雲居雁）も感づいているので、大将はそれが面倒で、訪ねていきたい気持ちではあるが、すぐに出かけられずにいる。

　八月半ばの頃で、野辺の景色もうつくしい時節であるし、御息所の山荘も非常に気に掛かるので、

「何々律師が珍しく下山しているらしいのだが、折り入って相談したいことがある。御息所はご病気だということだから、お見舞いがてら伺おうと思う」と、なんでもないことのように言って大将は出かける。それほど大げさにはせず、親しい家来だけ五、六人が狩衣姿でお供をする。それほど山深い道ではなく、松が崎の小山の色も、そう人里離れた山奥でもないのだが、秋らしい風情が深まって、都の、またとない趣向をこらした住まいに比べても、情趣もおもしろさもまさって見えるのである。

　ささやかな小柴垣も趣味よく整えられていて、仮の住まいとはいえ、品よく暮らしているふうである。寝殿とおぼしき東の放出に祈禱のための壇をしつらえて、御息所

は北の廂（ひさし）にいて、西面（にしおもて）の母屋に宮がいる。物の怪は厄介だからと、御息所は宮に京に残るよう勧めたのだが、「どうしておそばを離れられましょうか」といっしょに移ったのである。物の怪が宮に乗り移るのをおそれて、少しばかりの中仕切りを置いて、北の廂に宮を入れないようにしているのだった。客人の座るところがないので、宮の部屋の御簾（みす）の前に大将を入れ、身分の高い女房たちが取り次ぐことになった。

「本当に畏れ多いことです。こんなに遠くまでお見舞いにお越しくださって……。その甲斐（かい）もなく私が息絶えてしまったのならば、このお礼ですら申し上げずじまいになってしまうと思うと、もうしばらく生き長らえたいという気持ちになりました」と御息所が話す。

「こちらにお移りになる時にお供したいと思ったのですが、父院からちょうど申しつかったことがありまして、それもかないませんでした。ここ幾日か、ちょっとしたことで忙しくしておりまして、心ではこんなに案じていますのに、そうは見えず、ただの行き届かぬ者のように見えるだろうことが心苦しいです」と大将は言う。

宮は、奥のほうにひっそりと隠れているけれど、部屋は簡素な仮住まいのしつらえで、御座所（おましどころ）もあまり奥深くはない位置なので、宮の様子は自然と大将に伝わってくる。たいそうしなやかに身じろぎをしている衣擦（きぬず）れの音から、あのあたりらしいと大将は聞き耳を立てている。上の空で落ち着かず、女房が大将の言葉を取り次ぎに行き来するあいだ、少し手間取っている隙に、いつものように少将の君という女房や、宮お付きの女房たちにあれこれと話をする。

「こうして参上してご用を承るようになって、もう何年も、と言えるほどになったのに、未だに他人行儀なお扱いなのが恨めしくてならない。このような御簾の外で、人伝(ひとづて)のご挨拶などをわずかにお耳にお入れするなんて……。こんな扱いを受けたことは今までないのだ。なんと場馴(ばな)れしていない男かと、あなたがたが笑っているだろうと思うといたたまれない。これほど年を重ねず、まだ身分も気軽な時に、もっと色恋の経験を積んでおけば、こんなにぎくしゃくしなくてすんだだろうに。これほどまでに生真面目(きまじめ)に愚かしく何年も過ごしてきた男はそうそういませんよ」と言う。

たしかに、軽い扱いなどできない様子なので、女房たちは思った通りだと、「なまじっかのご返事を申し上げるのは気が引けます」などと互いにつつき合い、「こんなにもお気持ちを訴えていらっしゃるのに、何もおっしゃらないのでは、人の情けがおわかりにならないようですよ」と宮に言うが、宮は、

「母君がご自身でお話しできずにいるのは失礼ですから、かわって私が申し上げればよいのですが、それはもうおそろしいほどにお苦しみだった母君を介抱しているうち

に、私もまた息も絶え絶えの心地になってしまって、お話もできません」と言う。

「これは宮のお言葉でしょうか」と大将は居住まいを正し、「おいたわしい御息所のご病気を、我が身にかえても、とまで心配しているのはなんのためだとお思いですか。畏れ多い言い分ですが、もの思いに沈んでいらっしゃる宮が、すっきりと明るくなるのを御息所がご覧になるまで、何ごともなく穏やかにお過ごしになるのが、お二人どちらのためにも心強いことだろうと思うからにほかなりませんよ。私がこうして伺っているのも母君のためばかりだとお思いになって、積もり積もった私の気持ちもわかってくださらないのは、不本意に思います」と言う。女房たちも「それもごもっとも」と言っている。

日が落ちはじめ、空も思いを映すように霧が一面に立ちこめて、山陰は薄暗く感じられる。ひぐらしが鳴きしきり、風に揺れなびいている垣根の撫子（なでしこ）の色合いもうつくしく見える。庭前（にわさき）の花々は思い思いに咲き乱れ、遣水（やりみず）の音はじつに涼しげに響き、山から吹き下ろす風の音も心に染み入り、松に吹く風が深い木立のあちこちから響きわたる。不断のお経を読む僧の交代の時となり、鐘が打ち鳴らされると、座を立つ僧の声と入れ替わって座る僧の声もひとつに混じり合い、じつに尊く聞こえる。場所が場所だけに、何もかもが心細く感じられ、大将は深くもの思いに耽（ふけ）らずにはいられない。

帰る気にもなれずにいる。律師も加持祈禱をする音がして、陀羅尼（だらに）をじつに尊い声で読んでいる。

御息所がひどく苦しんでいるらしいと、女房たちもそちらに集まっている。そもそもこうした仮住まいに大勢お供しているわけではないので、宮のいる西面の部屋はますます人も少なくなり、宮はもの思いに沈んでいる。静かなので、心の内を打ち明けるのにはいい機会だと大将が思っていると、霧がすぐ軒先まで立ちこめてきたので、

「退出して帰る道も見えなくなっていきますが、どうしたらいいでしょうね」と、

山里（やまざと）のあはれを添ふる夕霧に立ち出でむそらもなきここちして

（山里のもの悲しさを誘う夕霧が立ちこめて、どちらの空に向かって出ればいいのか、帰る気持ちになれずにいます）

そう宮に伝えると、

山賤（やまがつ）の籬（まがき）をこめて立つ霧も心そらなる人はとどめず

（この山奥の垣根に立ちこめている霧も、心が浮（うわ）ついているお方を引き留めはいたしません）

かすかに聞こえてくる宮の気配に大将は癒やされるような気持ちで、本当に帰る気持ちもすっかり失ってしまった。

「どうしたらいいのでしょう。帰り道は見えませんし、かといって霧の籬（垣根）の中からは立ち止まることもできないほどせき立てられますし……。こういうことの似合わない男は、こんな目に遭うのですね」などと言い、もう我慢しきれずに心の内をそれとなく打ち明ける。宮は、今までずっと、まったく気づかなかったわけではないけれど、いつも知らぬふりで通してきたのに、こうして大将が言葉にして口説いてくるので、面倒なことになったとますます返事もしなくなる。大将は深いため息をつきながらも、内心では、ふたたびこんな機会があるだろうか、と考えをめぐらせている。

「たとえ思いやりのない浅はかな振る舞いだと思われても仕方がない。ずっと思い続けてきた気持ちだけでも知ってもらおう」と思い、供人を呼ぶ。近衛府の将監から大夫（五位）に昇進した腹心の家来があらわれる。そっと近くに呼びつけ、

「あの律師に是非とも相談したいことがある。護身の修法などで忙しそうだが、今は休憩しているだろう。今宵私はこのあたりに泊まって、朝のお勤めが終わった頃に律師のところに行くことにしよう。適当な者を選んで控えさせよ。随身などの男たちは、栗栖野の荘園が近いだろうから、そちらで馬に秣などを与えさせて、ここでは大勢やかましく声を立てるのではない。こうした旅先での外泊は、身分がら軽率なように世間から噂されることもあるから」と言う。何かわけがあるのだろうと心得て、家来は

承知してその場を立ち去る。

そうして、「霧が深くて帰り道もよく見えないので、この近くに泊まることにしました。どうせならば、この御簾の前で休むことをお許しくださいませんか。阿闍梨(あじゃり)が勤行(ごんぎょう)を終えて下がってくるまでのあいだでいいのです」とさりげなく言う。いつもはこんなに長居をしたり、くだけた態度をとることなどなかったのに、なんだか嫌な感じだと宮は思うのだが、今さらわざとらしく御息所の部屋へと移っていくのもみっともないだろうと思い、ただ息をひそめている。大将は何かと話しかけ、その言葉を伝えるために取り次ぎの女房が御簾にいざり入るのに続いて、御簾の内に入ってしまう。

まだ夕暮れの、霧に閉ざされて室内は暗くなっている頃合いである。女房が驚いてふり返る。宮はひどく気味が悪くなって、北の襖(ふすま)の外にいざり出ようとするが、大将はうまくさぐりあてて引き留める。宮は体だけは襖の向こうに出られたのだが、着物の裾(すそ)が部屋に残っていて、襖には外側から掛け金を下ろすこともできないので、閉め切ることもできないまま、全身水をかぶったように汗を流して震えている。女房たちも言葉もなく、どうしていいのかわからずにいる。内側からなら掛け金があるが、どうにもできず、また手荒に引き離せるような相手でもないので、

「あんまりです、そんなお気持ちをお持ちだと思いもしませんでした」と泣きそうに

なって訴えるけれど、

「こうして近くにいるだけで、だれよりもうとましく、無礼者だとお思いになるのでしょうか。私は人の数にも入らないような男ですが、私の真心は長年ご存知のはずです」と、たいそう穏やかに、落ち着いて、大将は自分の思いを伝えるのである。

宮はしかしそれを聞き入れるはずもなく、こうまでも自分を見下しているのかと思うと、やるせなく、言うべき言葉など何も思い浮かばない。

「なんと情けない、大人げない仕打ちではありませんか。ひっそりと思い続けてきた気持ちを抑えきれず、こんなことをしてしまったのはたしかに罪でしょう、けれどこれ以上の馴れ馴れしい振る舞いは、お許しがなければけっしてお目に掛けませんよ。千々に砕けるせつない思いに、どれほどたえかねていることか。いくらなんでも、私の気持ちはなんとなくお気づきでしょうに、あえて知らんふりをなさって、私を敬遠なさるようなので、もう何も言えずにいるのです。ですから仕方がない、わきまえのない憎い男だと思われても、放っておいたら朽ち果ててしまう私の思いを、はっきりわかっていただきたいだけなのです。言いようもないあなたの冷たい態度はつらいけれど、本当に畏れ多いことですから」と言って、つとめて思いやり深く、気を遣っている。宮は襖を押さえていても、なんの役にも立たない守りではあれど、大将は引き開けようともせず、「この程度の仕切りだけでも……、と考えていらっしゃるのが、なんといとおしい」とほほえんで、心のままに好き勝手に振る舞うことはない。宮は、やさしく気品にあふれ、優雅な雰囲気をたたえていて、やはり格別に思える。督の君が亡くなってから心労が続いているからか、痩せ細って弱々しく、ふだんの着物のままの袖のあたりもなよやかで、着物に薫きしめた香の匂いなども含めて、何から何まで可憐で、柔和な感じがする。

風が心細く吹き、更けていく夜は、虫の声も鹿の鳴く声も滝の音も、ひとつに混じり合い、じつに風情のある時季である。なんの趣味もないありふれた者でも、目が冴えてしまうほど空はうつくしい。そんな夜に格子を上げたままで、山向こうに月が入っていく景色は、涙のとめようがないほど心に染み入る。

「やはりそのように私の気持ちをおわかりいただけない様子ですと、かえってお心の浅さが知られますよ。これほど世間知らずで、愚かしいほど安心な男はほかにいません。何ごとも気軽にできる身分の者が、私のような男を愚か者などと笑って、好き勝手な振る舞いに及ぶのです。あまりにも私を見くびっていらっしゃるから、私も気持ちを静めることができそうもない。男女のことを何もご存じないわけではないでしょうに」と、あれこれ言葉を尽くして言い迫られて、宮は、なんと返事をしたものかと困り切って思案している。

夫を持ったことがあるから与しやすいと言わんばかりのことを、ときおりほのめかすのも不愉快で、本当にこんなに情けない身の上はほかになかろう、と考えていると、いっそ死んでしまいたいような気持ちになり、「情けない身の上は自身の罪のせいだとわかっていても、こんなにもひどいお仕打ちを、どう考えれば受け入れられましょう」と消え入るような声で言い、ひどく悲しげに泣き、

われのみや憂き世を知れるためしにて濡れそふ袖の名をくたすべき

（私が不幸な男女の仲を知っているからといって、なぜさらにあなたとのことで濡れ衣を着せられ、汚名をこうむらなければならないのでしょう）

と宮が言うともなくつぶやくのを、大将は自分の心の中で補足しながら詠みまとめ、それを小声で口ずさんでいる。それを聞くだに宮は腹立たしく、なぜ歌などつぶやいてしまったのかと悔やまれるのに、大将は「いかにも、失礼なことを申し上げました」などと苦笑いしている様子で、

「おほかたはわれ濡衣を着せずとも朽ちにし袖の名やは隠るる

（私が濡れ衣を着せなくても、夫に先立たれた不幸の汚名は、どう隠せるでしょうか）

もう観念なさったらどうでしょう」と、宮を月明かりのほうへ誘い出そうとするので、なんということを、と宮は思う。気強く振る舞おうとするが、大将はいともたやすく引き寄せて、

「だれにも負けない私のこの気持ちをどうかおわかりになって、安心してください。お許しがなければ、これ以上はけっして、けっして……」ときっぱりと言い続けているうちに、明け方近くになってしまう。

月は隈なく澄みわたり、霧にも妨げられることなく射し込んでいる。奥行きの浅い廂の軒は、外に面しているかのようで、月と顔を合わせているようで宮は居心地悪く、決まり悪く思え、顔を背けている。その様子も言いようもないほど優美である。大将は、亡くなった督の君のことなども少し口にし、あたりさわりなく、穏やかに話す。それでもやはり、宮が亡き督の君を思っていたほどには自分を思ってくれないことを、大将は恨めしげに言い募る。宮は内心、「亡き夫（督の君）は官位などもまだ立派ではない身分だったけれど、だれもみな結婚には賛成だったので、成り行きでおのずと夫婦として馴染んではいたものの、それだって亡き夫からはどれほど心外な仕打ちを受けたことか……。その上、この方と何かあればとんでもないこと。まったくの他人ではなく、亡き夫の父である致仕の大臣は、この方の妻（雲居雁）の父でもある、も

し何かお耳に入ったらどうお思いになるか……、世間の非難はもとより、父朱雀院も噂をお耳になさったらどうお思いになろう」などと、縁の近いだれ彼の思惑を考えていると、ひどく情けない気持ちになる。「自分の心ひとつではこうして強く拒んでも、人はなんと噂するだろう、母君が何も知らないのも気が咎める。このことをお聞きになったら、なんと大人げないことをとお思いになり、そう叱られるのもつらい……」と考えるのだが、

「せめて夜が明けぬうちにお帰りください」と、ただ大将をせき立てるよりほかに、できることはない。

「ひどいことをおっしゃる。さも何かあったような顔で草を踏み分けて帰っていくのを、朝露だってどう思うことか。それならもう、心を決めてください。こんなにも愚かしい姿をお目に掛けたのに、うまく言いくるめて帰してやったとばかりに、それきり相手にしてくれないのでは、その時こそ私はもう気持ちを抑えられませんよ。そんなことははじめてだが、よこしまなことをしようという気になるかもしれない」と言う大将は、この後のことが気掛かりで、かえって立ち去りがたく、しかしいきなり色めいた振る舞いに出ることも、今まで体験がないためにできそうもなく、もしそんなことをしたら宮も気の毒だし、自分でも自分を軽蔑してしまいそうだ、などと考えて、

どちらのためにも人目につかないよう、立ちこめる霧に紛れて、上の空で帰っていく。

「荻原(をぎはら)や軒(のき)ばの露にそほちつつ八重(やへ)立つ霧をわけぞゆくべき

(荻(おぎ)の原の、軒端の露にぐっしょりと濡れながら、幾重にも立ちこめる霧を分けて帰らねばならないのでしょうか)

濡れた衣(ころも)はやはり乾かすことはできないのに——濡れ衣は晴らせないのに。こうして無理矢理に私を帰らせようとするあなたのお心のせいですよ」と言う。

たしかに私の浮名は隠すすべもなく世間に漏れ聞こえるだろうけれど、せめて自分の心に問いただされた時だけでも、やましいことのないようきっぱりと答えよう、と宮は思い、よそよそしい態度を崩さない。

「わけゆかむ草葉(くさば)の露をかことにてなほ濡衣(ぬれぎぬ)をかけむとや思ふ

(あなたが分け入った草葉の露に濡れることを言いがかりにして、やはりこの私に濡れ衣を着せようとなさるのですね)

聞いたこともありません」とたしなめる様子は、じつにうつくしく、大将も気恥ずかしくなるほどである。今まで長いあいだ、ふつうの人とは違う親切心を見せて、あれこれと誠意を寄せてきたのに、手のひらを返したように、油断させておいて色めかしい振る舞いに出るなんて、宮には本当に気の毒であるし、自身としても気が引けるので、いろいろと思いなおしてみるのだが、しかしまた、こうむやみに宮の言うままに従っても、あとで馬鹿を見るのではないか、などと、あれこれと思い悩みつつ帰っていく。帰り道も、露でひどく濡れそぼっている。

こうした忍び歩きの経験も今までなかったので、大将はおもしろくも感じ、また心がすり減ったようにも思いながら、このまま三条の邸(やしき)に帰ったら、女君（雲居雁）がこうも露に濡れているのを変に思い、咎め立てするに違いないので、六条院に向かう。東北（夏）の御殿に行く。まだ朝霧も晴れないので、まして小野の山里ではどれほどだろうと思いを馳(は)せる。

「珍しく忍び歩きをなさったのね」と女房たちはささやいている。しばらく休み、大将は衣裳(いしょう)を着替える。母代わりである夏の御方（花散里(はなちるさと)）は、夏冬といつも大将の装束(しょうぞく)をじつにきれいに用意しているので、香を入れた唐櫃(からびつ)から取り出して渡す。粥(かゆ)などを食べてから、大将は光君の元に挨拶にいく。

小野に手紙を送るけれども、宮は見向きもしない。いきなりあんなあきれたことをされて、心外でもあり、また恥ずかしくもあり、大将が疎ましいのである。母御息所が漏れ聞くようなことがあったら、と思うとそれもどうしていいのかわからない。

「こんなことがあったとは母君は夢にも思わないだろうに、私がいつもと違う様子だと気づくかもしれない、それに、人の噂はすぐ広まる世の中だから、もしかしてどこかで耳にして、私が隠し立てをしたと母君が思ったりしたら、それもつらい。女房たちが昨日のことをありのままに母君に言ってくれればいいのに。情けないと思われても仕方がない……」と宮は思う。同じ親子というなかでも、この二人はとくに睦まじく、いささかの隠しごともない母と子なのである。他人には秘密を知られても親には隠すということは、昔の物語にもあるようだけれど、宮にはそのようなことは考えられないのである。女房たちは、

「いえいえ、御息所がうすうすお耳になさったとしても、何かあったかのようにあれこれご心配をお掛けするのは、おいたわしいことです」などと話し合っている。いったいどうなるのか気になる女房たちは、大将からの手紙の内容を知りたいのだが、宮が開こうともしないので、もどかしく、

「やはりまったくご返事なさらないというのも、どうなさったのかと思われるでしょうし、大人げないことになりますよ」などと言って手紙を広げる。

「みっともないことに、何も考えずに、あの程度にしてもあの人に姿を見られた軽率さは、私自身が悪かったのだと思うほかないけれど、あの思いやりのないひどいお仕打ちも許せないのです。とても拝見できませんと言ってやりなさい」と、もってのほ

かという面持ちでものに寄りかかるように臥してしまう。

しかしながら手紙は、感じの悪いところもなく、いかにも心をこめて書いてあり、

たましひをつれなき袖にとどめおきてわが心からまどはるるかな

（たましいをつれないあなたの袖の中に置いてきてしまったので、自分のせいとはいえ、心ここにあらずで途方にくれています）

「身を捨ててゆきやしにけむ思ふよりほかなるものは心なりけり（古今集／体を捨てて勝手に行ってしまったようだ、思い通りにならないのが心というもの）」という歌があるように、昔も私のような男がいたのだと自分をなぐさめてみても、この恋がどうなるのか私にもわからず……などとつらつらと書かれているようだけれど、女房たちにはすべてが見えるわけではない。通常の「後朝の文」とは違うようだけれど、何があったのか、不審に思う気持ちが拭えない。女房たちは、宮の沈んでいる様子に心を痛め、「いったいお二人に何があったのだろう。今まで長年、何ごとにつけても大将はまたとないほどご親切にしてくださいましたが、夫としてお頼りすることになったら、今までと同じように親切にしてくださるのかと思うと、心配だし……」などと、親しくそばに仕えている女房たちはそれぞれ思い悩んでいる。御息所も、このことは夢にも知らずにいる。

物の怪に患わされているその御息所は、重態と見えても、気分がよくなる時もあって、その折には意識を取り戻している。日中の勤行が終わり、阿闍梨ひとりが居残って、さらに陀羅尼を読んでいる。気分がいいことをよろこんで、

「大日如来が嘘を仰せでないならば、こうして拙僧が心をこめてお祈りしている御修法に、どうして効験のないはずがありましょうか。悪霊は執念深そうですが、罪業にとらわれたつまらぬものです」と、かれてしわがれた声で言い、怒っている。いかにも聖僧といった感じの生真面目な律師だが、とつぜん「そういえば、あの大将はいつからこちらに通っておられるのか」と訊く。御息所は、

「そのようなことはありません。大将は、亡き大納言（柏木）とたいへんお親しく、残された遺言に背いてはなるまいと、もう長いこと何かにつけて不思議なくらい親切にしてくださっています。こうしてわざわざ病気の私をお見舞いに立ち寄ってくださって、ありがたいことと思っていました」と言う。

「いや、そうではなかろう。私にお隠しになることでもないでしょう。今朝、後夜（夜中から明け方にかけての勤行）に参った時に、あちらの西の妻戸から、たいそう立派な男が出てきたのですが、霧が深くて、私にはどなたか見分けがつきませんでした。しかし弟子の法師たちが『大将殿のお帰りだったのです』『昨晩もお車を返して

お泊まりになりました』だのと口々に言うのです。たしかに、たいそうかぐわしい香りが立ちこめて、頭が痛くなるほどでしたから、なるほどそうだったのかと合点がいきました。大将は、いつも本当にかぐわしい香りの方ですからね。しかしこちらにお通いとなると、感心しませんな。大将は、まことに立派な人物でいらっしゃる。私どもも、大将がお子さんでいらした時から、あのお方のために修法を、と祖母君であります故大宮（おおみや）から仰せつかりましたから、もっぱらしかるべきご用は今も勤めておるのですが……、このようなことはまったく無駄です。大将の本妻はご威勢の強い方です。ああした今をときめく一族で、重きを置かれています。若君たちは、七、八人いらっしゃいます。いくら皇女（こうじょ）の君（落葉の宮）でも勝ち目はありますまい。また、女人という罪深い身に生まれついて、煩悩のために長夜の闇に迷うということがありますが、ただこうした愛欲の罪によって、そんなおそろしい報いを受けるのです。本妻の怒りをかうようなことになれば、永久に成仏の妨げになるでしょう。まったく賛成しかねます」と、頭を振ってずけずけと言い放つ。

「いえ、それはおかしな話です。とてもそんなことをなさるようには見えない方ですよ。私がひどく気分が悪かったので、ちょっと休んでから対面しようと大将殿がおっしゃって、しばらくお待ちになっていらっしゃいます、とこちらの女房たちが言っていましたから、そういうわけでお泊まりになったのではないでしょうか。いつもひどく真面目で堅苦しいほどの方ですよ」と、よくはわからないながらも、しかし御息所は内心では、「そういうことがあるのかもしれない。ふつうのお気持ちではないことはときどき感じられたけれど、お人柄がひどく折り目正しく、人から非難されるようなことはよくよく遠ざけて、几帳面に振る舞っている方だから、こちらの納得がいかないようなことはめったになさらないだろうと気を許していた。けれどもおそばに人の少ない様子を見て、そっとお部屋に忍び込まれたのかもしれない」と考える。

律師が席を立った後で、宮にお付きの女房である少将の君を呼び、「このようなことを聞きました。どういうことなの。どうして私に、これこれこうでしたと宮はお聞かせくださらないの。まさかそんなことはあるまいと思うけれど」と言うと、少将の君は、宮を気の毒に思いながらも、はじめからのいきさつをくわしく話した。今朝の大将からの手紙のことや、宮がちらりと漏らしたことなどを話し、

「今まで長いあいだ秘めていらしたお心の内を、宮にお伝えしようと、それだけのおつもりだったのでしょう。大将はまたとないほどお気遣いになって、夜も明けきらないうちにお帰りになりましたが、だれがどのように申し上げたのでしょうか」少将の君は、まさか律師が告げたとは思いもよらず、女房のだれかがこっそり告げ口したの

だと思っている。御息所は何も言わず、なんとも情けなく、残念なことだと思うと、涙がほろほろとこぼれてくる。それを見ている少将の君はひどく心が痛み、どうしてありのまま申し上げてしまったのか、ただでさえご病気で苦しまれているのに、いっそうお気持ちを乱してしまう……、と後悔しながらその場にいる。「でも、襖は掛金が下ろしてありました」などと、なんとかまだましであるように言い繕おうとするけれど、

「どうであってもそのように、なんの用心もなく、軽々しく人にお姿を見せるなど、本当にとんでもないこと。宮ご自身のお気持ちとして潔白でいらしても、大将を見たと法師たちも言っているのだから、口の悪い若者たちが容赦なく言い触らさずにいるものですか。世間の人に、どのように反論して、そうではないと証明できるというの。だいたい考えの足りない者ばかりがおそばについているから……」と最後まで言うこともできない。ただでさえ病で気分が悪いところへ、思いもかけないことを耳にして、たいそういたわしい有様である。娘である宮を皇女らしく気高く扱おうと思っていたのに、身分にふさわしくない軽々しい評判が立ってしまうのではと思い、心底嘆き悲しんでいる。

「こうして気分が落ち着いているあいだに、こちらにおいでくださるよう宮に伝えて

おくれ。そちらに私が伺うべきだけれど、とても動けそうにないの。お目に掛からないでずいぶんたつような気もします」と涙を浮かべて言う。少将の君は宮のところへ行き「このようにおっしゃっておられます」とだけ伝える。

そちらに行くため、宮は涙に濡れてもつれた額髪(ひたいがみ)をなおしたり、ほころびている単衣(ひとえ)の着物を着替えたりして、すぐには向かうことができない。この女房たちもどう思っているのだろう、母に昨夜のことを打ち明けずにいて、後で少しでもお知りになったら、素知らぬ顔をしていたとお思いになるだろう……、とひどく恥ずかしい気持ちになり、また横になってしまう。

「気分がひどく悪いのです。このままなおらないのならば、そちらのほうが好都合。脚(あし)の気(け)が頭にのぼってくるみたい」と脚を揉(も)ませる。

ものごとを気に病んであれこれと考えすぎて、のぼせてしまったのでしょうね。

少将の君は、「御息所に昨夜のことをそれとなく申し上げた人がいるようです。いったいどうしたのかとおたずねになりましたので、ありのままをお答え申し上げて、襖の掛け金はかたく下ろしていたことなどは少々強調して、きっぱりと申し上げました。もしそのようなことを御息所がおたずねになりましたら、私と同じようにお答えくださいませ」と言う。御息所が嘆き悲しんでいることは言わずにいる。

ああやっぱりもうお耳に入っているのだと、宮はつらくなって何も言うことができず、ただ枕から涙の雫が落ちる。このことだけに限らず、母君には不本意だったろう結婚をしてから、ご心配ばかり掛けてしまって……、と生きている甲斐もない気持ちになる。大将はこのままあきらめることなく、あれこれと言い寄ってくるのだろう、それも厄介で聞くのも苦しいだろう、とあれこれ思い悩む。ましてなすすべもなく大将の言いなりになっていたら、どんなに悪い評判を立てられるだろう……、とも思う。自分は潔白なのだから少し気持ちはなぐさめられもするけれど、それでも皇女という高貴な身分でありながら、こんなにかんたんに姿を見られてしまうなどあってはならぬことだ、と自身の情けない身の上を思って沈み込んでいると、夕方になって、「やはりおいでください」と御息所から催促があり、中間の塗籠（納戸）の戸を双方から開けて、御息所の部屋に向かう。

御息所は気分がすぐれないながらも、並々ならず宮を敬い丁重に応対する。いつもの作法通りに起き上がり、「本当に取り散らかしていまして、お越しいただくのも心苦しいのですが。この二日、三日ばかりお目に掛かっていないだけですのに、もう何年もたった気がしますのも、考えてみれば頼りないことですね。来世でかならずあなたと会えるとは限りませんから。もしもう一度この世に生まれてきましても、お互いがだれだかわからないのでは、なんにもなりません。思えば、ほんのいっときの内に別れ別れになってしまうのがこの世の常なのに、心のままに親子として仲良く暮らしてきたことが悔やまれてなりません」と言って泣く。宮も、何もかも悲しいことばかりが思い浮かび、言葉もなく御息所を見つめている。宮はひどく内気な性格で、昨日のことをはきはきと話してすっきりすることなどできそうもなく、ただ恥ずかしいとばかり思っている。そんな宮が気の毒でならず、何があったのかなどと御息所は訊くこともできないのである。灯火などを急いで持ってこさせて、食事もこちらで用意する。宮が何も食べようとしないと聞いて、御息所がみずから食事を給仕するけれど、宮は箸をつけようともしない。ただ、御息所の気分が多少ともよくなったようなので、宮は胸を撫で下ろす思いでいる。

京の大将から、また手紙がある。あいにく事情を知らない女房が受け取って、「大将殿より少将の君に、とお手紙がございます」と言うのにも、宮はほとほと困ってしまう。少将の君が手紙を受け取る。さすがに御息所は「どういうお手紙なの」と訊く。御息所は人知れず弱気になったせいもあり、大将の訪問を心待ちにしていたのだが、来てくれるのではないようだと思うと気が気ではなく、「いえ、そのお手紙にはやはりご返事をなさいませ。そのままではいけません。一度立った噂をいいように言いなおしてくれる人はめったにいないものです。ご自身で潔白だと思っていてもそのまま信用してくれる人は少ないでしょう。素直にお手紙のやりとりをなさって、やはり今までと同じようになさるべきです。ご返事を差し上げないのは、かえって無用な誤解を招きかねません」と、手紙を渡すように言う。少将の君は困惑しつつも手紙を渡す。
「あまりにも薄情なお心をはっきりと拝見しましたので、かえって気が楽になり、ますます一途にあなたを思ってしまいそうです。

　せくからに浅さぞ見えむ山川の流れての名をつつみ果てずは

（私の気持ちを堰き止めようとなされば、それだけお考えの浅さがはっきりしますよ、流れた浮名はつつみ隠せるものではないのだから）」

などとくだくだと書かれているが、御息所は最後まで読むこともできない。この手紙も、はっきりとしたことは書かれておらず、不愉快なほどいい気な書きようで、今夜訪ねてもこず平然としているのを、なんとひどい仕打ちかと御息所は思う。「亡き督の君のお気持ちの冷たさが心外だと思っていた時、なんともつらいと思ったけれども、それでも督の君は表向きには、またとないほど宮を大切に扱ってくれていたので、まだこちらが強いのだと思えて心をなぐさめられた。それですらもけっして満足はできなかったのに、なんということだろう。致仕の大臣家ではなんとお思いになり、なんとおっしゃることか」と、思い詰めている。

それでもやはり、なんと言ってくるか相手の出方だけでも見てみようと、御息所は、気持ちがひどく乱れてくらんでくる目を拭っては、奇妙な鳥の足跡みたいな筆跡で手紙を書く。

「よくなる見込みのない私を、宮がお見舞いに来てくださっているので、お返事を書くように勧めているのですが、すっかり塞ぎ込んでしまったご様子で、見るに見かねまして……

女郎花しをるる野辺をいづことて一夜ばかりの宿を借りけむ

(女郎花がしおれている野辺を──宮がお嘆きになっているここをどこだとお思いになって、ただ一夜限りお宿りになったのでしょうか)」

と、途中まで書いてひねり文にし、簾の外に出して、横になったかと思うとそのままひどく苦しみはじめた。物の怪たちが油断させて隙をうかがっていたのかと女房たちは騒ぎ出す。例によって効験ある法師たち全員が大声で祈禱をはじめる。宮には、「どうぞあちらにお戻りください」と女房たちが言うが、宮は自身の身の情けなさに、母君に先立たれてひとり生き残っていたくないと思い、ぴったりとそばについている。

大将はこの日の昼頃に三条邸に帰ってきたのだが、今夜また宮のところに出掛けていくのは、いかにも宮と何かあったようで、まだ何もないのに人聞きも悪いだろう、などと気持ちを抑え、これまで長いあいだ気を揉んでいたよりもかえってあれこれと思い悩んでため息をつく。北の方（雲居雁）は、夫の忍び歩きの様子を小耳に挟んでおもしろくない気持ちながら、何も知らないふりをして、若君たちの相手をして気を紛らわせ、自分の居間で横になっている。

日が暮れてまもなく、使者が御息所からの手紙を届けた。いつもと違って鳥の足跡のようなおぼつかない筆跡なので、すぐに判読できず、灯火を近くに引き寄せて目を落とす。北の方は少し離れたところにいたが、それをめざとく見つけ、そっと近づいて後ろから手紙を奪う。

「あきれた、なんてことをするのだ。行儀の悪い。六条院の東の上（花散里）からのお手紙だ。今朝、風邪がひどくて苦しそうにしていらしたのに、父院（光君）のところにいてそのまま下がってきてしまって、もう一度お見舞いに伺えなかったので、おいたわしくて、今はどんな具合でいらっしゃるかと訊いたのだ。見なさい、恋文に見えるか。それにしてもはしたないことをするものだ。年月がたつにつれて、この私をずいぶん馬鹿にしているのが情けない。私がどう思おうと、まったく恥ずかしくならないのだね」とため息をつき、手紙を大事そうに取り返そうともしないので、北の方は取り上げてはみたものの、さすがにすぐに見ることもせず持ったままでいる。「年月がたつにつれて馬鹿にしているのはあなたのほうでしょう」と、大将が平然としているのに気が引けて、若々しくかわいらしい顔つきで言うので、大将は笑い出す。「どっちからなんてどうでもいい。夫婦とはそんなものだろう。ほかにはいないと思うよ、私のように相当な身分の男が、よそには目もくれずにひとりの妻を守り通して、びくびくと雌を恐れる雄鷹みたいにしているのは。どんなに人は笑っているか。そんな融通の利かない男に守られているのは、あなたにとっても名誉なことではないだろうよ。たくさんの女君がいる中で、ひときわ飛び抜けて格別にだいじにされてこそ、よそ目にも奥ゆかしく思われるだろうし、私もいつまでも新鮮な気持ちでいられて、ときめきも、しみじみとした愛情も長続きするものだ。こうして年寄りがだれやらを守り通したなんて昔話のように、愚かしいふぬけ者でいるのは、まったくつまらないことだ。あなただってなんの見栄えがあるというのか」と、さすがにこの手紙をさりげなく取り返したくて、気をそらそうと心にもないことを言う。北の方はぱっと笑い、「見栄えのあることをあなたがしようとしているから、私のような古びた女は苦しむのです。あなたがずいぶん若やいで派手に変わってしまったのが心外なのも、今までそんな様子を見たことがないからつらいのです。前々からそうだったのならともかく、急に変わってしまったから」と文句を言っているのもかわいげがある。

「急に変わったなどと思うほど、私が何かしたか。本当に嫌な疑り深さだ。何かよからぬことを告げ口する人がいるのだろう。どういうわけか、私を前から嫌っているんだよ。あの『浅緑の袖』を未だに覚えていて、この私を馬鹿にする口実をさがして、あなたをうまく操ろうという魂胆でもあるのかな。いろいろと聞き苦しい噂も耳に入るようだ。なんの関係もないあちらの宮もお気の毒だよ」などと言うけれど、内心では、結局は宮と関係を持つことになるだろうと思っているので、それ以上は言わないでいる。

ずっと昔、まだ若かった大将を、「六位風情（ふぜい）」と言った大輔（たいふ）の乳母（めのと）は、まったくいたたまれず、黙りこくっている。あれこれ言い合いをして、北の方があの手紙を隠してしまったので、大将は無理にさがして取り上げたりはせず、気にならないふりをして寝ようとする。けれども胸騒ぎがして、「なんとかして取り返したい、御息所からの手紙だったようだが、何があったのだろう」と目を閉じることもできず横になっている。女君が眠っているので、昨日彼女がいた居間を何気ないふうを装ってさがしてみるが、見当たらない。隠せるような場所もないのに見つからず、気になって仕方がなく、夜が明けてしまったがすぐには起き出さずにいる。女君は若君たちに起こされて帳台からいざり出てくる。自分も今起きたふりをして、大将はそこいらじゅうに目を走らせてみるけれど、やはり見つけることができない。女君は、大将がさがそうともしていない様子なので、やはり恋文ではないのだろうと思って気にしていない。若君たちが騒がしくしたり、作った人形を動かしたりして遊んでいる。本を読んだり、習字をしたり、みんなそれぞれににぎやかで、ちいさい赤ん坊がはいはいをしてきて引っ張ったりもするので、女君は手紙のことなど思い出しもしない。大将は、もうほかのことなど考えられず、宮のところに早く返事をしたいと思っているが、夕べの手紙の内容もきちんと読んでいないので、見当違いの返事を書いたら、手紙をなくしたと向こうも思うだろう、と思い悩んでいる。

だれもがみな食事をすませ、やっと静かになった昼頃、大将は思いあぐねた末に、

「昨夜の手紙はどんな内容だったのだ。妙に隠したりなんかして。今日もお見舞いを申さなくてはならないのだ。気分が悪くて六条院には行けそうにないから、手紙を差し上げようと思う。昨日の手紙はどんなご用件だったのだろう」と言う。ひどくさりげない様子なので、手紙を取り上げたのは本当に馬鹿げたまねだった、と女君はしらけた気持ちになり、そのことには触れずに、

「先夜、小野の深山風(みやまかぜ)にあたって具合が悪くなってしまったと、風流ぶって言い訳し

たらいかがですか」と言う。

「なんだい、そんなおかしなことばかり言うのはやめてくれ。何が風流なことがあるか。私をどこにでもいる浮気男と同類と思うなんて、かえって気恥ずかしいよ。この女房たちだって、考えてみればおかしなくらい堅物の私をこんなに疑って、と苦笑しているだろうに」と冗談めかして言い紛らわせ、「その手紙だよ、どこにある」と訊くが、女君はすぐには持ってこないので、なおも話をして、しばらく横になっているうちに、日も暮れてしまう……。

ひぐらしの声にはっと驚いて、「あの山深い小野ではどんなに深く霧が立ちこめているだろう。なんということか、せめて今日中に返事だけでも」と、宮がかわいそうになり、なんでもない顔をして硯をすりながら、手紙をどうしてしまったことにするかと考えこんでいる。御座所の奥の、少し持ち上がっているところを見つけてためしに引き上げてみると、手紙はそこに差し挟んであった。うれしくもあり、また馬鹿らしくもあり、笑みを浮かべて手紙を見ると、ひどく痛々しい内容である。胸のつぶれるような気持ちで、あの夜に、宮と私とのあいだに何かがあったと御息所はお聞きになったのだと思うと、気の毒になり、また気掛かりでもある。昨夜だってどのような気持ちで夜を明かしたのだろう、今日も今の今までこちらから手紙も差し上げないで……、と言葉もない。じつに苦しそうに、読むにたえないような書きぶりなので、よほど思いあまった末でなければ、こんなお手紙はお書きにならないだろう。なのに、返事もなく、なんと薄情な男かと思いながら夜を明かされたことだろう、と思うが、どうにも仕方がないので、妻のことが恨めしく情けない。考えなしにただ悪ふざけで手紙を隠したりして……。いや、そんな態度を許してきた私のせいだ、とあれこれ考えると自分までもが恨めしく、何もかも泣きたいような気持ちになる。

すぐさま小野に出かけようとするが、「宮はかんたんにはお目に掛かってくれないだろうが、御息所も『ただ一夜限り』か、などとお書きになっているし、どうしたらいいだろう。しかし今日は坎日（外出を忌む日）でもあるから、もし宮との結婚を許してくださったりしたら、かえって縁起が悪いだろう。やはりいい日にしたほうがいい」と几帳面な性格なのでそんなことを考えて、とりあえず返事を送る。

「めったにいただけないお手紙を、あれこれうれしく拝見いたしましたが、このお叱りをどう受け取ればいいでしょう。どのようにお聞きになったのでしょうか。

秋の野の草のしげみは分けしかど仮寝の枕むすびやはせし

（秋の野の茂った草を分けてそちらを訪ねましたが、かりそめに枕を共になどしておりません）

こんな言い訳をしますのもおかしなことですが、昨夜伺わなかったことへのお咎めは、黙って受け取らねばなりませんか」とある。宮にはとくにたくさん書いて、厩に いる脚の速い馬を選んで、先夜も同行した大夫を小野に遣わせる。

「夕べから六条院にいて、ただいま退出したところです、と言うように」と伝えるべきことをひそひそと言いつける。

小野では、昨晩薄情にもあらわれなかった大将に我慢しかねて、後々の世間の噂も気にしていられず恨み言の手紙を送ったのに、その返事すらないまま今日も暮れていく――、いったいどういうつもりなのかと御息所はあきれ、心もこなごなになったようで、少しよくなっていた気分がまた悪くなり、ひどく苦しんでいる。大将の訪れがないことについては宮のほうはかえって情けないとも思っておらず、心を動かすようなことでもなく、ただ、思いも寄らぬ人に自分の不用意な姿を見られてしまったことが残念なだけで、そう思い詰めているわけではない。けれども御息所がこれほど嘆いているので、それが情けなくもあり恥ずかしくもあり、といって、何もなかったと事情をはっきり説明することもできず、いつもより決まり悪そうにしている。その様子が御息所にはかわいそうに見えてならない。本当に、おいたわしいことに、宮は次から次へと悩みのたえない身の上なのだ、と思うにつけても御息所は胸が張り裂けるほ

ど悲しく、

「今さらうるさいことは言いたくないのですが、いくらそれがご運命とはいっても、あなたは案外子どもじみたところがおありで、人から非難されても仕方のないことをなさいましたね。今さら取り返しはつきませんが、今後はやはりお気をつけください。至らぬ身ながら私もできる限りたいせつにお世話してきましたが、あなたも今は何もかもよくおわかりになって、世間のあれこれの事情もよくお考えになれるほどお育ちになったと、そちらのほうは安心していましたのに……。まだとても幼いところがおありで、しっかりしたお心構えもできていらっしゃらないのだと、心配でなりませんから、もうしばらくこの命も長らえさせたい思いです。ふつうの人でも、多少ともまともな身分に育った女なら、夫を二人持つなんて情けなくも軽薄なことなのに……。ましてあなたのような高貴なお方には、そんなふうにいい加減に男が近づいていいはずがないのです。亡き督の君とのご縁も私には思いもよらず心外なことで、ずっと心を痛めて拝見していました。けれどもそういうご運命だったのでしょう、朱雀院をはじめ、だれも彼もみな結婚をお許しになって、あのお方の父大臣（致仕の大臣）もご内諾の様子でしたから、私ひとりで我を張って反対してもどうしようもないと思ってあきらめたのですよ。後々までおもしろからぬこの有様はあなた自身のあやまちではないのだから、ただ大空を恨むようにしてあなたをお守りしてきましたのに、本当に大将殿にとってもこちらにとっても何かと聞き苦しいことばかり次々起きてくるように思えて……。それでも、世間の噂などは素知らぬふりをして、世間並みのご夫婦として大将殿とお暮らしになるのでしたら、いつか年月がたつうちにそれでよかったのだと気持ちがなぐさめられることもあろうかと自分に言い聞かせてきました。なのに、ご訪問はおろかお返事すらない薄情な大将殿のお心ではありませんか」と、はらはらと涙を落とす。

御息所がまるでひとり決めしてそんなふうに言うので、宮には、そうではないのだと申し開きする言葉もなく、ただ泣いてばかりいる。そんな宮の姿はじつにおっとりとしていていじらしい。宮を見つめながら、「ああ、あなたのどこが人に劣っているというのでしょう。いったいどんな御宿世で、気の休まることもなく苦労ばかりたえない運命でいらっしゃるのか」などと言っているうちに、御息所はひどく苦しみはじめる。物の怪というものはこうした弱り目につけこむので、御息所は急に呼吸も浅くなり、みるみるうちに冷たくなっていく。律師もあわてて願を立てて大声で祈禱する。律師はかたい誓いを立て、生涯を掛けて山籠もりをしていたのに、こうまで決心をして山を下りてきたのである。その甲斐もなく祈禱の壇を壊してまた山に帰っていくとなれば、面目も立たず、仏を恨めしく思わずにはいられないとの趣旨を一心不乱にお祈りする。宮が激しく泣いて取り乱しているのも無理からぬこと。

こうして騒いでいるあいだに、大将からの手紙が届いたことを御息所はかすかに耳にして、手紙が来たということは今夜のご訪問もないのか、と思う。「なんて情けない。世間の笑いぐさとして語り継がれることだろう。なぜ私までも、『一夜(ひとよ)ばかりの宿を借りけむ』などと歌を送って噂の種を残してしまったのか」と、あれこれ思い出しているうちに、そのまま息絶えてしまった。あまりにあっけなく、悲しみも言葉にならない。御息所は前からときどき物の怪に苦しめられている。もうこれまでと見える折も今までにあったので、今回もいつものように物の怪が気を失わせただけだろうと、加持祈禱にいっそう力をこめるけれど、臨終であることはだれの目にも明らかである。

宮は、御息所に死に後れてはならないと思い詰めて、ぴったりと母君に添い臥している。女房たちが近づき、「もうどうにもなりません。そんなにお悲しみになっても、決められた死出(しで)の旅路からお帰りになろうはずもありません。お後を追おうとなさっても、どうしてお思い通りになりましょうか」と今さらわかりきった道理をさとし、「本当に縁起でもありません、亡きお方のためにもご成仏の妨げになります。もうあちらにお移りください」と宮を引き離そうとするけれど、宮は体をこわばらせて呆然としている。修法に使っていた壇を壊して僧たちも散り散りに帰っていく。しかるべき僧だけその場に残るけれども、すべてが終わったような有様で、じつに悲しく心細い様子である。

いつの間に知れ渡ったのか、方々から弔問がある。大将も聞きつけ、これ以上ないほど驚いて、真っ先にお悔やみを伝える。六条の光君からも、致仕の大臣からも、いずれからも次々にお見舞いが寄せられる。山の帝（朱雀院）も耳にして、心のこもった手紙を書く。宮は、この父院からの手紙にようやく頭を上げた。

「このところ重いご病状だと聞いてはおりましたが、今までもご病気がちだと聞き馴れていて、つい油断しておりました。亡くなった方のことはどうにもならないとしても、あなたがどんなに嘆き悲しんでいらっしゃるか、それを思っただけで深く胸が痛みます。だれしも逃れられないさだめだと思ってお心をなぐさめなさい」とあり、宮は涙で目もよく見えないけれど、返事を書く。

生前から御息所がそう望んでいた通り、今日ただちにご葬儀を行うこととなり、御息所の甥である大和守が万事を取り仕切ることとなった。亡骸だけでもしばらく拝見していたいと宮は言い、別れを惜しむのだったが、そうしたところで仕方のないこと。

みな大急ぎで葬儀の支度をしている、いかにもまがまがしい雰囲気のなか、大将があらわれる。

「今日でなければ、あとは日柄が悪いのだ」と邸の人々の手前、大将は言い、宮がどれほど嘆き悲しんでいるかとその気持ちをおもんぱかって、女房たちが「お亡くなりになってそんなにすぐに行かれるべきではありません」といさめるのを押してやってきたのだった。

道中も遠く感じられ、山奥に入っていくと身に染みるようなものさみしさである。いかにも不吉に葬儀の幕を引きめぐらしてある斎場を隠すかのように、宮の部屋だった西面（にしおもて）に大将は案内される。大和守が出てきて泣く泣く訪問の礼を言う。大将は妻戸の前の簀子（すのこ）に座り、高欄（こうらん）に寄りかかって、女房を呼び出そうとするけれど、みな悲しみに心を奪われて、何も考えられずにいる。こうして大将がやってきたので、少しは気持ちもおさまって、少将の君が応対する。けれども大将は何も言えない。そんなに涙もろいわけではない気丈な性格だが、この場所の様子やみなの悲しみを思うとたまらない気持ちになり、無常の世の有様が他人（ひと）ごとに思えないのも、また悲しくてならないのである。しばらく気持ちを落ち着けてから、

「多少はご病状もよくなられたと聞いておりましたので、気を許していたあいだにこ

んなことになろうとは……。はかない夢でもさめるのには間があるというのに、こんなにもあっけないなんて……」と言う。

御息所が心を痛めていた様子を宮は思い、この人のことであれほど心を乱すことになったのだと思うと、亡くなったのはさだめとはいえ、大将との縁がじつに恨めしく、返事もしないでいる。女房たちは、

「どのようにおっしゃっていますと大将にお伝えすればよいでしょうか」

「そう軽くはないご身分ながら、こうしてわざわざ早急においでくださったお気持ちをおわかりにならないようなのも、あんまりです」と口々に言うが、

「あなたたちでいいように返事をなさい。私は何を言えばいいのかわかりませんから」と宮は横になっている。それももっともなことではあるので、少将の君が、

「宮はこのところはお亡くなりのお方と変わらないご様子でいらっしゃいます。お越しくださったことは申し上げておきました」と言う。女房たちもみな涙にむせ返っている様子なので、

「私もなんと申し上げればいいのか……。もう少し私自身も気持ちを落ち着けて、またこちらでもお心の静まられた頃に参上しよう。それにしてもなぜ急にこんなことになったのか、ご事情が知りたいのだが」と大将は言う。少将の君が、はっきりとでは

ないが、御息所が日頃思い悩み、嘆いていた様子を少しずつ話して聞かせ、「あまりお話しすると恨み言を申し上げるようなことになってしまいます。今日はともあれ私も取り乱しておりますので、何やら間違ったことを申し上げてしまうかもしれません。ですので、宮はこんなに悲嘆にくれていらっしゃるけれど、いつまでもそうなはずはありませんから、少し落ち着かれました頃に、お話し申し上げ、また、そちらさまのお話も承りましょう」と、悲しみに呆然とした様子でいるので、大将は言いたかったことも口にできない。ただ、

「本当に私も闇の中を迷っているような心地だ。なんとか宮のお気持ちをなぐさめてあげてください。ほんの一言でもお返事がいただければうれしいのだが」などと言い、立ち去りがたくその場にいるのも身分柄ふさわしくないし、また人目も多いので、帰っていく。

まさか今夜ではあるまいと思っていた葬儀の支度が、手順よくてきぱきと進むので、いかにもあっけなく思い、大将は近くの荘園の人々を呼んで必要な用事の数々を指図して帰っていった。あまりにも急なことだったので簡素になりそうだった葬儀も、それで盛大になり、手伝いの人数なども増えた。大和守も、「なんとありがたい大将殿のご配慮」とよろこんでお礼を言っている。

母君の姿が跡形もなくなってしまって、あまりにも悲しいと宮は臥(ふ)し転(まろ)んで嘆いているが、どうしようもないこと。親とはいえども、こうも仲睦まじく暮らすべきではなかったのかもしれません。

そばに仕えている女房たちも、宮の様子を見て、このまま不吉なことになるのではないかと嘆いている。大和守は葬儀後の雑事を片づけて、「こんなに心細いお住まいではお暮らしになれないでしょう。悲しみの紛れる時とてないはずです」と言うが、宮は、やはり峰に上った母君の煙に近いところにいて、いつも思い出していようと、この山里で一生を暮らすつもりでいる。忌中にこもる僧は、寝殿の東面(ひがしおもて)やその渡殿(わたどの)、召使いたちが寝起きする下屋などにかりそめの間仕切りをして、ひっそりと控えている。西廂の部屋の飾りを外して、宮はそこにいる。日が明けるのも暮れるのもわからないほど悲しみに沈んではいるが、月日は流れ、九月になった。

山おろしの風がたいそう激しく吹き、木の葉は陰もなく散り落ち、あたりすべてがひどく荒涼とする季節である。日々もの悲しい空の風情に誘われて、宮は涙が乾く間もないほど嘆き、母君の後に続きたいのに、自分の命までも思い通りにはなってくれないと厭(いと)わしく情けない思いでいる。そばに仕える女房たちも、何かにつけてもの悲しく途方にくれている。大将は毎日のようにお見舞いの使者を遣わしている。心細げな念仏の僧たちの気が紛れるように、いろいろなものを贈ってはねぎらい、宮には、しみじみと情のこもった言葉を尽くし、そのつれなさを恨みながらも、悲しみへの尽きることのないなぐさめの言葉を寄せるが、宮は手紙を手に取ることもない。あの不覚な、とんでもない大将との一件を、母君が病に弱った心で、何かあったと思いこんだまま亡くなってしまったことを思い出すと、それが母君の成仏の妨げにもなるのではないかと胸が張り裂ける思いだ。この大将のことをちらりとでも耳にすると、いっそう恨めしく、また情けない涙があふれてくるのである。女房たちもなんと言っていいのか、困りはてている。

　宮から一行の返事もないのを、しばらくのあいだは、取り乱しているからだろうと大将は思っていたが、どんどん日が過ぎていくので、「悲しみにも限度があるだろうに。人の気持ちがこうもわからないなんてことがあるものか。どうしようもなく幼稚ではないか」と恨めしくなる。「もし蝶よ花よとお門違いの浮かれたことを書き送っているならともかく、心底悲しいことがあって嘆かずにはいられないことがあった時、どうですかと訊いてくれる人には親しみを覚えてしみじみありがたく思うはずだろう。大宮が亡くなった時、私はひどく悲しく思っていたが、大宮の実の子である致仕の大臣はそれほど悲しんでもおらず、親子の死別はこの世のさだめと割り切って、表向きの儀式ばかりに身を入れて供養していたのが、情けなく、気に入らなかった。けれど父院（光君）は義理の息子ながらかえって心をこめて後々の仏事まで営んでいたのが、自分の親だというひいき目を差し引いても、うれしく思えたものだった。またその時に、亡き督の君をとくべつ好きになったのだ。人柄がひどく落ち着いていて、なんでも深く考える人だったから、大宮の死も人一倍悲しんでいて、それで親しみを覚えたのだ」などと、所在なくあれこれともの思いに沈んで日々を明かし暮らしている。

大将の北の方（雲居雁）は、やはりこの二人の関係を「どういうことだったのだろう、御息所とは手紙のやりとりもしょっちゅうしていたようなのに」と事情がわかりかねて、大将が夕暮れの空をぼんやりと眺めて横になっているところへ、若君を使いにして手紙を送る。なんということのない紙の端に、

「あはれをもいかに知りてかなぐさめむあるや恋しき亡きや悲しき

（あなたの悲しみをどう考えてなぐさめたらいいのでしょう。後にお残りになった方が恋しいのか、亡くなられたあの方のことが悲しいのか）

はっきりわからないのが嫌なのです」とあるので、大将は苦笑して、「あれこれ疑ってこんなことを言うが、亡き人のことを思っているとは、筋違いな想像をしたもの

だ」と思う。すぐさま、何気ないふうに、

「いづれとかわきてながめむ消えかへる露も草葉のうへと見ぬ世を

（どちらの方のために悲しんでいるわけではない、はかなく消えてしまう露も、

草葉の上だけのことではなく、人の命も同じような世の中なのだから）

この世の無常が悲しいのだ」と書いた。やはりこうして本心を隠している、と北の方は、露の悲しみはともかく、並々ならず心を痛めている。

大将は、宮がどんな様子か気掛かりでならず、また小野へと出向いた。忌中が過ぎてからゆっくり訪ねようと気持ちを抑えていたけれど、とても我慢できなかったのである。「今となっては宮とのあらぬ噂を無理にも気にする必要があるだろうか。ただもう男として思いを遂げるべきではないか」と心を決めた。北の方の疑念にも、あえて言い訳することもない。宮自身が強く拒絶しようとも、あの「一夜ばかりの宿を借りけむ」という御息所の恨み言の手紙を理由に迫れば、あらぬ噂だとてとてもなかったことにはできまい、と心強く思っているのである。

九月十日過ぎ、野山の景色は、ものの風情のわからない人でも心動かさずにはいられまい。木々の梢も峰の葛の葉も、山風にたえられずせわしなく先を競って散っていくなか、尊い読経の声がかすかに聞こえる。念仏の声ばかりで人の気配はほとんどな

く、木枯らしがさっと吹いたあとには雌を求める雄鹿が垣根のそばにたたずんで、山田の鳥を追う引板の音にも驚かず、濃く色づいた稲田の中に入りこんで鳴いているのも、思いを訴えているようだ。滝の音は、もの思う人の心をいっそう掻き乱すかのように、うるさいほど響き渡っている。草むらの虫だけが心細そうに弱い声で鳴いている。枯れ草の下から竜胆が、ひとりだけ色あせずにのびのびと這い出て露に濡れている。いつもと変わらない秋の景色なのだが、思いのせいか場所のせいか、たえがたいほどのもの悲しさである。

大将はいつもの妻戸のところに近づき、そのままあたりを眺めて立っている。着馴れて肌に馴染んだ直衣に、下に着た濃い紅の衣裳の擣目がじつにうつくしく透けて見える。光の弱まった夕日が、それでも遠慮なく射し込んでいて、大将はまぶしそうに、さりげなく扇をかざして顔を隠している。その手つきに、女こそこうでありたいもの、けれど女だってこれほどまでには……と女房たちは思う。もの思いのなぐさめにしたくなるような、見ていると思わず笑みが浮かぶほどのうつくしい顔で、大将は少将の君を名指しで呼び寄せる。簀子もそう広くはないけれど、部屋の奥にほかの女房もいっしょにいるのではないかと気になって、こまごまとした話もできない。

「もっと近くに。すげなくするな。こうしてわざわざ山奥までやってきた私の気持ち

を疎んじてくれるな。霧も本当に深いのだ」と、わざと少将の君のほうを見ずに山のほうを眺め、

「もっとこちらに」としきりに言うので、少将の君は鈍色(にびいろ)の几帳(きちょう)を簾(すだれ)の端から少し押し出し、着物の裾を片寄せて座る。この少将の君は大和守(やまとのかみ)の妹で、宮とは遠からぬ縁があり、幼い頃から御息所が育てていたので、衣の色を格別に濃くして、橡色(つるばみいろ)の喪服一襲(ひとかさね)に小袿(こうちき)を着ている。

「こうして悲しみの尽きぬご不幸はそれとして、宮の言いようもないつれないお心を思うと、心もたましいも抜け出てしまって、会う人ごとにどうしたのかと怪しまれるので、もうこれ以上とても我慢ができない」と次々と恨み言を言い続ける。あの御息所の最後の手紙まで持ち出して、はげしく泣き出す。少将の君も、大将以上にひどく涙にむせび、

「あの夜、あなたさまのご訪問もないばかりかお返事もないままなのを、ご臨終の苦しいさなか、御息所はそのまま思い詰めになって、空もすっかり暗くなる頃にご気分もおかしくなられて……。そうした弱り目につけこんで、いつもの物の怪がお命を奪ったように見えました。以前の督の君さまのご不幸の時も、御息所はほとんど正気をおなくしになる時が多くありましたが、同じように悲しみに沈んでいらした宮さまを

どうにかなぐさめようと気を張っていらしたから、なんとか正気でいらしたのです。その母君がお亡くなりになったお嘆きに、宮さまはただ抜け殻のようになっておしまいで、呆然と暮らしておいででした」などと涙をこらえることもできずに、はきはきと話すこともできない。

「そうでしょう。とはいえ、そんなふうでばかりいらっしゃるのもあまりにも頼りなく、情けないお心だ。御息所のお亡くなりになった今、畏れ多いことだが、だれを頼りにするおつもりなのだろう。西山にお住まいの父院（朱雀院）も、まことに深い山の中、俗世のことはすっかりご断念になった雲の中のようなお暮らしだろうから、手紙のやりとりも難しい。まったくこんなにもつれない私への仕打ちについて、あなたからもよく言い聞かせてわからせてあげてほしい。すべては前世から決まっているのだよ。この世に生きていたくないと思っても、そうはいかないのが世の中だ。そもそも、こうしたお別れ自体、思い通りになるものなら、あり得ないはずだ」などと、何かにつけて多くの言葉を重ねるが、少将の君は返事のしようもなく、ため息をついて座っている。鹿がひどく鳴いている。「われ劣らめや（私の泣き声が劣るだろうか）」と、大将は古歌「秋なれば山とよむまで鳴く鹿にわれ劣らめやひとり寝る夜は（古今集／秋なので山が響くくらい鹿が鳴くけれど、私の泣き声がそれに劣るだろうか、ひ

とり寝る夜は)」を引き、

里遠み小野の篠原わけて来てわれもしかこそ声も惜しまね

(人里も遠く小野の篠原を分けてやってきて、私もこうして鹿と同じように声も惜しまず泣いています)

と詠むと、少将の君は、

藤衣露けき秋の山人は鹿のなく音に音をぞ添へつる

(喪服の藤衣も涙に濡れる、露深い秋の山里に住む私たちは、鹿の鳴き声に声を添えて泣いていました)

たいした歌ではないが、折が折なので、ひっそりとした声づかいなどそう悪くないと大将は聞くのだった。

大将は、少将の君を通じて宮への挨拶を伝えるけれども、宮からは、

「今はこうして思いもよらない悲しい夢を見ているような有様ですので、もしその夢から少しでもさめる時がありましたら、こうしてたえずお見舞いいただいているお礼も申し上げましょう」とだけ、そっけない返事があるきりだ。まったくいかんともしがたいつれないお心よ、と大将は嘆きながら帰っていく。

道すがらも、もの悲しげな夜空を眺める。十三日の月がたいそう明るく上ってきた

ので、暗いという名の小倉の山も迷うことなく帰ることができる。宮の本邸である一条邸は、帰り道の途中にある。以前よりいっそう荒れ果てて、西南の隅の築地塀の崩れたところから邸内をのぞくと、格子がずっと一面下ろしてあり、人影もなく、月だけが遣水の表面をさえざえと照らしていて、亡き督の君がここで音楽の催しなどをしていた折々を大将は思い出す。

見し人のかげすみ果てぬ池水にひとり宿守る秋の夜の月

（昔の友の影を映すこともなくなった池の水に、ひとり秋の夜の月だけが宿ってこの邸を守っている）

とひとりごとをつぶやきながら、自邸に帰っても、月を眺めては心ここにあらずのままである。

「なんと見苦しい。こんなことは今までなかったのに」と女房たちもみな憎らしがっている。北の方は心底情けない気持ちで、「お心がもうどこかにいってしまったのだろう。はじめからこうしたことに馴れている六条院の女君たちを、何かというと立派なお手本のように引き合いに出しては、この私を性根の悪い無遠慮な女だと思っているのが、おもしろくない。私だって昔からそんな暮らしをしていたのなら、世間はそうしたものだろうと思えて、かえってふつうに暮らせただろうに。世間のお手本にしたいほどの真面目な夫だと、親兄弟をはじめとして、だれもがあやかりたいほどのしあわせな夫婦だと思っているのに、このままでは最後に恥をかくような目に遭うのではないか」などと、深く嘆いている。

夜も明け方近いのに、二人はお互いに話すこともなく背を向け合ったままため息をついて夜を明かした。朝霧が晴れるのも待たずに、大将はいつもの通り急いで手紙を書いている。北の方はひどく不愉快だけれども、このあいだのように奪ったりはしない。大将はくどくどと書きつけてから筆を置き、歌を口ずさんでいる。声をひそめているけれど、北の方の耳に漏れ聞こえてしまう。

「いつとかはおどろかすべき明けぬ夜の夢さめてとか言ひしひとこと
　（いつのことと思ってあなたを訪ねたらいいでしょうか、長い夜の夢がさめた
　　時とおっしゃっていましたが）

上より落つる」

と、つぶやいたのは、「いかにしていかによからむ小野山の上より落つる音無の滝（音の無いという、小野山の上から落ちる音無の滝の音を聞くにはどうしたらいいのでしょう）」からの一言でしょうか。そのあとも、「いかでよからむ（どうしたらいいのか）」などと口ずさんでいますから……。

人を呼んで手紙を託す。返事だけでもこの目で見たいものだと北の方は思う。やはりどうなっているのか、様子を知りたいのである。

日が高くなってから返事が届く。濃い紫色の紙に、そっけなく、いつものように少将の君からの返事である。以前と変わらず、宮からのお言葉はない旨が書かれ、「あまりにもお気の毒ですから……。いただきましたお手紙に、宮さまが手なぐさみにお書きになったものをこっそり頂戴いたしましたので」と、返事の中に破って入れてある。手紙は見るには見てくれたのだと思うだけでうれしくなってしまうのだから、なんともみっともない話。

とりとめもなく書かれているのを続けて見てみると、

朝夕に泣く音を立つる小野山は絶えぬ涙や音無の滝

（朝に夕に声を上げて泣いているこの小野山では、絶えることのない涙が音無の滝となるのでしょうか）

……のように読めます。そのほか、古歌なども、いかにも悲しげに書き散らしてあるが、その筆跡もみごとである。

「他人ごとならば、こうも色恋にのめりこむなんて、馬鹿らしい、正気の沙汰ではないと思ったものだが、自分のこととなるとなるほどとてもじっとしていられないものだ。不思議なことに、なぜこうまで思い焦がれなければならないのだろう」と思い返してみるが、どうにもしようがない。

六条院の光君もこの噂を耳にした。「大将はものごとのわきまえがあり、何ごとにおいても冷静で、人の非難を受けることもなく無難に今まで過ごしてきて、それが親としても誇らしかった。私は若い頃に少しばかり色恋にかまけて、浮き名を流してしまったが、その面目も立つというものだとうれしく思っていたのだが、困ったことだ、どちらの方々にとっても心苦しいことになろう。致仕の大臣と大将は、伯父と甥という遠からぬ関係だし、大臣がどう思うだろう。この程度のことが大将にわからないはずはないが、しかし宿世とは逃れようのないもの、どうこうと口出しできるようなことではないし……」と思う。ただ女の身を思うと、宮も、また大将の妻（雲居雁）も、どちらも気の毒なことだと、よそながらこの話を聞いて嘆いている。

紫の上にも、これまでのこと、この先のことを思いながら、こうした話を聞くにつけ自分が亡くなった後のことが気掛かりだと話す。紫の上は顔をぱっと赤らめて、情けない、そんなに長く私を後に残すおつもりなのか、と思っている。「女ほど、身の振り方が窮屈でかわいそうなものはない。うつくしいものに心動かされたり、折々の風雅を味わったり、そういうことを何もわからないかのように引きこもっておとなしくしていたら、いったいどうやってこの世に生きるよろこびを味わい、無常の世のむなしさを忘れたりできるというのだろう。おおよそ世の中のこともわからない、何もできない女になってしまったら、せっかく育て上げた親だってひどく不本意だと思うに違いない。心にじっとおさめて、十三歳になるまでものを言わなかった無言太子——小法師たちが無言行のつらい修行の時に引き合いに出す昔話の人みたいに、悪いこととよいことのけじめをわかっていながら黙っているなんて、生きる甲斐もないではないか。私自身、ほどよく生きていくにはどうしたらいいのだろうか」と思いめぐらせているのも、今はただ、明石の女御が産んだ女一の宮の育て方を思ってのことである。

大将の君が参上する機会があったので、光君は、この君がどのようなつもりであるか知りたくて、

「御息所の忌中は終わっただろうね。昨日今日と思っているうちに、三十年より前のことになる世の中だ。ああ、どうにもしようがない。夕べの露ほどのはかない命を貪っているのだから。なんとかこの髪を剃ってしまって、何もかも捨てて出家したいと思うのに、未だにこうものんきに暮らしているのだからね。本当にみっともないこと

だ」と言う。

「たしかに世を捨てても惜しくはなさそうな人でも、だれしもそれぞれ捨てがたく思う世の中なのですね」と大将は言い、「御息所の四十九日の法要は、大和守の何々朝臣がひとりで取り仕切っていますが、思えばわびしいことです。しっかりした縁者のない人は、生きているあいだだけはともかく、こうして亡くなった後は悲しいものです」と続ける。

「朱雀院からもお見舞いがおありだろう。後に残されたあの宮（落葉の宮）もどんなに嘆き悲しんでいるだろうね。前に聞いていたよりも、ここ最近、何かにつけて見聞きするところでは、あの更衣（一条御息所）はよくできた難のない方のひとりだった。世間一般からしても残念なことだった。もっと生きていてほしい人がこうして亡くなっていく。朱雀院も、思いがけないことでひどくお悲しみだった。あの宮のことを、こちらにいる尼宮（女三の宮）の次に院はかわいがっていらっしゃった。お人柄も立派なのだろうね」と光君。

「お人柄がどのようかはわかりません。母君の御息所は、お人柄もお気遣いも申し分のないお方でした。親しく打ち解けてくださったわけではありませんが、何かちょっとしたことのついでに、お心配りというのは自然とわかるものですから」と大将は言い、宮のことについてはおくびにも出さず、素知らぬ顔でいる。光君は、「これほど真面目な性分の男が思い詰めているのだ、意見をしても仕方なかろう。どうせ聞き入れられないことを、もっともらしく口出しするのも無駄なことだ」と考えて何か言うのをやめた。

　こうして四十九日の法要に、大将は万事を取り仕切って営ませる。そうした噂はどうしても広まることとなるので、致仕の大臣の知るところともなり、「あるまじきことだ」と、女のほうが軽率であるかのように思ってしまうのも、理不尽なこと……。亡き督の君との縁があるので、致仕の大臣の子息たちも法要に参列する。誦経のお布施など、致仕の大臣からも盛大にさせる。そのほかのだれ彼もみな負けず劣らずお布施をするので、今をときめく人々の法要にも引けを取らない立派なものとなった。

　宮はこのまま小野に引きこもって出家してしまおうと決意したのだけれども、それをだれかが朱雀院にそっと伝えてしまった。

「それはとんでもないことだ。たしかに、あれやこれやと複数の男に身をゆだねるのはよくないけれど、かといって後見のない人は、なまじ尼姿になってからけしからぬ浮き名が立って罪を作りかねない。そうなったらこの世でも来世でも浮かばれない、中途半端な身となって、悪く言われることになる。私がこうして俗世を捨てた上に、女三の宮まで同じように尼となったのを、この先子孫がいなくなるかのように人に言われたり噂されたりしているのだ。そんなことは俗世を捨てた身としては気に病むことではないが、あなたまでが張り合って出家するのはよくない。この世がつらいからといって俗世を厭い捨てるのは、かえって見苦しいものだ。自分でよく考えてみて、もう少し気持ちを落ち着けて、冷静になってからどうなりと決めたらいい」とたびたび言ってくるのだった。このたびの浮いた噂も耳に入っているのだろう。その恋愛がうまくいかないので俗世を厭い離れたのだと世間に噂されるのではないか、と院は心配しているのである。かといって、宮が大将とはっきりいっしょになるのも軽々しいし、好ましくはないと思っているのだが、しかしそう言い出せば宮が恥ずかしい思いをするに違いなく、それも気の毒なので、なぜこの私までが噂を聞いて口出ししようか、と思い、この件については院は一言も言わないでいる。

大将も、「あれこれ言ってみても、もうどうにもなるものでもない。宮のお心が受け入れてくれるのは難しそうだ。御息所がご承知なさったことなのだと人前では取り繕うことにしよう。仕方がないことだ。亡きお方のお考えが少々浅かったという罪を着てもらって、宮との仲がいつからそうなったのかはわからないようにしてしまおう。今さら年がいもなく恋に夢中になって、涙ながらにしつこく口説くのも、いかにも女馴れしていないみたいだ」と心を決めて、宮が一条の邸に移る日は何月何日と日取りを決めて、大和守を呼びつけ、縁組みにふさわしい諸式の準備を命じた。一条邸の中をきれいに整え、気をつけてはいても女ばかりの暮らしでは草も生い茂るままに暮らしていたのを、磨き立てたように飾る。その心づかいは隅々まで行き届き、結婚に必要な諸式も立派にし、壁代（仕切りの帳）、屛風、几帳、御座所などまで気を配り、大和守に命じ、彼の家で急いで用意させる。

その当日、大将自身は一条邸にいて、車や先払いの者たちを小野に遣わす。宮は「ぜったいに移りたくない」と思いを伝えても、女房たちはなんとか説得し、大和守も、「そんなことはとても承知できません。宮の心細く悲しいご様子を拝見するのは嘆かわしく、これまで、できる限りのお勧めはさせていただきました。けれど今は任国の仕事もありますから、そちらに下向せねばなりません。一条邸にしても、今後のお世話をまかせられる人もありません。それでは先行きも心配で、どうしたものかと思っていましたが、こうして大将殿がすべてお世話くださるのです。たしかにこちらとしましては、かならずしも大将殿のご意向に従わねばならぬご身分ではありませんが、こんなふうに思い通りにならなかった例もたくさんございます。ですから何もあなたさまおひとりが世間の非難を受けるはずもないのです。いかにも幼いお考えです。

いくら気強くいらしても、女ひとりのお考えでご自身の身の振り方を見つけて暮らしていくことができましょうか。やはりどなたかがたいせつにかしずいてくださるのに助けられてこそ、深いお考えにもとづく立派な暮らしのご方針も成り立つのではありませんか。女房のあなたがたがよく言い聞かせないからです。そのくせ、けしからぬお手紙の取り次ぎなどをそれぞれ勝手にしているのだから」と言い続けて、左近や少将の君を責める。

女房たちが集まって説得するので、宮はどうにもしようがなく、女房たちが喪服から色鮮やかな衣裳に着替えさせるあいだも気が抜けたようでいる。ただただ削ぎ捨ててしまいたい髪を掻き出してみると、長さは六尺ほど、少し細ってはいるものの、女房たちには不恰好とも見えないのだが、宮自身の気持ちとしては、「なんてやつれてしまったのだろう。とても人に見せられる姿ではない。なぜこんなにも情けないことばかり起きる身の上なのか」と思い続けて、また横になってしまう。

「時間に遅れます。夜も更けてしまいます」と女房たちはみな騒ぐ。時雨がひどくあわただしく吹きつけて、何もかもがもの悲しくて、

　のぼりにし峰の煙にたちまじり思はぬかたになびかずもがな

（峰の煙となって立ち上っていった母君のそばに行きたい、思いもよらないほ

うに流されて行きたくない）

宮ひとりは出家を強く望んではいるけれど、この頃ははさみのようなものはみな隠してあって、女房たちが目を離さずにいるものだから、こうして騒ぎ立てたりしなくても、この身など何も惜しくはない、愚かな子どもみたいに髪を削いだりするはずもない。そんな人聞きの悪いことをするはずがないのに、と思うので、宮は心のままに尼になることはしないでいる。

女房たちはみなせわしなく立ち働いて、それぞれ、櫛や手筥や唐櫃など、いろいろなものを、きちんとしていない袋のようなものに入れて、先に運び出してしまってあるので、宮ひとりで残っているわけにもいかず、泣く泣く車に乗る。車に乗っても母君のいないかたわらばかりが気になってしまう。小野に来た時は、気分が悪いながらもかたわらにいた御息所が髪を撫でつけてくれ、車から下ろしてくれたことを思い出すと、涙で目が曇り、ひどく悲しくなる。お守り刀といっしょに、経典を納めた経箱が今もそばにあるので、

恋しさのなぐさめがたきかたみにて涙にくもる玉の筥かな

（母君の形見の玉の箱を見るにつけても、恋しさはなぐさめられず、涙で曇ってしまう）

喪中のための黒塗りの経箱もまだ調える余裕がなく、御息所がいつも使っていた螺鈿（らでん）の箱である。誦経のお布施にと遺言があったものを、形見にとっておいたのである。宮はまるで玉手箱を持って見知らぬ故郷へ帰っていく浦島太郎のような気持ちである。

一条邸に着くと、邸内は悲しげな様子もなく、人の出入りも多く、まるで雰囲気が違う。車を寄せて下りようとしても、とてもかつて住んでいた古里とは思えず、疎ましく、見知らぬところに思えて、宮はすぐに下りることもできない。なんと奇妙な、子どもじみたお振る舞いかと女房たちもそばで困っている。大将は、東の対（たい）の南面（みなみおもて）を自分の仮の部屋にしつらえて、もう主（あるじ）顔で座っている。本邸の三条邸では女房たちが、「ずいぶんと急にあきれたことをなさるものですね。いつからそんなことになっていたのでしょう」と驚いている。日頃、ものやわらかに色めかしく振る舞うことを苦手としていた人は、こうも唐突なことをしがちなもの。けれど世間では、ずいぶん前からこのような関係なのを、だれにも漏らさず気取られもせずにきたのだろうとばかり思いこんで、このように女のほうでは承知していないことだと気づく人はひとりもいない。いずれにしても宮のためにはなんとも気の毒なこと……。

喪中ではあるので、結婚の準備なども通常とは違って、新婚としては縁起が悪いようではあるが、食事なども済み、みな寝静まった頃に大将が姿を見せ、宮と逢わせる

よう少将の君をひどくせき立てる。少将の君は、

「宮のことを本当に末長く思ってくださるならば、今日明日が過ぎてからお話しになってください。こちらにお帰りになり、かえって悲しみがぶり返して沈みこんでしまわれて、死んだ人のように臥せっていらっしゃいます。私どもがなだめましても、ひどいことを言う、とばかり思っていらっしゃいます。私どもそんなふうには思われたくありませんから、面倒なことは申し上げにくいのです」と言う。

「おかしなことを言うね。想像していたのとは違って、大人げなくて話の通じないお人なのだね」と大将は、自分の考えていることは、宮にとっても自分にとっても世間の非難など受けるいわれのないことだと言い続けるので、

「いえもう、今はただ、宮さままでもがどうにかなってしまわれるのではないかと気が気ではなく、取り乱しておりますので、何も考えられません。どうかお願いですから、何かと無理強いするような、ご無体なことはなさらないでくださいませ」と手を合わせている。

「まったくこんなひどい目に遭ったことはない。憎たらしい不愉快な男だと、だれよりも格段に見下げられている我が身がじつに情けない。どちらが正しいか人に是非を問いたいほどだ」と、話す甲斐もないと思っているようなので、さすがに気の毒にも

なる。

「『こんな日に遭ったことがない』とおっしゃるのは、男女のことをよくご存じでないせいではありませんか。どちらが正しいと人は言うでしょう」と少将の君はちいさく笑う。

少将の君がこんなに頑固に言い張るけれど、大将はもうだれからも邪魔立てされるつもりはないので、そのまま少将の君を引っぱり立たせて、見当をつけて宮の部屋に入ってしまう。宮は心底情けなく、「なんと思いやりのない、浅はかな心の持ち主だろう」とくやしく恨めしく、「大人げないとだれに言われたってかまうものか」とも思い、塗籠に敷物を一枚敷かせて、内側から掛け金を下ろしてしまう。これもいつまで守れるのか……。これほどまでに節度も乱れた女房たちの心を、宮はひどく悲しく、残念に思う。男君は、「まったく失礼な、ひどいことを」と思うが、これほどのことでどうしてあきらめられようか、とのんびりかまえて、あれこれと思案をめぐらせて夜を明かす。「足引きの山鳥の尾のしだり尾の長々し夜をひとりかも寝む（拾遺集／垂れ下がった山鳥の尾のように長い秋の夜を、離ればなれで寝るという山鳥の夫婦のように、私もひとり寝るのだろうか）」と詠われた、山鳥の気分なのである。ようやく明け方になった。このままでは、女房たちに見られて決まりの悪い思いをするだけだから、立ち去ろうとして、「ほんの少し、隙間だけでも」と言葉を尽くして頼んでみるが返事はない。

「怨(うら)みわび胸あきがたき冬の夜(よ)にまた鎖(さ)しまさる関(せき)の岩門(いはかど)

（あなたを怨んで胸の晴れない長い冬の夜に、その上関の岩門のように、鍵までかけて私を堰(せ)き止めるのですね）

言いようもなく冷たいお心だ」と、泣く泣く立ち去る。

大将は六条院に行って休息をとる。東の御方（花散里(はなちるさと)）は、

「一条宮(いちじょうのみや)（落葉の宮）を京にお移しになったと、あの致仕の大臣のあたりでお噂していますが、どういうことなのでしょう」とじつにおっとりと訊(き)く。几帳で隔ててはいるが、脇からちらりと姿を見せている。

「やはり人はそんなふうに噂するだろうと思っていました。亡き御息所は宮の縁組みについては、はじめはたいそう強固に、とんでもないことのようにきっぱりと反対なさいましたが、もうご臨終も近くお心が弱られた時に、この私のほかに宮のお世話をまかせられそうな人がいないのが悲しかったのでしょうか、自分が亡き後は宮の後見になってほしいとお願いされたのです。亡くなった衛門督(えもんのかみ)（柏木(かしわぎ)）とのよしみもありますし、こうして引き受けることにいたしました。けれど人はどのように言っている

でしょうね。そう騒ぎ立てるようなことではないのに、人は妙に口さがないものですからね」と大将は笑い、「宮ご本人は、やはりもうふつうの暮らしはしたくないとかたく決意なさって、尼になりたいと思い詰めていらっしゃるようですから、いやもう、結婚などは……。あちらこちらに外聞の悪いことでもありますからね。もし宮が出家なさって、私の嫌疑が晴れることとなっても、やはり御息所の遺言には背いてはならぬと思いまして、ただこのようにお世話しているのです。父院（光君）がこちらにいらした時には、何かのついでがありましたら、今話したことを伝えてください。この年になってけしからぬ気持ちを抱いて、などと思われたり言われたりするだろうから気兼ねしていましたが、実際、男女のことについては、人の意見にも従えないし、かといって自分の心のままにもならないとわかりました」と声をひそめて話す。

「根も葉もない噂だと思っていましたが、本当にそのようなご事情だったのですね。みな世間によくあることですが、三条の姫君（雲居雁）はどうお思いかとお気の毒です。今まで何ごともなく暮らしていらしたから」と東の御方が言うと、

「姫君とはまたずいぶんかわいらしく呼びますね。まったく鬼のような女ですよ」と大将。「いや、どうして妻をないがしろにしたりしますか。失礼なもの言いですが、あなたご自身の暮らしから推測してみてください。人は穏やかなのが結局のところい

ちばんいい。意地悪く口やかましいのも、最初のうちは何やらうるさくて面倒くさいから、ついこちらがちいさくなってしまうけれど、そういつまでも言いなりになっているわけにもいきません。何か問題が起きると、こちらも相手もお互いに憎らしく愛想が尽きるものです。やはり紫の上の心構えこそ何かにつけまねのできないものですし、それからあなたの心掛けも、またご立派なものだと思うようになりました」などと褒めるので、東の御方は笑う。

「そんなふうに引き合いに出されると、あまり顧みられない妻という、私の体裁の悪い評判がはっきりしてしまいますよ。それにしてもおもしろいのは、院（光君）は、ご自分の浮気癖はだれも知らないかのように棚に上げて、あなたが少しでも色気づいたことをなさると大騒ぎなさって、ご忠告したり、陰口までおっしゃいます。利口ぶった人が、自分のことは何も気づかないようなものです」と言うので、

「そうなのです。いつも恋愛のこととなるととくに厳しく言うのです。けれど、そんなもったいないご教訓をもらわなくても、私は充分気をつけているのですよ」と、大将も、いかにもおもしろいことだと思っている。

その光君のところへ大将は挨拶に行く。光君は、一条宮（落葉の宮）についてすでに聞いてはいるものの、知った顔をすることもないと思い、ただ黙って大将の顔を見

つめている。「じつに堂々と気品に満ちている。近頃はますます男盛りのようだ。そんな浮気沙汰を起こしても、人が非難できるような姿ではない。鬼神であっても罪を許してくれそうなほど、際立ったうつくしさで、若々しく、今を盛りに照り輝かんばかりではないか。無分別な若者という年齢ではもうなく、どこといって欠点もなく立派に成熟したところを見ると、無理もないことだ。女だったらどうして夢中にならずにいられよう、鏡を見てどうしていい気にならずにいられよう」と、我が子ながら思うのである。

日が高くなってから、大将は三条邸に帰った。入るなり、若君たちが次々にかわいらしげにまとわりついて遊びはじめる。北の方（雲居雁）は帳台の中で横になっている。大将は帳台に入るが、北の方は目も合わせない。自分を恨んでいるのだろう、それも無理からぬことだと思いながらも、大将は遠慮するそぶりもなく北の方の衣裳を引きはがす。すると、

「ここをどこだと思っているのですか。私はもうとうに死にました。いつも私のことを鬼と言っているでしょう、だから鬼になってしまおうと思いますの」と北の方が言う。

「心は鬼よりこわいほどだが、姿は憎くはないのだから、嫌いになったりはできない

な」と、大将が何もなかったかのように言うのにも腹が立ち、

「すばらしくお洒落をして優雅な振る舞いをなさっている方のそばに、いつまでもごいっしょできる身ではありませんから、もうどこへなりとも消えてしまいたいのです。どうぞもう私のことなど忘れてくださいな。無駄に長い年月を連れ添ったのもくやしいだけです」と言って起き上がる姿は、なんとも魅力的で、つややかに赤みのさした顔はじつにうつくしい。

「こうやって子どもっぽい怒り方をするからだろうか、馴れっこになって、この鬼はもうこわくもなくなってしまったよ。鬼ならもっとおごそかであってほしいけれど」と冗談を言うと、

「何を言いますか。いっそのこと死んでしまえばいいのに。私も死にます。見れば憎いのです。聞けば癪に障る。あなたを見捨てて死ぬのは気掛かりだし」と北の方は言うのだが、ますます愛くるしさが増すばかりなので、大将は満面の笑みで、

「近くで私を見ないとしても、よそながら噂が聞こえてこないはずがない。死んでまで、私たちの縁がどれほど深いかを教えてくれようという気持ちなのだね。どちらかが先に死んだら、すぐあとを追って冥土へともに旅立とうと約束したものね」と取り合うこともせず言い、あれこれとなだめすかしてなぐさめる。北の方は、実際子ども

のように素直で、かわいらしいところのある人なので、心にもないことだとは思いながら、だんだん機嫌をなおしていくのである。それをいとしい人だとは思いながら、大将の心は上の空で、「あの宮も、何がなんでも我を張って、てこでも動かないというような人には見えないけれど、本当に私といっしょになるのが嫌で、尼になろうなどという気になったら、私もずいぶん馬鹿な目を見ることになるぞ」と思うと、ここしばらくは日をおかずに通わなくてはならぬと、落ち着いていられなくなる。日が暮れるにつれて、今日も返事すらないと思うと気掛かりで、ひどくもの思わしげな面持ちである。

北の方は、昨日今日とまったく手をつけなかった食事に、ほんの少し箸をつけている。

「昔からあなたへの私の気持ちがどれほどのものだったか……。昔、致仕の大臣が私にひどいお仕打ちをなさって、世間から馬鹿な男だと評判を立てられても、我慢しかねることも我慢した。あちこちから熱心な縁組みの申し出があったけれど、ぜんぶ聞き流した私のことを、女だってそこまで操（みさお）は立てまいに、男のくせにみっともないと人も悪口を言ったものだ。今考えても、どうしてあんなふうに一途（いちず）でいられたのか、若かった頃でさえ浮ついたところがなかったのだと我ながら思うよ。今あなたはそう憎むけれども、見捨てられない子どもたちが家じゅうにわんさといるのだから、自分の気持ちにまかせてここを出ていくわけにもいかないだろう。まあ、見ていなさい。いつまでの命かわからないこの世だけどね」と思わず泣き出してしまう。北の方も昔のことを思い出すと、本当に類ないほどの仲睦まじさだった、やはり深い因縁に結ばれているのだ、と思わずにはいられない。大将が着馴れてよれよれになった着物を脱いで、とくべつにあつらえた衣裳を幾枚も重ね、香を薫きしめ、きちんと身繕いしうつくしく化粧をして出かけていくのを、北の方は火影のなかに見送る。こらえきれず涙があふれてきて、大将の脱いだ単衣の袖を引き寄せ、

「馴るる身をうらむるよりは松島のあまの衣に裁ちやかへまし

　（長いあいだ連れ添って馴れ親しんだこの身の不幸を恨むより、松島の海女の衣に——尼の衣に裁ち変えてしまおうか）

やはりこの世でこれ以上は暮らしていけそうもない」とひとりごとをつぶやく。大将は足を止め、

「なんと情けないことを……。

　松島のあまの濡衣なれぬとてぬぎかへつてふ名を立ためやは

　（長いあいだ連れ添って飽きがきたからといって、私を見捨てて尼になったと

噂されてもよいのですか）」

と、気が急いているものだから、なんともありきたりな歌だこと……。

一条邸では、宮はまだ塗籠にこもっていた。女房たちは、

「このままではいけません。大人げなく非常識なお方だと世間でも噂になってしまいます。いつものお部屋にお移りになって、申し上げたいことを大将にお話しなさればいいのです」など、あれこれと言う。もっともだと宮は思いながら、この先世間でどう言われるか、また自分が今までどんな気持ちで過ごしてきたか、それもこれもみなあの不愉快な、恨めしい男のせいだと思い詰めて、その夜も大将とは対面しようとしない。大将は、冗談ではない、あるまじきことだとあれこれと文句を言う。少将の君も、大将が気の毒になる。

「宮は、『少しでも人心地のつく折がありましたら、そしてもしその時私をお忘れでなければ、なんなりと申し上げることにいたします。せめて喪に服しているあいだは、それ一筋に、心を乱すことなく供養したいのです』と深く決意なさってそうおっしゃっています。そしてこうしてあなたさまとのことが、不都合にも世間に知れ渡ってしまいましたことを、やはりとても心外なさり方だとおっしゃっています」と少将の君が言うと、

「私の思いは、そのへんの男とはまったく違うのだから安心していいものを。男女のことは思うようにはいかないね」とため息をつく。「ふだんのお部屋にいらっしゃるなら、もの越しにでも、私の思いだけを伝えて、お気持ちを裏切るようなことはけっしてするまい。この先長い年月、待つつもりでいます」などと、果てしなくいろいろと言い募るけれど、

「それでもやはり悲しみに取り乱しているところに、無理にいろいろおっしゃるそのお気持ちは本当につらい。世間の噂や思惑も、すべて人並み外れて不運な私のせいでしょうけれど、それはそれとしても、何よりも情けないのはあなたさまのお心です」と、宮は言い返し、まるで寄せつけようとしない。

「だからといってこのままでいいはずがない、人が聞いて噂するのも無理もない」と大将は引っ込みがつかず、邸の人たちの目も気になって、

「宮の内々のお気遣いの点は言う通りにしたとして、しばらくは表向きだけ夫婦として振る舞おう。私を夫として認めないのはいかにも情けないことだ、しかしだからといって私がふっつりこちらへ来なくなったら、宮の面目も気の毒なことになろう。一方的に思い詰めて大人げないのも困ったものだ」と少将の君を責めると、たしかにその通りだ、と彼女は思い、大将の有様も今は気の毒で、申し訳なくなって、女房が出

入りしている塗籠の北の戸口から大将を中に入れてしまう。

「なんとひどいことを、情けない」と宮は近くに仕える女房たちを恨み、「なるほどこれが世間の人の心なのだから、この先もっとひどい目にも遭うのだろう」と、頼りにできる人もすっかりいなくなった身の上を返す返すも悲しく思う。

男は、あれこれと宮が納得するべき世の道理を話して聞かせ、言葉数多く、心動かされるようなことをしみじみと語り尽くすが、宮はただもう恨めしく、なんと嫌な人だろうと思うばかりである。

「まったく話にならぬような嫌な男だと決めつけられた自分の身が、この上もなく情けない。あるまじき思いを抱いてしまったのは不注意だったと悔やまれるけれど、今さらどうなるものでもありません。あなたの評判だってどうして取り戻せましょう。どうにも仕方がないことであきらめてください。自分の思うようにならない時に身投げをするという話もあるようですが、今はもうこの私の思いを深い淵（ふち）だとお考えになって、その淵に身を投げたとお思いになってください」と大将は言う。単衣（ひとえ）の着物を髪ごと引きかぶって、ただ声を上げて泣くよりほかにできることのない宮の姿は、慎み深くいたわしい。

……ああ情けない。どうしてこんなに嫌われるのだ。どんなに心を強く持っていても、ここまできたら自然に気持ちもほどけるものなのに。岩木もかなわないほどかたくなに拒むのは、前世からの因縁が違うために男を憎むことがあるらしいが、宮もそう思っているのか、とそこまで考えると、あまりのことにつらくなり、三条の女君（雲居雁）が今どのような気持ちでいるか、と思う。昔もなんの疑いもなくお互いに仲良くしていたことや、これまでもまっすぐ自分を信じて安心しきっていた様子を思い出し、自分のせいでこんなつまらないことになってしまったのだと思い続けて、無理に宮をなだめることもやめ、ため息をついて夜を明かすのだった。

　こうして、いつまでも馬鹿げた有様で出入りするのも変なので、今日はこちらに泊まることにして、ゆっくりと過ごす。こうまで図々(ずうずう)しいことに宮はあきれた思いで、ますます大将を疎んじる。その様子に、見苦しいほどかたくなな心だと一方では恨めしく思うものの、不憫(ふびん)にも思えてくる。塗籠も、別段こまごましたものが多くあるわけではなく、香料の入った唐櫃(からびつ)や御厨子(みずし)などがあるだけで、それをあちらこちらに片づけて、人の住めるように整えているのだった。内部は暗い感じがするけれど、朝日が上る頃に光が射し込んできたので、大将は宮が引きかぶっている衣裳を引きはがし、ひどく乱れている髪を掻き上げて、わずかに宮の顔を見る……。

たいそう気高く女らしく、優雅な感じの人である。男の姿は、あらたまった恰好でいる時よりも、こうしてくつろいでいるほうがこの上なくうつくしい。亡き督の君(かんのきみ)が自身はたいした容姿でもなかったのに、これ以上ないほど思い上がっていて、妻である自分をそううつくしくもないと思っていたことを宮は思い出し、ましてこうもひどくやつれてしまった自分に、大将がしばらくのあいだでも我慢できるだろうかと思い、消え入りたいほど恥ずかしくなる。あれやこれやと思いめぐらせて、宮は自身の心を静めようとする。けれどどうにもばつが悪く、あの方がこのことを耳にしたら、どうしたって自分が悪いことになるだろうし、今は喪中でもあることが情けなく、どうにも気持ちを落ち着けることができないでいる。

　洗面の支度や粥(かゆ)などは、いつもの居間のほうで用意する。喪中ということで調度類が通常とは異なる色なのも縁起が悪いので、東面には屏風(びょうぶ)を立てて、母屋との隔てには香染めの几帳(きちょう)など、仰々しく見えないものを用い、沈(じん)の二階棚などといったものを立てて、それとなく気配りをして部屋を整えてある。大和守(やまとのかみ)の取り計らいだった。女房たちも地味な色合いの、山吹襲(やまぶきがさね)、掻練(かいねり)（表裏とも濃紅の襲）、濃い紫や青鈍色(あおにびいろ)の衣裳に着替えさせて、裳(も)も薄紫色や青朽葉色(あおくちばいろ)の目立たないものを着けさせ、食膳を用意させる。女所帯で、何ごともしまりがなくなっていた邸内だったが、何かと作法に気を配り、わずかに残っていた下仕えの者もうまく使って、大和守ただひとりが取り仕切っている。こうして思いがけない高貴な方が通うようになったと聞いて、以前は勤めを怠っていた家司(けいし)なども出し抜けにやってきて、政所(まんどころ)などというところ（事務所）に控えて仕事に励むのだった。

こうして大将が無理にでも一条邸に住み馴れた顔をしているので、三条の北の方（雲居雁(くもいのかり)）はもうこれでおしまいだろうと思う。それでも、まさかそんなことはなかろうと、どこかでは信じていたものの、堅物が心変わりをすると別人になると聞いていたのは本当だったのか、と夫婦というものの真実を知った気がして、なんとかしてこんな無礼な仕打ちは受けるまいと思い、父である致仕(ちじ)の大臣(おとど)の邸(やしき)に方違(かたたが)えと称して帰ることにした。邸には弘徽殿女御(こきでんのにょうご)が里帰りしていたので会ってみると、少しは気持ちが晴れるようで、いつものようにすぐには三条邸に帰らずにいる。大将もそれを聞きつけ、「やっぱりそうか、まったく気短な人だからな。致仕の大臣もまた、大人らしくゆったりしたところがなくて、性急にものごとを決めようとする派手な性格の父娘だから、『けしからん、顔も見たくない、声も聞きたくない』と、おかしなことを仕掛けてくるに違いない」と驚いて三条邸に帰ってみると、若君たちも何人かは残っている。北の方は、姫君たち、そのほかまだ幼い子たちを連れていったようである。

残された若君たちが父君を見て喜んで飛びついてきたり、母君を恋しがってしくしく泣いていたりするのを見て、かわいそうに、と思う。

北の方にたびたび手紙を送り、迎えの使者を差し向けるけれど、返事すらない。なんてものわかりの悪い軽はずみな妻だろうと腹立たしく思うけれど、大臣の手前もあるので、日が暮れてから、自身で出向いていく。北の方は弘徽殿女御の寝殿にいるということで、いつも彼女が里帰りの時に使う部屋には女房たちだけがいる。若君たちは乳母（めのと）といっしょにいる。

「今さら若い娘みたいな振る舞いだ。幼い子どもたちをあちらこちらに放っておいて、寝殿でのんきにお遊びとは。私とは合わない性格だとはずっと前からわかっていたけれど、夫婦となる宿縁だったのか、昔から忘れられない人だと思っていたし、手のかかった大勢の子たちもかわいくなっているのだから、お互いに別れられるはずもないものと信じてきたのに。取るに足らないような今度のことで、こんな態度をとっていいものだろうか」と、北の方が悪いかのように恨み言を言う。

「何もかも、あなたに飽き飽きされた私ですから、今さらなおるはずもありませんし、無理に我慢することもないと思いまして。見苦しい子どもたちは、あなたが見捨てないでいてくれたらうれしいですけれど」と北の方。

「穏やかな返事じゃないか。煎じ詰めれば、どっちの名折れになると思うのか」と言って、無理に連れ帰ろうともせず、その夜は大臣邸でひとり寝をした。

なんだかこのところ妙に中途半端なことばかりだ、と思いながら、若君たちをそばに寝かせて、一条邸では宮がまたどれほど思い悩んでいるかと想像し、気苦労がたえないので、いったいどんな人がこうした色恋沙汰をおもしろく思うのだろう、などと、もう懲り懲りした気持ちにならずにはいられない。夜が明けたので、

「人々の手前、大人げないから、もうおしまいだと言うならばそうしてみよう。あちらの邸に残した子どもたちも、いじらしそうにあなたを恋しがっているようだが、選んで残していったのだから何かわけがあるのだろうね。しかし私まであの子たちを見捨てることはできないから、とにかく私が面倒をみよう」と、脅すように大将が言う。

北の方は、この人はまっすぐな性格だから、ここに連れてきた子どもたちまで知らないところへ連れていってしまうのではないか、と不安になる。大将が幼い姫君に向かって、

「さあ、おいで。あなたに会いにこちらにやってくるのもみっともないから、いつも来るわけにはいかないのだよ。あちらの邸にもかわいい人たちがいるのだから、せめて同じところで面倒をみてあげたいね」と言う。まだとても幼くてなんともかわいら

しい。「母君の教えに従うんじゃありませんよ。こんなにかわいげのない、ものわかりの悪いのは、よくないことだからね」などと言って聞かせている。

致仕の大臣はこのいきさつを聞いて、世間のもの笑いになるではないか、とため息をついている。

「どうしてしばらく様子を見ようとしなかったのだ。大将もそのうち何か考えてくれるだろうに。女がそんなに短気なのも、かえって軽く思われる。まあいい、こうして一度言い出した以上は、間抜け顔してすぐに帰ることもなかろう。いずれ向こうの出方や考えもはっきりするだろう」と言って、あの一条宮（落葉の宮）に、子息である蔵人少将を使者として送る。

「契りあれや君を心にとどめおきてあはれと思ふうらめしと聞く

（私たちにも何か宿縁があるのでしょうか、あなたのことをいつも気にしています。おいたわしいとも思い、恨めしいとも聞いています）

やはり私たちのことは忘れられないのではないでしょうか」と書かれた手紙を持って、蔵人少将はずかずかと邸に入っていく。

南面の簀子に円座（丸く編んだ敷物）を差し出して、女房たちはなんとも挨拶のしようがない。まして宮はいたたまれない思いである。この蔵人の君は兄弟の中でもじつに顔立ちがうつくしく、見た目も立派で、静かにあたりを見まわして、兄である督(かん)の君(きみ)が生きていた頃を思い出している面持ちである。

「こちらには参り馴れた気がして、他人のように思えないのですが、そのように馴染(なじ)んだ者と認めていただけないかもしれませんね」という程度の当てこすりを言う。致仕の大臣への返事はできそうもなく、「私にはとても書けません」と宮は言うが、

「それではあちらのお気持ちを無視するようで大人げなく思われてしまいます。代筆のお返事などとても差し上げることはできません」と女房たちが集まって口々に言うので、宮はまず泣けてきて、母君が生きていたら、今のこの状況をどんなに不愉快だと思っても私をかばってくれただろうに、と思い出しては、筆先の墨より先に涙がしたたり落ちそうで、最後まで書くことができない。

　何ゆゑか世に数ならぬ身ひとつを憂しとも思ひかなしとも聞く

（どうしてですか、人数にも入らない私のような者を、情けないとお思いになり、悲しいこととお聞きになるのは）

とだけ、思ったままのことを、途中で書きやめたような形にして、紙に包んで渡す。

蔵人の君は女房たちを話し相手に、

「ときどきお伺いしているのに、こうして御簾(みす)の前のお席ではなんだか頼りない気が

しますが、これからは縁ができたように思いますからもっとちょくちょく参ります。御簾の中のお出入りもお許しくださるでしょう。長年ご奉仕してきた甲斐(かい)があったという思いです」などと、意味ありげに言い置いて帰っていく。

そんなこともあって、ますます機嫌の悪くなる宮の様子に、大将は気もそぞろでおろおろし、大臣殿の邸に帰ったままの北の方は、日がたつにつれて嘆いてばかりになる。典侍(ないしのすけ)——少女の頃に五節(ごせち)の舞姫となり、まだ若かった大将に見そめられた、惟(これ)光(みつ)の娘——は、この顛末(てんまつ)を聞いて、「あの北の方は私のことを、許しがたい女だとずっとおっしゃっていたけれど、一条宮のような侮れないお相手が出てきてしまって……」と思い、これまでも手紙を送ったことはあったので、こう書き送る。

数ならば身に知られまし世の憂(う)さを人のためにも濡(ぬ)らす袖かな

(私が人数に入るような身の上でしたら、夫婦仲のままならなさを我がことのように感じたでしょうけれど……。今はあなたさまのために袖を濡らしています)

それを受け取った北の方は、なんだか出過ぎた手紙だと思うけれども、悲しい気持ちをもてあましている日々なので、この人もさぞかし穏やかではいられないのだろうと、心の片隅では同情してしまう。

人の世の憂きをあはれと見しかども身にかへむとは思はざりしを

(他人の夫婦仲をお気の毒と思ったことはありますが、我が身のことになるとは思いもしませんでした)

とだけあるのを見て、典侍は、お気持ちそのままをお書きになったのだろうと気の毒に思う。

その昔、致仕の大臣によって、女君(雲居雁)との仲が途絶えていた時、大将はこの典侍だけを人目を忍ぶ恋人として心に留めていた。けれども二人の仲が戻ってからは、大将が典侍の元に通うこともまれになり、次第につれなくなっていったのだが、その一方で、典侍とのあいだにはお子たちが大勢生まれたのである。北の方の腹からは、太郎君、三郎君、五郎君、六郎君、中の君(次女)、四の君、五の君と四男三女。典侍の子は、大君(長女)、三の君、六の君、二郎君、四郎君とがいる。全員で十二人いる中に、出来の悪い子はおらず、みなとてもかわいらしく、それぞれすくすく成長している。典侍腹のお子たちのほうが顔立ちがうつくしく、性格がよくて才気があり、みなすぐれている。三の君と二郎君は、六条院の東北の御殿で、御方(花散里(はなちるさと))が引き取ってたいせつに育てている。光君もしょっちゅう会いにきて、とてもかわいがっている。

……と、この大将と一族の話は、とても話し尽くせるようなものではない、……とのことです。

御法（みのり）

露の消えるように

出家の願いかなわず、そのまま、ついに紫の上も息を引き取ることに……。

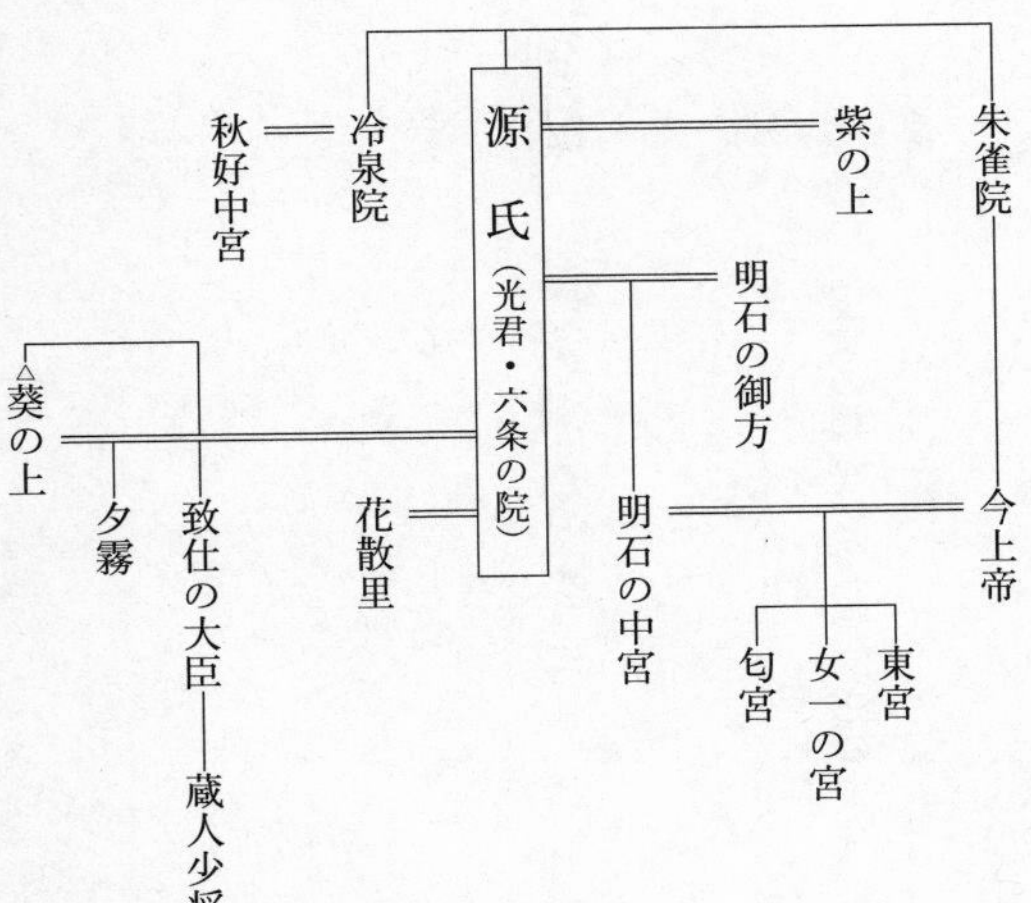
朱雀院
紫の上
源氏
（光君・六条の院）
冷泉院
秋好中宮
明石の御方
△葵の上
今上帝
明石の中宮
花散里
致仕の大臣
夕霧
東宮
女一の宮
匂宮
蔵人少将

＊登場人物系図
△は故人

紫の上はひどく患った大病の後、ずいぶん弱ってしまい、どこが悪いというわけではないのにずっと気分がすぐれないまま過ごしていた。重病というわけではないのだが、年月がたつにつれ、回復の見込みもなく、ますます衰弱していくので、光君もこの上なく心を痛めている。ほんの少しでもこの人に死に後れるのはたまらないと思うのである。また紫の上自身は、この世になんの未練もなく、後々心配で往生の妨げになるような絆もない身の上なので、無理に生き長らえていたいと思うわけではないのだが、長年連れ添った縁をふっつり絶つことになれば光君がどれほど嘆くだろうか、ということだけが、人知れず心に抱く悲しみなのだった。後世のためにと尊い仏事を多く執り行っては、どうにかして本来の望みである出家を遂げて、つかの間であっても命の限りは勤行に専念したいとたえず思っていて、そのように口にするけれど、光君は頑として許そうとしない。じつのところ光君も心の中では、同じように出家を望んでいるので、こんなにも紫の上が熱心に出家を願っているこの機会に、自分も決意してともに仏道に入ろうかと思いもする。けれどひとたび出家してしまえば、かりそめにも俗世を顧みることはすまいと決めている。あの世では同じ蓮の座を分け合おうと約束をし合って、それを頼みにしている二人ではあるが、この世において勤行に励むあいだは、たとえ同じ山にこもっていても、峰を隔てて顔を合わすこともないところに離れて住むべきだと光君はかたく決めている。紫の上が回復の見込みもないほど重く患って、とても見てはいられないほどいたわしい姿を、いよいよ俗世を離れる段となっても見捨てることはできないし、そんな状態で出家をしても、かえって山水の清らかであるべき住処でも心は濁りそうだとぐずぐず考えているうちに、ほんの浅い気持ちで出家していく人々にすっかり立ち後れてしまいそうである。また紫の上も、光君の許しもなく自分の心ひとつで決心するのも体裁が悪く、本意にも反するので、この件については光君を恨めしく思っているのであった。そして自身をも、罪障深い身であるために念願を遂げられないのかと、気掛かりに思わずにはいられないのである。

　紫の上はこれまで長いあいだ、自身のために内々の発願として書かせていた法華経を急いで供養する。私邸としている二条院にて営むこととなった。法会に携わる七僧の法服など、それぞれの身分に応じて贈るが、それらの色合いも仕立ても、最上のうつくしさである。すべて何もかも、たいそう厳かで立派な法会を営んだ。紫の上は大仰なことをするようには言わなかったので、光君は立ち入ったところまでは関わらなかったのだが、女の用意にしては手落ちなく行き届いていて、仏道にもよく通じているたしなみの深さをどこまでもすぐれた人だと感心し、ごくひととおりの部屋の設備やちょっとしたことだけを光君が用意したのだった。仏前で奏する舞楽の楽人や舞人などのことは大将の君（夕霧）がとくべつに奉仕した。

帝、東宮、后の宮たちをはじめとし、六条院の方々が、こちらからもあちらからも誦経の布施の数々、供物などを贈り、それだけでもあふれるほどなのに、加えてその頃、この法会の支度に関わらない人はいないので、たいそうものものしいことがずいぶんとあり……。いつの間にこれほど多くの用意をしたのでしょうか。いかにも、ずっと前からの紫の上の発願だったのかもしれません。

花散里の御方や、明石の御方なども二条院に出向く。二条院では、南と東側の戸を開けている。そこは寝殿の西の塗籠なのだった。北の廂に、二人の御方の部屋が、襖だけを仕切りにしてしつらえてある。

三月の十日、花の盛りで、空模様もうららかで、どことなく風情があり、仏がいるという極楽浄土はこんなふうなのではないかと思えて、そう信心の深くない人でも罪を消し去ることができそうなほどだ。法華八講の五巻を講ずる日に、「薪こり……」と唱えて行道する声も、大勢集まった人々のどよめきも、あたりに響き渡る。やがてそれが途絶えて静まりかえった時でさえ、紫の上はしみじみとさみしく感じずにはいられない。ましてこの頃は、何ごとにおいても心細く感じずにはいられないのである。手元に引き取って育てている三の宮（匂宮）を、明石の御方のところに遣わす。

　惜しからぬこの身ながらもかぎりとて薪尽きなむことの悲しさ

（惜しくはないこの身ですけれど、これを最後として、薪が燃え尽きるように
　命が尽きることが悲しい）

返事は、その心細さに同調しては、後々人が聞いたら気遣いがないと思われると配慮したのか、あたりさわりなく……、

　薪こる思ひはけふをはじめにてこの世に願ふ法ぞはるけき

（薪こりと行道をして法華経に奉仕なさるのは今日をはじめとして、この世で
　仏法を成就するまではるか先までかかるでしょう。あなたさまのご寿命も
　この先ずっと続くはずです）

一晩中、尊い読経の声に合わせて打ち鳴らす鼓の音が絶えることなく、耳に快い。

ほのぼのと夜の明ける朝ぼらけ、霞（かすみ）のあいだから見える花々の色は、やはり春がいちばんだと思えるほどに咲き誇り、百千鳥（ももちどり）のさえずる声も笛の音に劣らないように思え、身に染みる感慨もおもしろさも最高潮に達する時、「稜王（りょうおう）」の舞が急の調べになり、楽曲が終わり近いことをはなやかに告げる。人々が褒美として脱ぎ与えた衣服のさまざまな色も、このような情景の中でうつくしく映える。親王（みこ）たちや上達部（かんだちめ）の中でも上手だとされる人たちが、技を尽くして演奏をする。身分の上下なく、人々がいかにもたのしそうに興じている様子を見るにつけても、余命幾ばくもないことを感じている紫の上は、内心、何もかもが悲しく思えるのだった。

　昨日いつになく起きて座っていた疲れが出たのか、紫の上はひどく苦しくなって臥（ふ）せっている。今まで長いあいだ、このような催しごとがあるたびに参集しては音楽を奏でた人々の容姿も、それぞれの才能も、琴や笛の音も、今日が見聞きする最後なのだろうか、と思わずにはいられないので、いつもなら目を留めることもない下々の者の顔まで、なつかしく見渡してしまう。まして、夏にせよ冬にせよ、それぞれの季節ごとの音楽や遊びの催しにも、なんとなく張り合う気持ちがどうしてもどこかにまじってしまうけれど、それでもさすがに心を通わせていた六条院の女君たちを見ると、だれもがいつまでも生きていられる世ではないにしても、しかしまず自分ひとりが行方も知れぬ場所に旅立つのだと思うと、心から悲しくてたまらない。

法会が終わり、女君たちがそれぞれ帰ろうとするけれども、紫の上はこれが永遠の別れに思えて、名残を惜しまずにはいられない。花散里の御方に、

絶えぬべき御法ながらぞ頼まるる世々にとむすぶ中の契りを

（もうすぐ絶えるだろう我が身がこの世で営む最後の御法になるでしょうけれど、頼もしいことに、あなたと結んだご縁は、ずっと先の世まで続いていくでしょう）

返事は、

結びおく契りは絶えじおほかたの残りすくなき御法なりとも

（この御法で結ばれたご縁が絶えることはないでしょう、残りの命の長からぬだれにとっても、ごくふつうの法会でさえもありがたいのに、こんなに盛大な法会ですから）

この法会に引き続いて、不断の読経、懺法（罪を懺悔し滅罪を願う修法）など、尊い仏事の数々を怠ることなくさせる。紫の上の回復を祈る加持祈禱は、はっきりした効験もないまま月日がたって、今では日常のことになり、しかるべき所々や寺々で引き続き行わせている。

夏になると、例年と変わらない暑さにさえ、いよいよ息絶えてしまうかと思うようなことが多くなった。とくにどこが悪いという容態ではないけれど、ただたいそう衰弱してゆくばかりで、見るのもつらいほど苦しむようなことはない。そばに仕える女房たちも、いったいどうなってしまわれるのかと思うそばから目の前が真っ暗になり、その惜しむべく悲しい姿を見つめている。

紫の上がずっとこうした容態なので、中宮（明石の中宮）はこの二条院に退出した。東の対に滞在することになり、紫の上もそちらに移る。中宮を迎える儀式などはいつもと変わらないが、この世のこうした作法もこれが見おさめか、などと紫の上は思うので、何を見ても胸がいっぱいになる。中宮にお供してきた者たちが、到着してそれぞれ名を名乗る「名対面」の声を聞いても、あれはだれ、これはだれとつい耳を澄ましてしまう。上達部などが大勢お供をしている。

中宮とはずいぶん長く会っていなかったので、めったにないこととよろこび、あれこれとつもる話をする。光君がやってきて、

「今夜は巣から出されたようで居心地が悪いな。ここは失礼して休みましょう」と、自分の部屋に帰っていく。紫の上が床に起きて座っているのを本当にうれしく思って

いる光君だが、それもまた、なんとはかない気休めだろう。紫の上は、「中宮さまに私のところへいらしていただくのも申し訳ないですし、かといって私がこちらに伺うのももう無理になってしまいましたから」と、しばらくこの東の対にいるので、明石の御方もやってきて、しみじみと心のこもった話を静かに交わし合う。

紫の上は心の内で考えていることはたくさんあるけれども、気丈ぶって自分の亡き後について話すようなことはない。ただ世間一般の無常の有様を、おっとりと言葉少なに、けっしてうわべだけではなく話すのだが、多くのことを言うよりも胸に染み入り、心細そうな様子がはっきりとうかがえるのだった。明石の中宮の子どもたちを見て、

「おひとりおひとりの行く末を見届けたいと思っていたのは、このようにはかない私の命を惜しむ気持ちがどこかにまじっているからでしょうか」と言って涙ぐむ横顔は、たいそううつくしい。どうしてこんなことばかり考えるのだろうかと思い、中宮は泣き出してしまう。紫の上は、遺言めいて不吉に聞こえないように、何かの話のついでに、長年仕えてきた女房たちの中でも、とくべつな身寄りのない気の毒な身の上のあの人やこの人のことを、「私がいなくなりました後に、どうぞお心に留めておいて、お目を掛けてやってくださいませ」などと、それだけを言う。読経(どきょう)がはじまるという

ので、紫の上は西の対の自室に戻っていく。

明石の中宮の産んだ子どもたちの中でも三の宮（匂宮）が、とくべつかわいらしい姿で歩きまわっているのを、紫の上は気分のいい時には前に座らせて、だれも聞く人のいない時に、「私がいなくなりましたら、思い出してくださいますか」と訊いている。

「とても恋しくなります。ぼくは父帝よりも、母宮よりも、おばあさまがいちばん好きなのだから、もしいらっしゃらなくなったら、きっと機嫌が悪くなります」と、目をこすって涙をごまかしているのがかわいらしく、紫の上はほほえみながらも涙を落とす。

「大人になられたら、この二条院にお住まいになって、この対の前にある紅梅と桜を、花の咲く折々に忘れずにお楽しみくださいね。ときどきは仏にもお供えくださいませ」と紫の上が言うと、三の宮はこっくりとうなずき紫の上をじっと見ているが、涙が落ちそうになったので立ち上がって出ていく。紫の上はこの三の宮と女一の宮を手元に置いて、とりわけ心を掛けて育てたので、これから面倒をみることができなくなることを、無念にもまた悲しくも思うのだった。

ようやく待ちかねた秋になって、世の中が少し涼しくなると、紫の上の気分もいくらかよくなるようではあるが、それでもともするとまたぶり返してしまう。とはいえ身に染みるほど冷たく感じられる秋風でもないのだが、涙で袖を濡らしがちの日々を過ごしている。

中宮が宮中に帰ることになった。もう少しこちらにいてほしいと紫の上は思うのだが、それも出過ぎたようだし、また帝から催促の使者がひっきりなしにあるのも気になって、そう言い出せずにいる。紫の上は東の対に行くこともままならず、中宮のほうから西の対を訪ねてくる。畏れ多いけれども、せっかく来てくれたのに顔を見ずにいるのもつまらないことなので、西の対にとくべつに席を用意する。

紫の上はすっかり痩せ細ってしまったが、かえってそのほうが気品に満ちて、優美さも限りなく際立ち、すばらしいうつくしさである。今まであまりにも輝かしくはなやかだった盛りの頃は、かえってこの世の花のうつくしさにもたとえられていたが、今はこの上なく可憐で愛らしさにあふれ、もうこの世にいるのもわずかばかりと思っているその様子は、見たことがないほどいたわしく、無性にもの悲しい。

身に染みる風が吹きはじめた夕暮れに、紫の上が庭前の草花を見ようとして脇息にもたれていると、光君がやってきてその様子を見、

「今日はよく起きていられるね。中宮がいらっしゃるといつもよりご気分も晴れるようだね」と言う。この程度のわずかな回復でも、心からうれしく思っている光君を見るのも心苦しく、いよいよの時となったらどれほど動揺なさるか、と思うと、紫の上はしみじみと悲しくなり、

おくと見るほどぞはかなきともすれば風に乱るる萩のうは露

（起きていると見えてもはかない命、萩の葉に置かれた露があっけなく風に乱れ散るように、すぐに消えてしまうでしょう）

たしかに庭前の萩の枝は、風に吹きしだかれていて、露はこぼれ落ちそうである。それに自身の命をたとえたのだと思うと、光君はこらえがたい気持ちになって、庭前を眺めるにつけても、

ややもせば消えをあらそふ露の世に後れ先だつほど経ずもがな

（どうかすると争うように消える露のようなこの世の命だけれど、私たちは後れることも先立つこともなくいっしょに消えたいものだ）

と、拭いきれないほど涙を流す。中宮は、

秋風にしばしとまらぬ露の世をたれか草葉のうへとのみ見む

（しばらくのあいだもとどまることなく秋風に吹かれて消える露のようなこの

世の命を、だれが草葉の上だけのことと思いましょう、私たちみな同じことです）

と、詠み交わすこの人々の容姿は本当に申し分なく、ずっと見ていたいほどだと思うにつけても、このまま千年をも過ごすことができたらと光君は思うが、思うままにはならない命、引き留めるすべがないのがなんとも悲しいことである。

「もうあちらにお帰りください。とても苦しくなってきました。もうどうにもならないこととはいえ、これではあまりにも失礼ですから」と、几帳を引き寄せて紫の上は臥してしまう。その様子がいつもよりもずっと頼りなく見え、「どんなご気分ですか」と中宮は紫の上の手を取って泣く泣くその姿を見ると、本当に消えていく露のような有様で、もはや最期も近く見える。邸内では誦経を頼みにいく使者たちが数え切れないほど立ち騒いでいる。以前にも、こうして息絶えたかに見えて生き返ったことがあったので、その時と同様に今回も物の怪のしわざではないかと疑い、一晩中加持祈禱などさまざまの手を尽くすが、その甲斐もなく、夜が明けきる前に紫の上は息を引き取った。

中宮も、宮中に帰らずにこうして臨終の場に立ち会ったことを、深い因縁があったのだとしみじみ思う。だれも彼もが、この別れは逃れられなかったとも、よくあることだとも思えずに、はじめて悲しみを味わった思いで、明け方の夢ではないかと取り乱しているのも、仕方のないこと……。落ち着いていられる人などいないのです。

仕えていた女房たちも、だれひとりとしてしっかりなどしていられない。光君は、まして気持ちを静めることができず、大将の君（夕霧）が近くに参上していたのを、紫の上の病床を隔てていた几帳近くに呼び、

「もうすでにご臨終となったが、長年ずっと望んでいた出家を、この期に及んで遂げさせてあげられなかったことがつらくてたまらない。加持祈禱をした僧侶たち、読経をした僧たちもみな終えて帰ったようだが、それでもまだ残っている者もいるだろう。今さら、今生のためにはなんにもならないと思うが、仏のお力に、せめて今は冥土の道案内としてすがりたいから、彼女の髪を下ろすように頼んでもらえまいか。頼めそうな僧はだれか残っているか」と言う。その光君は、気丈に振る舞おうとしているようだが、顔色はいつもとまるで違って、どうにもこらえかねて涙を止められずにいる。それも無理はないと大将は悲しく見つめている。

「物の怪というものは人の心を乱そうとして、よくこんなふうにするものだと言いますから、そういうことなのかもしれません。とすると、とにもかくにも、お望みでいらしたご出家はよいことでしょう。たとえ一日一夜でも戒めをお受けになれば、その

効験はかならずあるものと聞いています。しかし本当にもう息をお引き取りになった後に御髪(みぐし)だけをお剃りになったところで、後世を導く光とはならないでしょうから、そのお姿にただ残された者の悲しみが増すばかりかもしれません。いかがなものでしょうか」と言い、忌中にこもって仕えようと、まだ帰らずにいる僧のだれ彼を呼び出して、なすべきことのあれこれをこの大将が取り仕切る。

今までずっと、紫の上に対してどうこうという大それた気持ちは持っていなかったけれど、いつの日か、かつて見かけたようにちらりとでもその姿を見たい、声だけでも聞きたい、と忘れずに思ってきた大将だった。その声もとうとう聞かずじまいで終わってしまったようだが、むなしい亡骸(なきがら)だけでも今一度目にしたい、今よりほかにそんな機会がいつあろうかと思うと、人目を憚(はばか)ることもできず涙があふれる。女房たちがみな取り乱して騒いでいるのを、

「静かにしなさい、少しのあいだだけでも」と制するふりをして、何かを言いつけるのにかこつけて几帳の帷子(かたびら)を引き上げてみる。ほのぼのと明ける夜明けの光もまだ薄暗いので、灯火を近づけてかざしてみると、どこまでもかわいらしく、みごとにうつくしいその顔のもったいなさに、光君はこうして大将がのぞいているのを目にしながらも、無理に隠そうという気持ちにもなれないようだ。

「こうして生きている時と何も変わっていないようだが、亡くなったことは明らかだ」と光君は袖を顔に押し当てるので、大将の君も涙にくれるが、涙を押し拭いながら、目を押し開けて見やる。しかしなまじ見てしまったがためにかえってたとえようもなく悲しくなり、激しく取り乱さんばかりである。紫の上の髪は無造作に投げ出されているが、ふさふさとゆたかで、ほんの一筋も乱れた様子もなく、つやつやとこの上なくうつくしい。明るい灯火の下で顔色は白く輝くようで、何かと取り繕っていた生前の姿よりも、もう何をするでもなく無心に横たわっているその姿のほうが、もはや一点の非の打ちどころもないのだが、そう言っても致し方ないことである。ただうつくしいというだけでは足りない、無類のうつくしさを見ていると、死にゆくこの人のたましいがどうかこのままこの亡骸にとどまっていてほしい、と大将は思うのだけれども、それも詮無き願いというもの。

長年仕えてきた女房などで正気を保っている者はひとりもいないので、光君は、何も考えられないような気持ちを無理に落ち着かせて、葬儀のことをあれこれと指示する。昔から、悲しいと思うことを数多く経験してきた身だけれど、本当に自身でここまで立ち入って取り仕切ったことはなかったから、後にも先にも比べるもののないほどの悲しみを覚える。

亡くなったその日のうちにとにもかくにも葬儀を執り行う。何ごとも決まりのあることで、いつまでも亡骸を見つめて過ごすわけにもいかないのがつらい世の中である。はるばると広い野原いっぱいに隙間なく人が集まり、この上なく盛大な儀式が行われるが、ひたすらにはかない煙となって立ち上っていくのが、この世の常とはいえ、どうしようもなく悲しいことである。光君は地に足の着かない思いで人に支えられるようにしているが、それを見る人も、あれほどの立派なお方が……と、何もわからない下々の者さえ泣かない人はいないほどである。葬儀に参列した女房は、まして夢の中をさまようような心地で車から転げ落ちそうになっていて、お供の人々が手を焼いている。

昔、大将の母君（葵の上）が亡くなった時の暁を光君は思い出し、あの時はまだ正気が残っていたのか、月の顔をはっきりと覚えているのだが、今宵はただ悲しみにくれて何もわからずにいる。紫の上は十四日に息を引き取り、この葬儀は十五日の暁だった。朝日がたいそう明るく差し昇ってきて、野辺の露も隠れる隈なく照らし出される。人の命もこの露と同じだと思うと、ますます世の中が厭わしくつらく思えて、こうして生き残ったとしてもあとどれほど生きられようか、この悲しみに紛れてかねてからの望み通り出家の志を遂げたいと思うが、そうすれば後々まで軟弱者と非難されるのではないかと思い、せめて当分のあいだはこのまま過ごそうとするにつけ、胸にこみ上げるせつなさをたえがたく思うのだった。

大将の君も忌中のためにこもり、ほんのいっときも外出せず、明け暮れ光君のそばに控えて、痛ましいほど打ちひしがれている様子を、もっともなことと悲しく思いながら、何かにつけてなぐさめている。風が野分のように吹く夕暮れに、大将は昔のことを思い出し、あの時も強い風に紫の上の姿を垣間見たのだったと恋しく思い出す。続けて、臨終の時も夢を見ているような心地だったと人知れず思い出すと、たえがたく悲しくなるのだが、人目にはその悲しみを気取られてはいけないと憚って、「阿弥陀仏、阿弥陀仏」と数珠の玉を爪繰って数えるのに紛らわせて、涙の玉を振り払うのだった。

いにしへの秋の夕のこひしきにいまはと見えし明けぐれの夢

(昔、ほのかにお姿を拝見した秋の夕べが恋しい。そしてあの最期の、明け方の夢のようなお姿)

その夢の名残さえつらくてならない。光君は、尊い僧たちを幾人か控えさせて、決まった念仏をさせるのはもちろんのこと、法華経なども読誦させる。何もかもが身に染みて悲しい。

光君は寝ても覚めても涙の乾く時もなく、霧に覆われて何も見えないような日を送っている。時をさかのぼって自身のことを考えてみると、「鏡に映るこの顔かたちをはじめとして、ほかの人から抜きん出ていた我が身だけれど、幼い頃から多くの身内が亡くなったのは、人の世が悲しく無常であることを思い知るようにとの仏の勧めだったのだろう。なのに強情にやり過ごしてしまい、とうとう後にも先にも二度とはないような悲しみを味わうことになった。今はもうこの世になんの心残りもなくなった。まっすぐに仏道修行をするのになんの差し障りもないはずだが、こんなに静めようもなく取り乱した心では、念願の悟りの道にも入りにくいのではないか」と気掛かりで、「どうかこの悲しみをいくらかでも静めて、忘れさせてください」と阿弥陀仏を念じている。

帝をはじめとして、あちらこちらから、決まった作法通りのものではなく、心のこもった弔問が幾度も寄せられる。悲しみに沈んでいる光君には、もう何も見えず何も聞こえず、心に残ることは何もあるはずはないのだが、それでも「人から呆けたのだと思われたくない、今さらこの年になって、紫の上を失って気弱になり、まともな判断もできずにこの世を捨てたのだと噂が流れて、後々まで伝わったら……」と気にして、望み通りにできない嘆きも加わるのである。

致仕の大臣は、人の悲しみを看過できない性格なので、この世に二人といないほどのすばらしい人があっけなく亡くなってしまったことを、残念にも悲しくも思い、頻繁にお見舞いの使者を送る。昔、大将の母君（葵の上）が亡くなった時もちょうど同じ八月の頃だった、と思い出すと、さらに悲しみは募る。「あの時、彼女を悼んだ多くの人がもう亡くなってしまった……。人に後れ人に先立つといってもどれほどの違いもないのが人の世だ」などと、しんみりとした夕暮れに思い沈む。空模様も悲しげなので、子息である蔵人少将を使者として六条院に手紙を送る。心のこもった言葉をていねいに書き、端に、

いにしへの秋さへ今のここちして濡れにし袖に露ぞおきそふ

（妹が亡くなった遠い昔の秋のことも、今のような心地がして、ただでさえ濡れている袖が、また露のような涙に濡れます）

返事は、

露けさはむかし今ともおもほえずおほかた秋の夜こそつらけれ

（悲しみは、昔も今も変わりがあるとも思えません。だいたい秋の夜はつらいものです）

無性に悲しくてならない心のままに詠めば、返事を待っている致仕の大臣は、なん

と心弱い人だと見咎めるような性格なので、光君は見苦しくないようにと、

「たびたびのお心のこもったご弔問を重ねて頂戴いたしまして」とお礼を伝える。

妻だった葵の上が亡くなり、「薄墨（限りあれば薄墨衣浅けれど涙ぞ袖をふちとなしける）」と詠んだ時よりは、もっと濃い色の喪服を光君は着ている。

この世で幸運に恵まれた立派な人であっても、筋違いにも一般の世間から妬まれることも多く、身分が高くても、有頂天に驕り高ぶって周囲の人を困らせる人もあるのに、紫の上という人は不思議なほど、無関係な人にまで評判がよく、ほんのちょっとしたことをしてもすべて世間から褒められ、時と場合に応じて奥ゆかしく行き届いたことのできる、世に二人とはいないような人だったのである。それほど縁のあるはずでもない世間の人たちまでも、その当時は、風の音や虫の声を聞くにつけても、涙を落とさない人はいない。ましてかすかにでも紫の上を見たことのある人は、気持ちがなぐさめられる時もない。長年親しくそばに仕えてきた人々にいたっては、しばらくのあいだでも生き残ってしまった命を恨めしく嘆きながら尼になり、この世を捨てた山寺の暮らしを思い立つ者さえいるのだった。

冷泉院の后の宮（秋好中宮）からも、心のこもった手紙がたえず届き、尽きることのない悲しみを伝え、

「枯れはつる野辺を憂しとや亡き人の秋に心をとどめざりけむ

（枯れ果てた野辺の景色を嫌って、亡き人は秋を好まなかったのでしょうか）

今になってはじめてそのわけがわかりました」とある。光君は、悲しみに何も考えられないながら、その手紙をくり返し、下に置くこともできず眺めている。話しがいがあって、風流なやりとりで心をなぐさめられる相手としては、今はこの宮だけが残っているのだと、いくらか悲しみが紛れるようにあれこれ思い続けていても、袖で拭う暇もなく涙が流れ、なかなか返事を書くこともできない。

のぼりにし雲居ながらもかへり見よわれあきはてぬ常ならぬ世に

（煙となって上ってしまった空の上から、この私をふり返って見てください。
この秋の果てに、私も無常の世に飽き果てました）

手紙を包んでも、光君はしばらくはぼんやりともの思いに耽っている。

気持ちをしっかり持つことができず、我ながら、どうしようもなく気が抜けてしまったと思わずにはいられないので、それを紛らわせるために光君は女房たちの部屋で過ごす。仏の前にはあまり大勢を控えさせないようにして、心静かに勤行をする。千年もともにいようと願っていたけれど、限りある命との別れは無念でならない。今は、あの世で同じ蓮に生まれたいという願いをほかの何に紛らすこともなく、ただひたすら、来世のための出家を決意して揺らぐことはない。けれどもまだ外聞を気にしているのは、情けないこと……。

追善の法要のことなどは、光君がはっきりと決めて命じることもなかったので、大将の君がすべて取り仕切って営んだ。今日こそは、と光君自身も出家の気持ちを固めることも多いのだが、いつのまにか月日が積もっていくのも、ただ夢のような心地である。中宮（明石（あかし）の中宮）なども、つかの間も忘れることなく、亡き紫の上を恋い慕っている。

幻（まぼろし）

光君、悲しみに沈む

さだめなき世を嘆きながら、それでもこの世を思い切れない光君ではあるのでした。

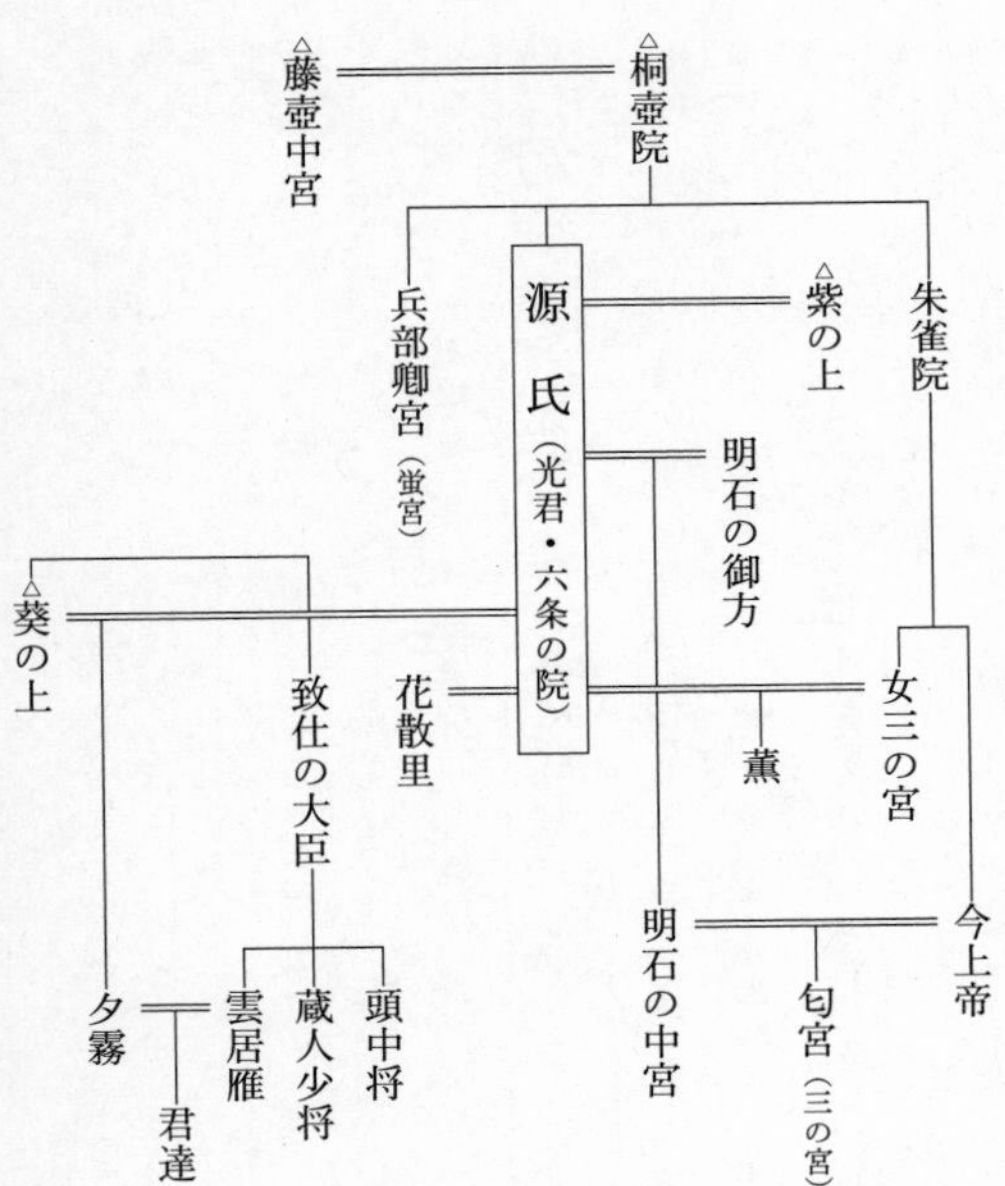
△藤壺中宮
△桐壺院
兵部卿宮（蛍宮）
源氏（光君・六条の院）
△紫の上
朱雀院
明石の御方
△葵の上
致仕の大臣
花散里
女三の宮
薫
明石の中宮
今上帝
匂宮（三の宮）
夕霧
雲居雁
蔵人少将
頭中将
君達

＊登場人物系図
△は故人

新春の光を見ても、いっそう目の前が真っ暗になるようで、光君の心の内は悲しみが消えそうもないのに、外にはいつものように人々が年賀に参上している。光君は気分が悪いように装って、御簾の中に引きこもっている。弟の兵部卿宮（蛍宮）がやってくる時にだけ、内々の部屋で対面しようとし、その旨を伝える。

わが宿は花もてはやす人もなしなににか春のたづね来つらむ

（私の家にはもう花を喜ぶ人もいない、なのになぜ春は——あなたは訪ねてくれるのでしょう）

兵部卿宮は涙を浮かべて、

香をとめて来つるかひなくおほかたの花のたよりと言ひやなすべき

（梅の香り——あなたを求めてやってきたのに、ただ花見のついでに立ち寄ったとおっしゃるのですか）

紅梅の下に歩み寄っている兵部卿宮の姿がじつになつかしく、紫の上亡き今、彼よりほかに花を愛でたのしむことのできる人はいないのではないか、と光君は思う。紅梅の花はほんのりと咲きはじめていて、いかにも風情のある色香である。今年は春の管絃の遊びもなく、例年とは異なることが多い。

女房たちも、長年仕えていた者は、それぞれ濃い墨染の喪服を着て、悲しさも紛らわすことができず、あきらめることもできないで亡き紫の上を恋い慕っているが、光君が六条院のほかの女君たちのところに行くこともないので、始終その姿を見ていられることをなぐさめとして、そばに仕えている。今まで、本気で心に留めていたわけではないが、ときどきは見捨てず情けをかけていた女房たちにも、紫の上亡き後、こうしてさみしいひとり寝をするようになってからは、かえってそっけない態度をとり、夜の宿直などにも、自分の御帳台からだれ彼となく大勢の女房を遠ざけて控えさせている。

さみしさをもてあまし、過ぎ去った昔の思い出話をする折もある。かつての浮気心も名残なく消え、仏道一筋の気持ちが深くなるにつれて、どうせ長続きするはずもなかった恋愛ごとに、紫の上がひと頃何やら恨めしげに思っていたことがときどきあった、などと思い出すと、「いっときの気まぐれであったにせよ、本当に心苦しい事情があったにせよ、どうしてそんな自分の心を見せたりしたのだろう。紫の上は何ごとにもよく気のつく人だったから、そんな心の奥までよくわかっていながら、心底恨みぬくようなことはなかったけれど、何かあるたびにやはりこの先どうなってしまうのかと心配し、多少とも心を乱したことがあっただろう」と、そのことが気の毒で、また悔やまれてならず、胸ひとつにおさめられない気持ちでいる。その時々の事情を知っていて、今も近く仕えている女房たちの中には、それとなく口に出して話す者もいる。

入道の宮（女三の宮）がはじめて六条院に移ってきた時も、紫の上は、まるで顔色には出さなかったけれど、何かにつけて情けないことだと思っている様子だったのが、なんともいたわしかった。その中でも、雪の降った明け方に宮の元から帰った光君が部屋の外にたたずんで、身も凍るように思えて、空模様も荒れていた時、紫の上はやさしくおおらかに迎え入れてくれながら、その袖がひどく泣き濡れていたのをそっと隠して、つとめて気づかれまいとしていたことが忘れられない。その心づかいを光君は一晩中思い出し、「夢の中でもいい、いつもう一度会えるだろうか」と思い続けている。夜もほのぼの明けようとする頃、部屋に帰っていく宿直の女房なのだろう、「ずいぶん雪が積もったこと」と言うのを耳にすると、まるであの朝のような気持ちがして、そばに紫の上のいないさみしさも、言葉にならないほど悲しく思える。

憂き世にはゆき消えなむと思ひつつ思ひのほかになほぞほどふる

（つらいこの世から雪のように私も消えてしまいたいと思いながら、雪がそれでも降るように、心ならずもこうして月日を過ごしている）

いつものように悲しみを紛らわせようと手を清めて勤行をはじめる。女房が埋み火を掻きおこして火鉢を持ってくる。かつて情けをかけたこともある女房の中納言の君や中将の君などは、光君のそばに控えて話し相手をする。

「ひとり寝が昨夜は一段とさみしかった。このようにひとりで心を澄まして生きることもできたのに、たわいもなく俗世にかかずらわってきたものだ」と言って、しんみりとしている。しかし自分までもが出家してしまったら、この女房たちはいよいよ嘆き悲しむだろう、そうなってはいじらしく、かわいそうなことだ、などと思って光君は女房たちを見渡す。ひっそりと勤行をしながら、経などを読む光君の声は、ふつうに聞いていても涙が止まらないだろうに、なおのことこのような折は、流れを堰き止める柵となるべき袖のしがらみを持ってしても涙を止められないほど、明け暮れに光君の姿を見ている者たちにとって、悲しみは尽きないのである。

「この世のことに限れば、私は不足に思うようなことはそうそうあるはずもない高い身分に生まれながら、けれどもだれよりも飽かぬ思いを抱くことが多い運命だったと思わない時はないのだよ。この世ははかなくてつらいものだということを教えるべく、仏などがお決めになった身の上なのだろう。それをあえて知らぬふりで生き長らえて、こうして今もう先の見えてきた晩年に、手ひどい結末を見せられたのだから、私の宿世のほども、自分の心の限界も、すっかり見届けることができて気も楽になった。今はもうこの世に露ほどの未練もないのだが、ここにいるだれ彼、こうして前よりもいっそう親しくなった人たちがいるのだから、これを限りと別れ別れになる時には一段と心が乱れるに違いない。本当にたわいないものだ。我ながらなんとも思い切りの悪い心だね」と目を拭って涙を隠すが、隠しきれずに拭うそばから涙は流れ、それを見ている女房たちもなおのこと涙を止められるはずもない。こうして光君が出家して、見捨てられるように残されたらどんなにつらいか、それぞれ口に出したいけれども、言い出すこともできず、ただ涙にむせている。

　こんなふうに嘆き明かした夜明けや、もの思いに耽ってぼんやりと過ごした夕暮れなど、しめやかな折々には、かつて格別に思いをかけていた女房たちを近くに呼び、光君はこうした話をしている。中将の君と呼ばれていた女房は、まだ幼い頃からいつも光君のそばに仕えていた。この女房を光君は見過ごすことができなかったのか、ごく内密に情けをかけていたのだが、本人は紫の上に気兼ねして、光君にあまり親しむことはなかった。しかしこうして紫の上が亡くなってからは、光君は色恋というのではなく、紫の上が生前だれよりも心に留めてかわいがっていたと思い出しては、その形見ということでしみじみといとしく思っている。中将の君は性格も容姿も悪くなく、「うなゐ松」（故人を偲ぶよすが）ともなるその人柄には、かつて情けをかけたことがあっただけに、いっそう心の深さが感じられるのである。

親しくない人には光君は会おうとしない。親しい上達部や兄弟の親王たちなどはたえず参上しているけれど、対面することはめったにない。「人と会う時は、気を引き締めて心を静め、落ち着いていようと思うけれど、幾月も虚けたようになってしまったこの有様で、馬鹿げた間違いをしでかして、老いの果てに人々に迷惑がられたのでは、後々の評判もよくなかろう。すっかり呆けたようになってしまってだれにも会わないらしい、と言われるとしても同じことだけれど、それでも噂に聞いて変に想像されるよりも、見苦しいところを直接人目に晒すほうが、ずっともの笑いの種になることだ」と思うので、大将の君（夕霧）などでさえも御簾越しに対面している。こうも人が変わってしまったようだと人が噂するに違いないのだから、そのあいだだけでも心を落ち着かせて、噂が静まったあとで出家の望みを遂げようと我慢しながら日を過ごし、つらいこの俗世を捨てきることができずにいる。六条院の女君たちにはほんのときたま顔を見せても、まず涙の雨がとめどなく降り止まず、どうにもしようがないので、だれにも会わないまま過ごしている。

后の宮（明石の中宮）は宮中に帰ったが、三の宮（匂宮）だけは、光君のさみしさを慰めるために残していった。三の宮が「おばあさまがおっしゃっていたから」と、西の対の庭前の紅梅をとりわけだいじに世話しているのを、光君はしみじみといじらしく見ている。二月になると、梅の木々の、花盛りのものも、まだ蕾のままなのも、梢がうつくしく霞みわたるなか、紫の上の形見である紅梅に鶯がたのしそうに鳴き立てるので、光君は外に出てそれを眺める。

植ゑて見し花のあるじもなき宿に知らずがほにて来ゐる鶯

（この梅の木を植えて花をたのしんでいた主人もいない家に、そんなことは知らぬとばかりやってきて鳴く鶯よ）

と口ずさみ、そのあたりを歩きまわる。

春が深くなっていくにつれて、庭の趣は紫の上が生きていた頃と変わらず、その春の庭を愛でるわけではないが、心が落ち着かず、何を見ても胸が締めつけられるようなので、およそこのつらい世とは別世界の、鳥の声も聞こえない山奥に入ってしまいたい思いばかりが日に日に強くなる。山吹などが心地よさそうに咲き乱れていても、ふと、露に濡れそぼっているように見える。ほかのところでは一重の桜は散って、八重桜の盛りが過ぎ、樺桜は咲きはじめ、藤はそれよりおくれて色づきはじめるようだが、紫の上はその早く咲く花遅く咲く花の性質をよくわかっていて、色さまざまの花をある限り植えていたので、それらが時季を忘れず次々と咲き誇っていく。三の宮は、

「ぼくの桜が咲きました。なんとかして散らさずにおきたいな。木のまわりに几帳を置いて、帷子を垂らしておいたら、風を防げるのではないかな」と、いいことを思いついたとばかりに言う顔がたいそうかわいらしいので、光君もつい笑顔になる。

「『大空におほふばかりの袖もがな春咲く花を風にまかせじ（後撰集／大空を覆うほどの袖があればいいのに。春に咲く花が風に散らないように）』の歌みたいに、そんな袖があったら、と言う人よりも、ずっといいことを思いつきましたね」などと言い、この宮だけを遊び相手にしている。

「あなたと仲良くしていられるのも残り少なくなりました。命のほうはまだしばらくこの世にとどまるとしても、お目に掛かることはできなくなります」と言って、いつものように涙ぐんでしまう。三の宮は、そんなのは嫌だと思い、

「おばあさまがおっしゃっていたのと同じことを、縁起でもなく言うのですね」と言

って目を伏せ、衣裳の裾をつまんだり引っぱったりしながら、涙を隠そうとしている。光君は隅の間の高欄にもたれて、目の前の庭や御簾の内側を見渡して、ぼんやりともの思いに耽っている。女房の中には喪に服した鈍色をそのまま着続けている者もあり、また通常の色合いの衣裳を着ている者も、綾織りなどの派手なものは着ていない。光君自身の直衣も、色はふつうのものだが、ことさら地味にして、無地の直衣を身につけている。部屋の飾り付けもたいそう質素に数も少なくして、さみしく、心細げにひっそりとしているので、

　今はとてあらしや果てむなき人の心とどめし春の垣根を

　（いよいよ出家するとなったら、すっかり荒れ果てさせてしまうのだろうか、
　亡き人が心をこめて作った春の庭を）

自分で決めたことながら、悲しく思わずにはいられないのである。

所在なさをもてあまし、入道の宮（女三の宮）の御殿に向かうと、三の宮も女房に抱かれてついてくる。こちらの若君（薫）といっしょに走りまわって遊び、花の散るのを惜しむ心も忘れたかのようで、まったくあどけない。宮は仏の前でお経を読んでいる。それほど深い悟りがあって出家したはずもないのに、この世に心乱されるような恨みがあるわけでもなく、もの静かな日々のままに勤行に専念していて、すっかり

俗世に未練なく暮らしているのが光君にはうらやましく思える。このように分別に欠ける女人の道心にも後れをとってしまった、と残念に思う。閼伽(あか)に浮かべた花が夕方のほの暗さのなかに色冴えてうつくしく見えるので、

「春を好きだった人がもうおらず、花の色もつまらなく見えるのですが、仏前へのお供えとして見るといいものですね」と言い、「あちらの対(たい)の庭前の山吹は、やはりほかには見られないほどうつくしく咲いています。房の大きさが違う。気高くあろうなどとは考えていない花なのでしょうね。派手でにぎやかなところが、じつにおもしろい花です。植えた人がもういない春とは気づかないのか、いつもよりいっそううつくしく咲いているのがいじらしい」と言う。宮はそれに答えて、「谷には春も」(光なき谷には春もよそなれば咲きてとく散るもの思ひもなし《古今集／光の届かない谷には春も訪れないので、咲いてすぐ散るというもの思いもない》)と、なんの考えもなく言う。光君はそれを聞き、ほかに言いようもあるだろうに、もの思いもないとは情けないことを言う、と思うにつけても、「こんなちょっとしたことでも、亡き人は、こうはしてほしくないというこちらの思いを踏みにじるようなことは、最後までしなかった」と思わずにはいられず、紫の上の幼かった頃からの様子を、「さて、どんなふうだったか」と思い出してみると、あの時この時、才気があってよく気がつき、こま

やかでいながらすぐれた人柄や振る舞い、口にした言葉などが次々浮かび、いつもの涙もろさからつい涙がこぼれ出るのも、つらくてたまらない。

夕暮れの霞がぼんやりと立ちこめて風情のある頃合いなので、光君はそのまま明石の御方のところに向かう。長いあいだこうして顔も出しておらず、思いがけない折の訪問なので、御方は驚いたものの、あわてることなく優雅に取り繕って応対する。さすがにほかの人よりすばらしいと光君は思うのだが、またしても亡き人はこんなふうにではなく教養の深さやたしなみのほどを見せたものだったとつい心の中で比べてしまい、その面影が目に浮かんで恋しく、悲しさばかりが募り、この気持ちをどうしたらなぐさめられるのか、と自分ながら扱いかねている。

この御方のところでは、ゆっくりと昔話などをする。

「女人に思いを寄せて執着するのは本当に見苦しいことだと昔からわかっているから、すべてどんなことにもこの世に執着を残さないようにと注意してきた。なので須磨に下って、およそ世間の目には廃人同様に落ちぶれてしまいそうだった当時などでも、あれこれと思いめぐらせた末に、みずから進んで命を捨てるつもりで野山の果てにさまようことになっても、なんの差し障りもあるまいと思うようになったのだ。なのにこんな晩年になって、いよいよ寿命も尽きようという時に、かえって持たなくともいい多くの絆(ほだし)に引きずられて今日まで過ごしてきたことが、本当に意気地がなくて、もどかしいことだよ」などと、とくに紫の上に先立たれた悲しみのためばかりと光君は言わないが、御方は、その心中を思い、もっともなことだと胸が痛み、いたわしくてならない。

「たいていの人から見れば出家しても何も惜しくないような人ですら、心の中には多くの執着を抱えているものなのに、ましてあなたさまのようなお方がどうしてたやすくこの世をお捨てになれるでしょう。そんなふうに浅い気持ちで決心すると、かえって軽はずみだと悪く言われたりもして、なまじしないほうがいい、ということもあるようです。ご決心がつきかねていらっしゃるほうが、結局は雑念のない深い境地に至るのではないかと思います。昔の人の話など聞きますと、何かに動揺したり、思い通りにならないことがあったりして、それがきっかけで世を厭(いと)うことになるとか。そういうことはやはり間違っています。やはりもうしばらく辛抱なさいませ。宮たちもご成人なさって、確たる揺るぎないご身分になられるのを見届けますまでは、今のまま変わらずにいらしてくだされば私は安心ですし、うれしくもありますが」などとじつに思慮深く言う様子は、本当にそつがない。

「そんなふうに悠長にかまえているうちに、その思慮深さが、思慮の浅さに劣ってし

まうことになる」と光君は言い、昔から悲しい思いをしたことなどを話し出す。その中に、

「亡き后の宮（藤壺の宮）がお亡くなりになった時、花の色を見ても、『深草の野辺の桜し心あらば今年ばかりは墨染に咲け（古今集／草深い野辺に立つ桜よ、もし心があるならば今年だけは墨色に染めた花を咲かせてほしい）』の歌の通り、まさに『心あらば』と思ったものだった。というのは、世間の人だれから見てもすばらしい藤壺の宮のお姿を、私は幼い頃からずっと拝見していたから、あの方の亡くなる悲しみをだれより深く覚えずにはいられなかったのだ。とりわけ深く思いを寄せているから無常の悲しみを覚えるというわけではない。長年連れ添った紫の上に先立たれて、あきらめようもなく忘れられないのも、夫婦だったから悲しいのではない。あの人を幼い頃から育て上げてきて、ともに老いていくはずの晩年にひとり取り残されて、私自身のことも彼女のことも次々に思わずにはいられない、その悲しみをこらえようがないのだよ。胸を打つ感動も、教養も、おもしろいことも、すべて広くにわたってあの人との思い出が重なっているから、悲しみをいっそう深くする」などと、夜が更けるまで昔の話今の話をし、このままここで夜を明かしてもいいのだが、と思いながら、それでもやはり光君は帰っていく。それには女もやはりさみしさを感じたに違いない。

光君自身も、自分の心も妙に変わってしまったな、と実感する。

帰ってもまた仏前のお勤めをして、夜中になってから、昼の御座所でほんのしばらく横になる。翌日の朝、明石の御方に手紙を送るが、その中に、

なくなくも帰りにしかな仮の世はいづこもつひの常世ならぬに

(常世の国に雁が帰るように、私も泣く泣く帰りました。仮のこの世は、どこへ行っても永遠の住処ではないのに)

昨夜帰ってしまったつれなさは恨めしく思えたけれど、本当にこれほど人が変わったように放心している光君がいたわしく、自身のことはさておき、御方は思わず涙ぐむ。

雁がゐし苗代水の絶えしよりうつりし花のかげをだに見ず

(雁が降り立つ苗代水が涸れてしまってから、水に映っていた花の姿も見えなくなってしまいました——紫の上が亡くなってからは、あなたの姿も見ることがなくなってしまいました)

いつ見ても変わらず味わいのある御方の筆跡を見て、「紫の上はずっとこの人をどこか気を許せない者だと思っていたが、ついには互いに気心の知れた者同士となり、気兼ねのいらない相手として信頼してつきあっていた。とはいえ紫の上はすっかり打ち解けるわけでもなく、たしなみ深く振る舞っていたが、そうした気持ちまでは、御

方も気づいてはいなかった」などと思い出す。たまらなくさみしい時は、こんなふうになんということもなく明石の御方の元に顔を出すこともある。しかし昔のように泊まっていくことはまるでなくなってしまったようである。

夏の御方（花散里）から光君へと衣替えの装束を贈るにあたり、

　夏衣裁ちかへてける今日ばかりふるき思ひもすすみやはせぬ

（夏衣にお着替えになる今日はとくに、亡き人を思う気持ちが募りましょう）

光君からの返事は、

　羽衣のうすきにかはる今日よりは空蟬の世ぞいとど悲しき

（蟬の羽のように薄い衣に替わる今日からは、空蟬のようにはかないこの世がますます悲しく思えてくる）

賀茂祭の日、光君はまことに所在なく、「今日は祭見物だといって、だれもがたのしそうにしているだろうね」と、御社のにぎわいに思いを馳せている。「女房たちはどんなにもの足りないだろう。そっと里帰りして、見物してきたらいい」などと言う。中将の君が東面の部屋でうたた寝しているので光君は歩み寄ってその姿を見る。ずいぶん小柄でかわいらしい様子で寝ていたが、気配に目を覚まして起き上がる。頰のあたりがはなやかな感じで、つやつやと赤みのさした顔をそっと隠している。少し乱れてふくらんだようになった髪のかかり具合がうつくしく見える。黄がかった紅(くれない)の袴(はかま)をはいて、萱草色(かんぞういろ)の単衣(ひとえ)、たいそう濃い鈍色(にびいろ)の袿(うちき)に黒い表着(うわぎ)など、重ねているのがしどけなく着崩れて、裳(も)や唐衣(からぎぬ)も後方に脱ぎ捨ててあるのを、さりげなく引き寄せたりしている。光君はかたわらに置いてある葵(あおい)を手に取り、

「なんというのだったか。この草の名前さえ忘れてしまった」と言うので、

　さもこそはよるべの水に水草(みくさ)ゐめけふのかざしよ名さへ忘るる

（いかにも、よるべの水《御社の瓶(かめ)の水》が古くなって水草が生え、神がお憑(よ)りになることもなくなりましたが――私をお忘れなのは仕方ありませんが、今日の挿頭(かざし)である葵――逢(あ)う日もお忘れになるとは）

と、中将の君は恥じらいながら詠む。光君は「いかにも」といとおしくなり、

　おほかたは思ひ捨ててし世なれども葵はなほやつみをかすべき

（おおよそこの世のことは思い捨ててしまったけれど、やはりこの葵は摘んでしまいたくなる――あなたに逢う罪を犯しそうになる）

などと、この中将の君ひとりだけは、放ってはおけないようである。

五月雨(さみだれ)の頃は、ますますぼんやりとものの思いに耽って過ごすよりほかなく、ものさみしい気持ちでいると、雲が切れて十日過ぎの月が明るく射す珍しさに、大将の君

（夕霧）が光君を訪ねてくる。橘の花が、月の光にくっきりと浮かび上がって見えるが、その香りも風に乗ってやさしく漂ってくるので、「色変へぬ花橘に郭公千代をならせる声聞こゆなり（後撰集／色を変えることのない橘の花に、千年も同じ声で鳴くという郭公の声が聞こえてくる）」の歌ではないが、「千代をならせる声」を聞かせてほしいものだと待っていると、にわかに雲がもくもくとわきたちはじめ、あいにくなことに激しく雨が降り出し、そればかりか吹きつける風に灯籠の火も吹き消され、空も暗くなる。「窓を打つ声」などと光君はありきたりな古詩を口ずさむが、折が折だからか、「ひとりして聞くは悲しき郭公妹が垣根におとなはせばや（ひとりで聞く郭公の声は悲しい、妹の垣根にも鳴かせたいものだ）」……、紫の上にも聞かせたいと思うような声である。

「ひとり暮らしはとくべつ前と変わることはないが、妙にものさみしいものだよ。出家して山奥の寺に住むにしても、こうして我が身を馴らしておけば、今よりずっと澄みきった心境になれることだろう」などと言う。「女房、こちらに果物を差し上げなさい。男の家臣を呼ぶのも大げさな時刻だから」

そんなふうには言いながらも、心の中は亡き人を偲んで空を眺めてばかりいるのだろうと思うと、どこまでもいたわしくてならず、このように悲しみが紛れないのでは、仏道のお勤めに専念することは難しいのではないか、と大将は思う。わずかに垣間見ただけのあのお方の面影すら私も忘れられないのだから、まして父君は無理もなかろう……、とも思うのである。

「昨日今日のことと思っていましたが、御一周忌もだんだん近づいて参りました。どのようになさるおつもりでいらっしゃいますか」と大将が訊くと、

「何ほども、ふつう以上のことはするつもりはない。あの人の発願で作った極楽の曼茶羅などをこの機会に供養することにしよう。お経などもたくさんあったが、某僧都がみなすべて彼女の希望をくわしく聞いているそうだから、そのほかにすべきことなども、その僧都の言う通りにするのがいいだろう」と光君。

「こうした功徳をご生前からとりわけ心掛けていらしたのは後世のために安心ですが、今生にはかりそめのご縁しかなかったのだと思うと、せめてお形見といえるようなお子をお残しにならなかったのが、残念に思います」と大将が言うと光君は、

「それは、今生に縁浅からず長生きしている女君たちでも同じ。私の子はそもそも少ないのだ。私自身残念に思っているよ。あなたにこそ、家門を広げてもらいたいものだ」などと言う。

何ごとにつけても悲しみをこらえることのできない心の弱さが恥ずかしくて、光君

は過ぎ去ったことをあまり話そうとはしない。ようやく待ちに待った郭公(ほととぎす)が遠くで鳴いても、「いかに知りてか」(いにしへのこと語らへば郭公(ほととぎす)いかに知りてか古声(ふるごゑ)のする《古今六帖／昔の話をしていると、どうやって知ったのか、郭公、あの時と同じ声で鳴いている》)と、聞く人の心は落ち着かない。

　なき人をしのぶる宵(よひ)の村雨(むらさめ)に濡れてや来つる山ほととぎす

　(亡き人を偲ぶ今宵、私の涙の雨に濡れて死出の山からやってきたのか、郭公よ)

と、光君はいよいよ空をじっと見つめている。大将、

　ほととぎす君につてなむふるさとの花橘(はなたちばな)は今ぞさかりと

　(郭公よ、亡き人に言伝(ことづて)ておくれ、あなたの庭の花橘は今が盛りですと)

女房たちもたくさん詠んだのだが、お伝えするのはやめておきます。

大将の君はそのまま光君のそばで宿直(とのい)として控える。父君がさみしいひとり寝をしていると思うと胸が痛み、大将はこうしてときどき仕えている。紫の上の生前は、とても近づきにくかった御座所のあたりが、今は気安く立ち入れるようになったのにつけても、大将にも思い出されることが多い。

ひどく暑い季節、光君は涼しい部屋でもの思いに沈んでいたが、池の蓮が花盛りなのを見て、「悲しさぞまさりにまさる人の身にいかに多かる涙なるらむ（古今六帖／悲しさが次から次へとあふれてくる我が身だが、人の身にはいったいどれほど多くの涙があるのだろう）」という古歌を真っ先に思い出し、「いかに多かる」などと口ずさんでしまう。そのまま放心したようにぼんやりしているうちに日も暮れる。ひぐらしの声がにぎやかに響く中、庭前の撫子が夕方のほの暗さのなかで色冴えているのをひとりきりで眺めるのは、いかにもつまらないものだった。

　つれづれとわが泣き暮らす夏の日をかことがましき虫の声かな

（することもなく一日中泣き暮らしている夏の日を、自分だって悲しいのだと
　ばかりに鳴き続ける虫の声よ）

蛍が多く飛ぶのを見ても、『長恨歌』の玄宗皇帝が亡き楊貴妃を偲ぶ一節の「夕殿に蛍飛んで」など、人の死を悲しむ詩ばかりをいつも口ずさんでいる。

　夜を知る蛍を見てもかなしきは時ぞともなき思ひなりけり

（夜になったのを知って光を放つ蛍を見ても悲しいのは、昼夜もなく亡き人を
　恋い焦がれる私の火は消えないからです）

七月七日の七夕の日も、例年と変わったことが多く、管絃の遊びなどもせずに、光

君は手持ちぶさたにもの思いに耽って過ごし、牽牛と織女、二星の星逢いを見る女房もいない。まだ夜も深い頃に光君はただひとり起きて妻戸を開けると、庭前に露がたくさんおりているのが渡殿の戸口から見渡せる。外に出て、

たなばたの逢ふ瀬は雲のよそに見て別れのにはに露ぞおきそふ

（七夕の、牽牛と織女の逢瀬は雲の上の別世界のことに思え、この地上では、二つの星の別れを惜しむ涙の露深い庭に、私の涙がさらに降りそそぐ）

風の音さえふだんと異なりさみしくなっていく頃、紫の上の一周忌の準備で、月はじめは悲しみも少しは紛れるようである。今までよく生きてこられたものだ、と思いながら光君は呆然と日々を過ごしている。命日は、身分の上下なくみな精進し、あの極楽の曼荼羅をこの日に供養する。いつものように宵のお勤めをする時に清めの手水を差し出す中将の君の扇に、

君恋ふる涙は際もなきものを今日をば何の果てといふらむ

（亡き人が恋しくて流す涙に際限はないのに、一周忌の今日をいったいなんの果てというのでしょう）

と書きつけてあるのを手にとって見、

人恋ふるわが身も末になりゆけど残り多かる涙なりけり

（亡き人を恋い慕う私の命も残り少なくなっているのに、いつまでも尽きることない残り多い涙である）

と書き添える。

九月になり、九日の重陽（ちょうよう）の日（長寿を願う菊の節句）、綿をかぶせてある菊を見て、

もろともにおきゐし菊の朝露もひとり袂（たもと）にかかる秋かな

（かつてはともに起きて眺めた菊の朝露も、私ひとりにかかり、露の涙で袂の濡（ぬ）れるこの秋である）

十月は、ただでさえ時雨（しぐれ）の多い季節で、光君はいっそう沈みこんで、夕暮れの空模様にも、言葉にならない心細さを覚えて、「降りしかど」（神無月（かむなづき）いつも時雨は降りしかどかく袖ひたす折はなかりき《神無月はいつも時雨が降りやまないものだけれど、こんなにも袖を濡らす時はなかった》）と古歌の一節をひとりつぶやいている。空を渡っていく雁（かり）の翼をも、死者の住む常世（とこよ）の国とを行き来しているのだとうらやましく思いながら見つめている。

大空をかよふ幻（まぼろし）夢にだに見えこぬ魂（たま）の行方（ゆくへ）たづねよ

（雁のように大空を行き交う幻術士（まぼろし）よ、夢にさえあらわれない亡き人のたましいの行方をさがしてくれないか）

何を見ても悲しみが紛れることはなく、月日がたつにつれてますます紫の上を恋しく思うのだった。

五節などといって、世の中がなんとなくにぎやかに浮き立つ頃、大将の若君たちが童殿上することになり、六条院に挨拶にやってくる。同じ年頃の二人で、たいへんかわいらしい姿である。叔父にあたる頭中将や蔵人少将（致仕の大臣の子息たち）などは小忌の役（神事に厳重に斎戒し奉仕する役）を勤めることになり、青摺（白布に草木や鳥の模様を青く摺り出した小忌衣）を着た姿はすっきりと好ましく、みな連れだって若君たちの世話をしながらいっしょに参上する。なんの屈託もなさそうな若者たちの姿を見ると、光君は、その昔五節の舞姫と思わぬ恋をした時のことをさすがに思い出すのだった。

宮人は豊明にいそぐ今日日かげもしらで暮らしつるかな

（宮廷の人々は豊明の節会に参内する日であるが、私は日の光の移ろいも知らずひと昔前の恋も忘れて一日を過ごしてしまった）

今年一年、こうして悲しみにたえて過ごしたので、もういよいよこの世を捨てる時が近づいたと思うにつけ、しみじみと胸に迫ることが尽きない。その前にすべきことを光君は心の内に思い続けて、仕える人々にもその身分に応じて形見の品を与えている。大げさにこれが最後という態度は取らないまでも、そばに仕えている女房たちは、ついにご本意をお遂げになるらしいと思い、年が暮れていくのも心細く、この上なく悲しい気持ちでいる。

あとに残っていては見苦しいような手紙の数々を、今までは破り捨てるのは惜しいと思ってか、少しずつ残しておいたものを、光君は何かのついでに見つけては破り捨てさせたりしている。その中でも、須磨(すま)にいた当時、あちこちの女君たちからもらった手紙の中で、紫の上からの手紙は別にしてまとめ、ひとつに結わえてある。自分自身でそうしたのだけれど、それも遠い昔のことになってしまったと思う。たった今書いたような墨の色などは、いかにも千年の形見になりそうなのだが、もうこうしたものを見ることもないだろうから残しておいても仕方あるまいと、気心の知れた女房二、三人ばかりに命じて、目の前で破かせる。

まったくこれほどではない人の手紙でも、亡くなった人の筆跡と思えば胸が痛むものなのだが、まして紫の上の手紙ともなれば、目の前が真っ暗になり、何も見分けられないくらい落ちる涙が、その筆跡をなぞるように流れる。これでは女房たちも「なんと気弱な」と思うだろうと、みっともなく気恥ずかしいので、光君は手紙をかたわらに押しやって、

死出の山越えにし人を慕ふとて跡を見つつもなほまどふかな

（死出の山を越えていった人のあとを追おうとしているのに、その人の筆の跡を見ては、まだ私は途方にくれている）

と詠む。そばに仕える女房たちも、手紙をすべて広げて見ることはできないものの、紫の上の筆跡だとなんとなくはわかるので、ひどく心が掻き乱される。同じ世にいながら、それほど遠くもない須磨と京とに別れなければならなかったのを、つらいと思う心のままに書いた文面は、まったくその当時にもまさるほどの悲しみを掻き立ててなぐさめようもない。じつに情けないことに、これ以上心乱れては女々しくも見苦しくもなりそうなので、光君は手紙をよく見もせずに、紫の上がこまごまと書いているその横に、

かきつめて見るもかひなし藻塩草おなじ雲居の煙とをなれ

（掻き集めて見たところでなんの甲斐もない、藻塩草ならぬこの手紙も、焼かれてあの人と同じ空の煙となるがいい）

と書きつけて、みな焼かせてしまった。

十二月、罪の消滅を祈る仏名会が行われるが、それももう今年限りだろうと思い、錫杖を振る僧たちの声にも、光君は例年よりもとりわけ感慨を覚える。導師が自身

の長寿を祈願するのを聞いても、仏がどのように聞くだろうかと出家を願う身として決まり悪い思いでいる。雪がたいそう降り、すっかり積もってしまった。退出する導師を呼び、盃を渡すのも、通常の作法より格別ていねいに行い、とくべつに褒美なども与える。長い年月六条院に参上し、朝廷にも仕えてきたのでよく見知っているこの導師が、頭髪もだんだんと白くなった姿であることも感慨深く思う。いつものように上達部たちが大勢法会に参加している。梅の花がわずかにほころびはじめて風情があるので、管絃の遊びなどがあってもよさそうなのだが、やはり今年いっぱいは楽の音にもむせび泣いてしまいそうな気がするので、折にふさわしいものを詠み上げさせることにとどめる。

そういえば、導師に盃を渡すついでに、

春までの命も知らず雪のうちに色づく梅を今日かざしてむ

（春までの命があるかどうかもわからないのだから、この雪の中でほころびはじめた梅の花を今日は挿頭にすることにしよう）

導師からの返歌は、

千世の春見るべき花と祈りおきてわが身ぞ雪とともにふりぬる

（千年の春を見る花のようにと、院の長寿を祈りながら、この私は降る雪とと

もに年ふりてしまいました）

ほかの人々もたくさん詠んだのだけれど、書きそびれてしまって……。

光君は、その日じつに久しぶりに人々の前にあらわれたのである。その容姿は、昔ながらの光り輝くうつくしさに、なおいっそうの光をたたえ、この世のものとも思えないほど立派に見えて、この年老いた僧はわけもなくあふれる涙を抑えることができないのだった。

光君は今年も暮れていくと思うにつけても心細いのに、三の宮が、「鬼やらい（悪鬼を追い払う行事）に大きな音を立てるには、何をしたらいいでしょう」と言って、走りまわっているのを見ても、このかわいらしい姿をもう見ることもできないのだと、何かにつけてこらえがたい気持ちである。

もの思ふと過ぐる月日も知らぬまに年もわが世もけふや尽きぬる

（もの思いに耽（ふけ）って月日が過ぎるのも気がつかぬうちに、この一年も、私の人生も、今日でいよいよ終わってしまうのか）

正月の行事を、例年よりも格別なものにしようと光君は指示をする。六条院に参賀にくる親王（みこ）たちや大臣（おとど）への贈りものなど、またとないほど用意をして、……ということらしいです。

雲隠

*古来、「幻」と「匂宮（匂兵部卿）」の巻の間に、「雲隠」という光源氏の死を暗示する巻名だけあって、本文はない巻が置かれている。

匂宮（におうみや）

薫る中将、匂う宮

光君亡きあと、女三の宮の産んだ君と、明石の中宮の産んだ宮は、
それぞれに立派に成長し……。

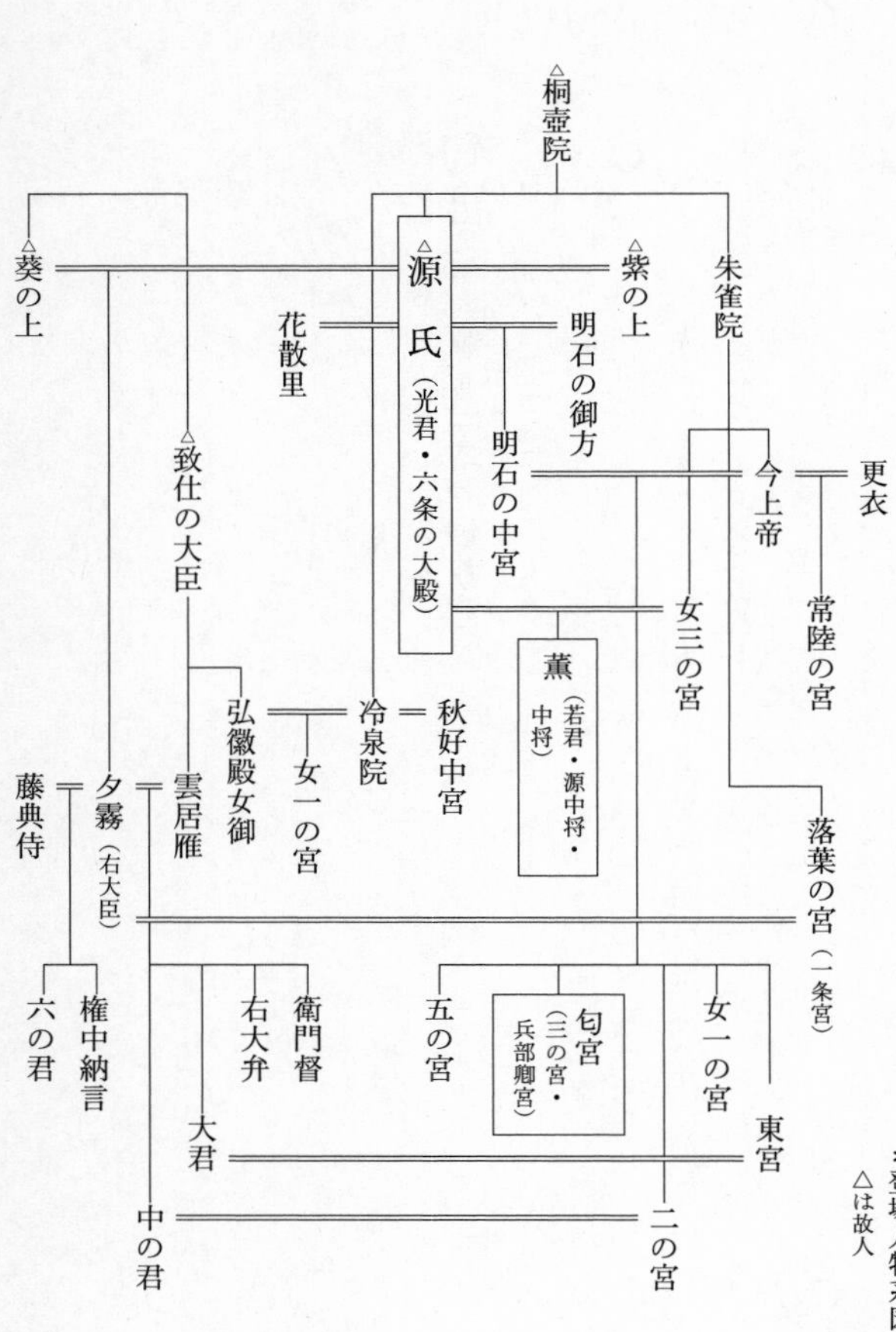

△桐壺院
朱雀院
△紫の上
△源氏（光君・六条の大殿）
△葵の上
花散里
明石の御方
明石の中宮
今上帝
更衣
△致仕の大臣
女三の宮
常陸の宮
薫（若君・源中将・中将）
秋好中宮
冷泉院
弘徽殿女御
女一の宮
雲居雁
夕霧（右大臣）
藤典侍
落葉の宮（一条宮）
五の宮
匂宮（三の宮・兵部卿宮）
女一の宮
東宮
衛門督
右大弁
権中納言
六の君
大君
中の君
二の宮
*登場人物系図
△は故人

源氏の光君が亡くなったのちは、あの輝く光を継ぐような人は、大勢の子孫の中にもいないのであった。退位した帝（冷泉院）のことをあれこれ口にするのは畏れ多いので、それはともかく……。

今の帝と明石の中宮のあいだの三の宮（匂宮）と、彼と同じく六条院で生まれ育った、女三の宮の産んだ若君（薫）、この二人がそれぞれ気高くうつくしいという評判で、なるほど並々ならぬ容姿ではあるが、光り輝くようなうつくしさというわけではないようである。ただ世間一般の人としてはすばらしく気品があって優美であり、さらに光君の血筋ということで、世間の人があがめているところは、若かりし日の光君の評判や威勢よりもややまさっている。ひとつには、そのせいもあってこの上なく立派に思えるのだった。紫の上がとくべつにかわいがって育てた三の宮は、今も二条院にいる。第一皇子は、東宮という尊い身分の方としてたいせつにしているが、それはそれとして、この三の宮も、帝と后（明石の中宮）がそれはかわいがっているので、宮中に住まわせているけれど、三の宮自身は気楽なふるさと、二条院の住み心地がいいと思っているのである。元服した後は兵部卿という。

明石の中宮の産んだ女一の宮は、六条院の南（春）の町の東の対に、紫の上存命の頃と部屋のしつらえを変えることなく住んでいて、朝夕に紫の上を恋しく思い出している。二の宮も、同じ御殿の寝殿をときどきの休憩所とし、宮中では梅壺を部屋とし、右大臣（夕霧）と北の方（雲居雁）のあいだに生まれた二番目の姫君を妻としている。この二の宮は次の世の東宮候補として、世間の信望も格別に重々しく、性格もしっかりした人である。

右大臣（夕霧）の娘たちは数多くいる。いちばん上の姫君は東宮妃となり、ほかに張り合う人もいないような様子で仕えている。その下に続く姫君たちも、みな順番に宮家に縁づいていくのだろうと世間の人々は想像し、また明石の中宮もそのように言っているけれど、この兵部卿宮（匂宮）にはそのつもりはない。自分の心から望んだ結婚でなければつまらないと思っている様子である。右大臣も、何もそんな形式通りに宮家と縁組みをしなくても、と落ち着いているが、しかしもし帝からそのような意向があれば受けないこともないといったそぶりで、姫君たちをそれはたいせつに育てている。六番目の姫君（六の君）は、その頃、多少とも我こそはと自信のある親王たちや上達部たちの心を悩ませる種となっていた。

六条院にそれぞれ集まり住んでいた女君たちは、六条院の大殿（光君）が亡くなった後、泣く泣くそれぞれの終の住処となる住まいに移っていった。花散里という人は、二条院の東の院を相続していて、そこに移った。入道の宮（女三の宮）は父朱雀院から受け継いだ三条宮に暮らしている。今后（明石の中宮）は宮中にばかりいるので、六条院の邸内はさみしくなってしまったが、右大臣が、

「他人ごととして昔の例を見聞きするに、その人が生きているあいだは趣向をこらして住んでいた家が、亡くなった後は名残もないほどうち捨てられて、無常こそ世のさだめだと見せつけられると、じつにかなしく、この世のはかなさが思い知らされるものだ。だから私が生きているあいだだけでも、この院をさびれさせず、あたりの大路などにも人影がたえるようなことにはしたくない」と考え、口にもし、六条院の東（夏）の町に、あの一条宮（落葉の宮）を移らせて、北の方（雲居雁）の住む三条院と、一晩おきに十五日ずつ、几帳面に通い住んでいるのである。

かつて二条院といって立派に造り磨き、また六条院の春の御殿として世間で騒がれていた玉の台も、光君亡き後、ただこの人ひとりの子孫のためだったと思われるほど、

明石の御方が、娘の中宮が産んだ宮たちの後見となり、お世話しているのだった。右大臣は、どの女君たちのことも、亡き父院が望んでいた通り以前と何ひとつ変えることなく、親に成り代わった心持ちで仕えている。そうしながらも「紫の上がこの方々のように長生きしていてくださったら、どれほど心をこめたお仕えをしてご覧に入れられただろう、ついに最後まで、ほんの少しでも、この自分がとくべつな好意を寄せていることを知っていただくこともできないまま亡くなってしまった、それがなんとも残念だ……」といつまでも悲しく思い出している。

この世に生きる者で、亡き光君を恋しく思わない者はなく、何かにつけ、この世はただ火の消えたようなさみしさで、なんにせよ輝きを失ってしまったと嘆かない折はないのである。まして院内に暮らす女君たち、宮たちは、あらためて言うまでもなく、どこまでも尽きない光君不在の嘆きは元より、またあの紫の上の面影を心に刻み、万事につけて思い出さない時がないほどである。

春の花の盛りは、なるほど長くはないからこそ、かえって愛着が深まるもの……。

女三の宮の産んだ若君（薫）は、光君が頼んでいた通りに、冷泉院がとりわけたいせつにお世話をし、后の宮（秋好中宮）も、自分には皇子が生まれずに心細く思っていたので、後見役となることをよろこんで、心から頼りにしている。元服の儀式も冷泉院で行う。十四歳で、二月に侍従となる。秋に右近中将となり、院から与えられる官位まで、何が心配なのか、急いで一人前に昇進させる。院の住まいである御殿に近い対屋を部屋にあてて調え、院みずから指示をして、若い女房、童、下仕えまで、容姿のすぐれた者を選び抜き、女宮の儀式よりもきらびやかに準備している。院付きでも中宮付きでも、仕えている女房の中から容姿がうつくしく気品があって難のない者は、みな若君の元に移して、彼がこの院の住まいを気に入って住みやすいと思ってくれるようにとばかり、とくべつなお世話をすべき方だと思っているのである。冷泉院には、今は亡き致仕の大臣（元の頭中将）の娘（弘徽殿女御）が産んだ女宮がひとりだけいるが、その宮にまさるとも劣らないほど若君はたいせつにされている。というのも、院の后の宮（秋好中宮）への寵愛が、年月とともに深まる一方だからだろう。そこまでしなくとも、とはた目には思えるほどである。

若君の母宮（女三の宮）は、今はひたすら仏道の修行を静かに続けていて、毎月の法会や、年に二回行う法華八講、その他折々の尊い仏事を営むばかりで、所在ない日々を送っている。なので、自分の住む三条宮に出入りする若君を、むしろ自分の親のように頼りになる人だと思っている様子である。若君はそんな母宮がたいそういたわしく思われるのに、その一方では、冷泉院も帝も若君をそばから離そうとせず、東宮やその弟宮たちも彼を気に入りの遊び相手と思って誘うので、母宮を訪ねる暇もないのが心苦しく、どうにかしてこの身を二つにしたいものだと思うほどである。

若君は、自分の出生の秘密について幼心にうっすらと耳にしたことが折に触れて気に掛かり、ずっと事情を知りたいと思っているのだが、訊(き)けるような人もいない。事情の一端をもし自分が知っていると気づいたら、母宮にとっては気まずいだろう筋合いのことなので、絶えず心に引っかかってはいるが、

「いったいどういうことなのだろう。なんの因果で、こんなにも不安な思いのつきまとう身の上に生まれついたのか……。母親の胎内に六年いて、父である釈迦(しやか)の出家の後に生まれ、実の子かどうかわからないと言われた善巧太子(ぜんぎようたいし)は、自分でその出生の謎の答えをさがしたというけれど、私もそんなふうに悟りたいものだ」と、ひとりつぶやくのみである。

おぼつかな誰(たれ)に問はましいかにしてはじめも果ても知らぬわが身ぞ

(わからない、いったいだれに訊いたらいいのか。どのようにしてこの世に生まれたのかも、この先どうなっていくのかもわからない我が身だ)

答える人もいない。何かにつけて、我が身がどこかふつうではないような気がするのも、落ち着かず、無性に悲しく、あれこれと思いをめぐらせては、「母宮もこうし

て若い盛りに髪をお下ろしになって、いったいどれほどの御道心があって、突然仏の道にお入りになったのだろう……、何か思いも寄らない間違いがあって、世の中が嫌になるようなことがあったのだろう。当然噂も流れて、だれも知らないなんてことはあるはずがない。やはり憚るような噂だから、この私に事情を教えてくれる人もいないのだろう」と思う。「母宮は、明けても暮れても勤行なさっているようだけれど、頼りない、おっとりした女の悟りでは、蓮の露のように清らかな心で極楽浄土に往生なさるのは難しいだろう。女人の身には五つの障りもあると言うし、やはり心配だから、私が母宮の仏道修行を助けて、同じことならせめて来世だけでもしあわせになってほしい」と思う。

「あの亡くなったという人（柏木）も、煩悩を断ち切れずに成仏できないのではないか」などと推測すると、若君は生まれ変わってでもその人に会いたい気持ちになる。

元服して一人前になることは気が進まなかったけれど、断り切れず、そのまま自然と世間でももてはやされて、まばゆいほどにはなやかなその身の栄華もどこか身に馴染まず、驕り高ぶることもなく冷静に振る舞っている。

帝も、母宮の異母兄という縁からこの若君には深く心を寄せていて、いとしい者と思っている。若君の姉である后の宮（明石の中宮）はもちろん、幼い頃から同じ六条院の南の御殿で、宮たちと育ち、いっしょに遊んでいた頃と態度を変えることはない。今は亡き六条の大殿（光君）が、「私の晩年に生まれて、心苦しいことに、成人するのを見届けられそうもない」と嘆いては口にしていたのを思い出しては、后の宮は一通りではなく若君をたいせつに思っているのである。右大臣（夕霧）も、自分の子どもたちよりもこの若君のことを心に掛けて、だいじにお世話している。

その昔、光君と言われた六条の大殿は、あれほど比類ない寵愛を父帝から受けながら、妬む人もいて、母方からの後見もなかったりしたものだが、思慮深い心の持ち主で、世間のことも穏やかに考えていたので、並ぶ者のないほどの威光も目立たないように控えめにし、無実の罪を着せられてみずから須磨に籠居するという、世間の大騒動となりかねなかった事態をも、結局は穏便にやり過ごして、来世のためのお勤めも時機を外さずに、何ごともさりげなく、先まで見越して穏やかにかまえていた。しかしこの若君は、まだ若いのに世間からの信望が篤すぎて、気位の高さはこの上もないほどである。いかにも、しかるべき前世の因縁によって、まるでこの世の人として作られたのではないようなところがあって、仏菩薩が仮の姿として人間に宿ったのではないかとも見えるのだった。顔立ちも、はっきりどこがどうすぐれているとか、途方もなくうつくしいとか、そういったことはないものの、ただそれはもう優美で、相手が気詰まりになるほど、心の奥底のはかり知れない様子が、ふつうの人とはまったく異なっていた。

　そしてこの若君はなんともいえずいい香りで、それも、この世の匂いとも思えないのである。不思議なことに、ちょっと身動きしただけで遠く隔たったところまで風に乗って運ばれる香りは、百歩の先までかぐわしく漂うように思えるほどだ。だれであっても、これほど立派な身分に生まれついていながら、ひどく質素ななりで目立たないように振る舞う人がいるだろうか。それぞれに我こそ人よりすぐれているのだと身だしなみに心を配るものだろう。けれどもこの若君は、体裁が悪いくらいに、人目を忍んで立ち寄る物陰にも、すぐに彼だとわかる香りが漂って隠れることもできないのである。若君はそれを厄介に思い、ほとんど香を薫きしめることもないのだが、たくさんの唐櫃におさめたままのさまざまな香の匂いも、この若君の場合は、いいようもないふくよかな香りが加わるので、庭前の花の木も、若君が軽く袖を触れた梅の香は、春雨の雫に濡れても自分の身に染みこませたがる人が多いのである。また秋の野に主知れず脱ぎかけられたと詠まれた藤袴も、若君が手折ると、心そそられる追い風に、元の香りは薄れ、いちだんとかぐわしさが増すのだった。

　このように不思議なほど、人のあやしむ香りが若君には染みついているので、兵部卿宮（匂宮）は香のことなるとことさらに、ほかの何よりも対抗心を燃やして、あらゆるすぐれた香を薫きしめ、朝夕の仕事として調合に専念している。庭の前栽にしても、春は梅の花園を眺め、秋は世間の人のもてはやす女郎花や、小牡鹿が妻のように親しむという萩の露などにはほとんど心を移すことなく、老いを忘れさせる菊、色褪せていく藤袴、見映えのしない吾亦紅といった、香りのいい草花は、まったく味気ない霜枯れの頃まで見捨てることがない。そんなふうに、あえて意識して、香りが好きなのだと強調して風流めかしている。そんなわけで、この宮は少々なよなよしていて、趣味に溺れている、と世間では思っている。亡き光君は、何ごとにおいても、このようにとりたててひとつのことに異様なほど熱中するということのない人ではあった。

この若君こと源中将（薫）は宮の邸にいつも参上しては、音楽の催しなどでも、お互いに張り合って笛の音を吹き立てて、いかにもよい競争相手として、若者同士互いに認め合っている。例によって世間では、匂う兵部卿、薫る中将と、耳障りなくらいやかましく噂をしている。その頃うつくしい娘のいる身分の高い家々では、胸をときめかせて婿君にと申し入れたりもするので、匂宮は、あちこちおもしろそうだと思えるあたりには言い寄って、相手の人柄や容貌などをさぐっている。けれどもとくべつ心に掛けて思う人は、これといっていないのだった。冷泉院の女一の宮に対しては、この方ならば妻として逢ってみたいものだ、それだけのことはあるだろう、と思っている。というのも、女一の宮の母女御（故致仕の大臣の娘、弘徽殿女御）は身分も重々しく、たしなみ深い人であるから、娘の姫宮もめったにいないほどすばらしいと世間の評判なのである。さらに、ふだんから少しそば近くに仕えている女房たちが、姫宮のくわしい様子などを何かにつけて宮の耳に入れたりもするので、いよいよ我慢できない気持ちのようである。

一方、薫中将はこの世の中がじつにつまらないものだと悟りきっていて、なまじ女性に執着したら未練が残ってこの世を離れがたくなるのではないか、などと思うので、面倒ごとになりそうなことにかかわるのはやめておいたほうがいい、と結婚などははなからあきらめている。……さしあたって心を奪われそうな人もいないので、悟ったふうな顔をしているのかもしれないけれど。娘の親が許しそうもない結婚などはなおのこと考えつくはずもない。十九歳になる年に三位宰相に任ぜられ、今まで通り中将も兼任することとなった。帝と后（明石の中宮）の引き立てによって、臣下としては、だれに遠慮することもないほどのすばらしい信望を得ているが、心の中では自身の生まれについてなんとなく思い知るところもあり、もの悲しい気持ちになったりもして、心にまかせて浮かれた恋愛に入れこむことはまったく好まず、何ごとも控えめに振る舞っている。おのずと、老成したお人柄であると、周囲の人も思うようになった。

匂宮が年々ますます心を寄せている冷泉院の姫宮（女一の宮）のところは、薫中将も同じ院内で明け暮れ過ごしているので、折に触れ姫宮の様子を耳にしたり目にしたりすることがある。そのたびに、なるほど確かに並外れて奥ゆかしくたしなみ深い振る舞いは申し分なく、どうせならこのような人を妻にしたら生涯満ち足りた気持ちで暮らしていけるだろう、と思うのである。しかし冷泉院はそのほかのたいていのことは中将を分け隔てなくたいせつにしているが、姫宮のこととなるとことさら他人行儀に、つねに遠ざけている。それももっともなことだし、厄介な気もするので、中将も無理に近づこうとはせず、もし自分の意に反して思わぬ恋心でも抱いてしまったらこちらも姫宮もたいへん困ったことになろう、とよくわきまえて、馴れ馴れしく近づくこともないのだった。

中将は自身が人にもてはやされるように生まれついた人で、深い意味のないちょっとした言葉を掛けただけで、相手の女たちはまったく知らぬふりはできず、すぐなびいてしまうので、軽い気持ちでの通いどころも自然と数多くなっていく。けれども中将自身はその女たちをとくべつに扱うわけでもなく、じつにうまく人目をごまかして、それでいてどことなく情がなくもない、といった態度なのがかえって女たちをやきもきさせる。そんなわけで、思いを寄せる女たちはつい誘われるように、この三条宮に女房として仕えるべく集まってくる者が多いのだった。つれない彼の態度を見るのもつらいことなのだが、縁が切れてしまうよりはと、心細い思いにたえかねて、女房になるような身分でもないのに、そうまでして中将とのはかない縁を頼りにしている女たちが多いのである。さすがにこの中将は、人を惹(ひ)きつけてやまない、見つめたくなるような容姿なので、いったん関係を持った女性はだれもみな自分の気持ちにだまされるようにして、中将のつれなさを大目に見てしまうのである。

「母宮がこの世に生きていらっしゃるあいだは、朝夕と離れることなくお目通りし、お顔を拝見することをせめてもの孝行に」と中将は思っているので、右大臣（夕霧）も、大勢いる娘たちのだれかひとりを中将に、と思っていながら言い出せずにいる。さすがに中将とはお互いあまりにもよく知る近しい間柄だからいかがなものか、と考えてはみるものの、この中将や兵部卿宮をおいて、ほかに婿として彼らと肩を並べられそうな人が見つけられるはずもない、と悩んでいる。れっきとした妻（雲居雁）よりも、藤典侍(とうないしのすけ)の産んだ六の君——人並み外れてうつくしく、気立ても申し分なく成人した娘は世間から軽く見られているが、こんなにもすぐれているのに、と心苦しく思うのである。一条宮（落葉の宮）にはお世話をする子もおらずもの足りなく思っているので、そちらへこの娘を預けることにした。「わざとではなく何かの折に、中将や宮にこの娘を一度お目に掛けたら、きっと忘れられなくなるだろう。女の良し悪しをわかる人ならとくに心に留めてくれるだろう」などと右大臣は思い、あまり厳しくすることはなく、はなやかで人目を引くような風流な暮らしをさせ、若い男の気を引くような機会をなんとか多くしている。

一月、右左に分かれた近衛府、兵衛府の舎人が射術を競う賭弓の行事がある。勝った側が射手たちをもてなす還饗を、右大臣は六条院でとくべつに入念に準備し、親王たちも招こうと心づもりをしている。賭弓の当日、親王たちのうち、元服をすませた者はみな宮中に参内する。后の宮（明石の中宮）の産んだ皇子たちは、だれもみな気高くうつくしいのだが、この匂兵部卿宮は、本当に並外れて立派に見える。四の皇子で、常陸の宮という更衣腹の人は、そう思って見るせいか、その様子も格段に劣っている。

いつものように左方が一方的に勝った。例年よりは早く行事が終わり、右大臣は退出した。匂宮、常陸の宮、后腹の五の宮を右大臣は呼び、自分の車に同乗させて帰っていく。薫中将は負けたほうだったのでひっそりと退出しようとするところへ、「親王たちがお帰りになるのをお見送りしませんか」と右大臣が引き留める。右大臣の息子である衛門督、権中納言、右大弁など、その他の上達部も大勢、あちらこちらの車に同乗し、みな誘い合わせて六条院に向かう。六条院までの道中、多少時間が掛かり、やがて雪がちらついて、優艶な夕暮れ時である。笛の音をうつくしく吹き立てながら六条院に入っていくが、実際この邸のほかに、どのような仏の国にこうした折節の楽しみを見いだせようか、と思えるほどだ。

南の町の寝殿、南の廂に、いつものように中、少将がずらりと南向きに座り、これと向き合って北向きに垣下（相伴役）の親王たちと上達部の席が設けられる。酒宴がはじまり、一座の興趣も高まってきた頃、東遊の「求子」を舞う。寄り合う舞人の袖をちらちら翻す羽風に、庭前近くの梅の、じつにみごとに咲き誇った花の匂いがさっとあたりに広がると、いつものように中将の香りがいちだんと引き立って、なんともいえない優美さが感じられる。そっとのぞき見をしている女房たちも、「『春の夜の闇は意味がない』というように、心許ないけれど、この香りは本当に何とも比べられません」とみな褒めている。右大臣も、いかにもすばらしいと思うのである。中将の容姿や態度がいつもより立派で、きちんと行儀よく落ち着いているのを見て、

「負けた右方の中将もいっしょにうたおうではないか。ずいぶんとお客さま然としているではないか」と右大臣が言うと、中将は無愛想にならない程度に「神のます」などとうたう。

紅梅(こうばい)

真木柱の女君のその後

亡き蛍宮と真木柱の女君のあいだに生まれたお方に、
匂宮は夢中の様子……。

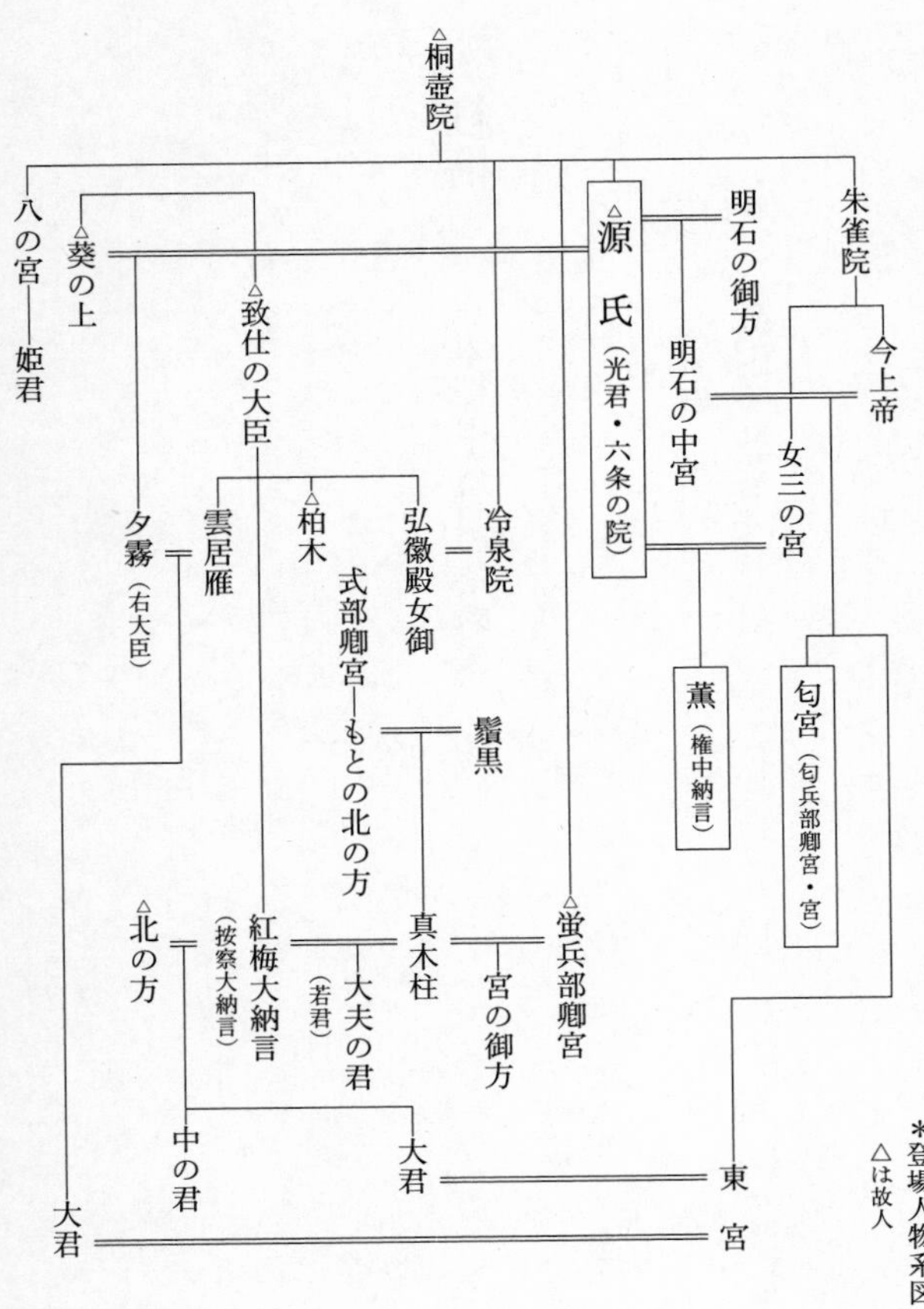

△桐壺院
朱雀院
△源氏（光君・六条の院）
明石の御方
八の宮
姫君
△葵の上
△致仕の大臣
今上帝
明石の中宮
女三の宮
冷泉院
弘徽殿女御
△柏木
雲居雁
夕霧（右大臣）
薫（権中納言）
匂宮（匂兵部卿宮・宮）
式部卿宮
もとの北の方
鬚黒
△蛍兵部卿宮
真木柱
紅梅大納言（按察大納言）
△北の方
宮の御方
大夫の君（若君）
中の君
大君
東宮
大君

*登場人物系図
△は故人

さてその頃、按察大納言というのは、亡き致仕の大臣（元の頭中将）の次男、また亡くなった衛門督（柏木）のすぐ下の弟である。幼い頃から利発で、はなやかな人柄で、年月とともに昇進するにつれ、以前にもまして生きている甲斐があると思える理想的な暮らしぶりで、帝からも篤く信頼されている。北の方が二人、最初の妻は亡くなっていて、今いるのは、太政大臣（鬚黒）の娘の、父邸の真木の柱と離れるのを嘆いたあの女君である。その真木柱の女君は、祖父の式部卿宮邸に引き取られて、そこで亡き蛍兵部卿宮に縁づいたのだが、親王が亡くなった後、大納言が人目を忍んで通っていた。ところが年月がたつにつれて、そんなに世間に気兼ねしてもいられなかったのか、正式に妻としたのである。大納言の子どもは、亡くなった北の方の産んだ姫君が二人だけだったのだが、それをもの足りなく思い、神仏に祈り、妻となった真木柱の女君に男君がひとり生まれた。この真木柱の北の方には亡き蛍兵部卿宮とのあいだに生まれた女君がひとりいて、大納言はこの連れ子も分け隔てすることなく、どの娘も同じようにかわいがっているが、それぞれの姫君に仕える女房などは、きれいごとではすまされない気持ちも捨てきれず、何やら揉(も)めごとが起こることもときどきある。けれどもこの真木柱の北の方はたいそう気持ちのさっぱりした現代的な人で、何ごとも穏便にとりなして、自分のほうがつらいことも角が立たないように聞き入れ、悪くとることもないので、聞き苦しい噂(うわさ)を立てられることもなく、はた目にも好ましく見えるのだった。

三人の姫君は年も近く、次々と成人したので、それぞれ裳着(もぎ)の儀を行うこととなった。東西七間(しちけん)もの寝殿を広く大きく造って、南面(みなみおもて)には大納言といちばん上の大君(おおいぎみ)、西にその妹である中(なか)の君(きみ)、東に、真木柱の北の方の連れ子である宮の御方(おんかた)と、部屋を分けて住まわせる。ふつうに考えると、宮の御方に父宮がいないのはかわいそうなようだけれど、祖父の式部卿宮や父蛍兵部卿宮の遺産などがたくさんあったりして、内輪での儀式や暮らしぶりは奥ゆかしく気品高いので、その様子は申し分ないのである。

例によって、大納言がこうしてたいせつにお世話しているという評判が広まって、次々に縁組みの申し入れが多く、帝と東宮(とうぐう)からも入内(じゅだい)を促す意向がある。「しかし帝には中宮（明石(あかし)の中宮(ちゅうぐう)）がいらっしゃる。いったいどれほどの人が中宮のご威勢に肩を並べられようか。かといってはじめからかなわぬものとあきらめて、卑下しているのも入内のしがいがない。東宮には右大臣の女御（夕霧の長女）がほかに並ぶ人もない様子でお仕えしているのだから、競いにくいけれども、そんなことばかり言ってもいられない。人並み以上だと思える娘を持ちながら、宮仕えを断念するのでは不本意もはなはだしい」と大納言は心を決めて、長女の大君を東宮に入内させる。大君は十七、八歳ぐらいで、かわいらしく、はなやかにうつくしい顔立ちである。

中の君も、姉の大君に引き続いて気品があり優美で、すっきりした風情は姉君以上のうつくしい方のようである。並の臣下に縁づかせるのはもったいないような容姿なので、匂兵部卿宮がもしそうお望みであるならば……、と大納言は思っている。

大納言と真木柱の北の方の息子である若君を宮中で見かけると、匂宮はそばに呼んで離さず、遊び相手にしている。この若君は利発で、その目元や額のかたちは心の奥深さを思わせる。

「弟のおまえとつきあうだけでは気がすまない、と大納言にお伝えしてくれ」などと匂宮が言うので、若君が「宮がこうおっしゃいました」と伝えると、大納言は笑みを浮かべ、願ってもないことだと思っている様子だ。

「人に引けをとるような宮仕えをするより、悪くない器量の娘なら、この宮にこそ縁づかせたいものだ。婿として思う存分お世話させていただけたら、こちらの寿命も延びるほどのお姿だ」と言うものの、まずは大君の東宮への入内を急ぐ。「(藤原氏から后を立てるようにとの)春日の神のご神託が、もし自分の代に実現することになったら、(弘徽殿)女御が(秋好)中宮に圧されて立后できなかったという、亡き父大臣(致仕の大臣)が晴らすことなく亡くなった無念を、なぐさめることもできるのではないか」と心の中で祈り、大君を東宮に参内させた。

この大君はたいそうな寵愛を受けていると人々は噂をしている。このような宮中のつきあいに馴れていないので、しっかりした後見役がいなくてはどうしたものかと、義母にあたる真木柱の北の方が付き添って参内し、これ以上ないほどの行き届いたお世話をしている。

北の方と大君のいない邸で、大納言は所在ない心地がする。西に住む中の君はいつも姉の大君といっしょにいたので、たいそうさみしげにぼんやりとしている。東に住む宮の御方も、この二人とは隔てなく親しくしてきて、夜ごと同じ部屋で寝み、いろいろの芸事を習い、ちょっとした遊びでも、大君も中の君もこの御方を先生のように思って習ったり遊んだりしていたのである。この宮の御方は尋常でないほど恥ずかしがり屋で、母北の方にもはっきりと顔を見せることはめったになく、おかしなくらい控えめに振る舞っているのだが、しかし性格や態度が内向的というわけでもなく、魅力的なところはやはりだれよりもまさっている。

こうして、東宮入内やら何やらと、自分の娘たちのことばかりに奔走しているようなのも心苦しく思い、大納言はこの宮の御方について、

「しかるべき縁談の相手を決めて、この私に言ってほしい。実の娘たちと同じようにお世話するから」と、実の母親である北の方にも言う。けれど彼女は、

「あの娘はそうした世間並みのことをまったく考えていない様子ですから、なまじ縁づかせたりするのはかわいそうです。ご宿縁にまかせて、私の生きているあいだはお世話いたします。私が死んだあとは不憫で気掛かりだけれど、いずれ出家するなりしても、人のもの笑いの種になるような、軽はずみなあやまちを犯すことなく過ごしてくれればと願っています」と涙ながらに、この御方の性格は申し分ないことを大納言に話すのだった。

大納言は、どの子も分け隔てすることなく親として振る舞っているが、宮の御方の容姿を見たいものだと心を動かされ、「この私に姿を見せないのは情けない」と恨めしく、こっそりと、姿が見えるのではないかとあちこちのぞきまわったりするけれど、ちらりとでも垣間見ることすらできない。

「母君が留守の時はこの私が代わりにこちらにやってこなければならないのに、他人行儀に分け隔てする様子なので、情けなくなってしまう」などと言って御簾の前に座っているので、宮の御方はかすかに返事をする。その声その物腰は、気品があり優雅で、容姿も思い浮かぶような、いとしく思わずにいられない様子が察せられる。自分の二人の娘たちを、だれにも引けをとるまいと得意になっていたけれど、この御方にはとてもかなわないのではなかろうか、と思う。こうしたことがあるから、この広い世間は油断もできないのだ、類なきうつくしさだと思っていても、それよりなおすぐれた人がいるのも、あり得ることなのだろう、とますますこの御方の姿を見てみたくなる。

「この頃はなんとなくせわしなくて、あなたのお琴の音すら久しく聴けずに過ごしてしまった。西に住む娘（中の君）は琵琶に熱中しているけれど、あなたのように上達すると思っているのだろうか。生半可に弾くと聞きづらい音になる。どうせなら気に掛けて、あなたから教えてあげてください。私のような年寄りはこれといって習った楽器もないが、その昔、音楽の盛んだった時代に演奏に加わったからか、良し悪しを聞き分けるくらいならどんな楽器でもなんとかできる。あなたは気を許して弾くことはしないが、ときどき聞こえてくる琵琶の音には昔を思い出すよ。亡き六条の院（光君）のご伝授を受けた方として、今では右大臣（夕霧）がこの世に残っていらっしゃる。源中納言（薫）や兵部卿宮（匂宮）は、何ごとによらず昔の人に引けをとることのない、いかにも前世の宿世が格別でいらっしゃる方々で、音楽にかけてはとりわけ熱心だけれど、手さばきが少々弱々しくて、撥音など、とても右大臣には及ぶまいと思うが、その右大臣にあなたの演奏はとてもよく似ているね。琵琶は、柱を静かに押さえるのを良しとしているが、押さえた時、撥の音色が変わって、やわらかく聞こえるのが女人の演奏としてかえっておもしろく思う。さあ、お弾きなさい。お琴を持ってきなさい」と大納言。女房などは、大納言に姿を見せない者はほとんどおらず、たいそう若い、身分の高そうな女房で、見られたくないと思う者は勝手に引っ込んだまま座っているので、

「そばに仕える者たちまでこうもよそよそしく振る舞うのは、おもしろくない」と大納言は腹を立てる。

若君が、宮中に参上しようと、髪を結わない宿直姿であらわれる。その姿が、ことさらきちんと結った角髪（耳の上で結う髪型）よりもたいそうかわいらしく見え、大納言はいとしく思う。麗景殿の大君とともにいる真木柱の北の方への伝言をする。

「大君のことはあなたにすべてまかせる。私は今夜も参内できそうにない、気分がす

ぐれないものだから。そう伝えなさい」と言い、さらに「笛を少し吹いてみなさい。何かというとあなたは帝の催しに呼ばれるから、はらはらさせられる。まだとても未熟な笛だからね」と笑みを浮かべ、双調（雅楽の調子のひとつ。春の調子）の調子（調子を整えるための短い曲）を吹かせる。とてもうまく吹くので、「なんとか聴けるようになってきたのは、このあたりで自然と琴に合わせて吹くことが多いからだろう。どうか合奏してくれまいか」と宮の御方に催促するので、御方は困った様子ながら、笛に合わせて遠慮がちに爪弾きはじめる。大納言も馴れた低い音で口笛を合わせる。

この寝殿の東の端に、軒近く紅梅がじつにみごとに色づいて咲いているのを見て、大納言は、「庭前の花は気が利いているね。宮（匂宮）が宮中にいらっしゃるはずだから、一枝折って差し上げなさい。『知る人ぞ知る』だからね」

と、古歌「君ならで誰にか見せむ梅の花色をも香をも知る人ぞ知る（古今集／あなたではなくてだれに見せるというのか、この梅の花のすばらしい色も香りもあなた以上にわかってくれる人などいないのに）」を引き、

「ああ、光源氏と呼ばれたあのお方が若い盛りの大将でいらした頃、私はまだ子どもで、今のあなたのように親しくしていただいたことが、いつまでも恋しく思い出される。孫にあたる宮たちを世間では格別な方々だと思っているし、確かに人から賞賛さ

れるように生まれついていらっしゃる立派さだけれど、やはりあのお方と比べると、その足元にも及ばないように思えてしまう。それも、あんなお方はほかにいないとお慕いした心がそう思わせるのだろうか。私のようにとくべつ近しくなかった者でも、心が晴れることなく悲しいのだから、親しかった人が、あのお方に先立たれてなお生き残っているのは、さぞや長生きもつらいことだろう、と思ってしまう」などと話し、もの悲しく、ひどくさみしい気持ちになって涙ぐんでいる。

折が折なので、気持ちをこらえきれなくなったのか、大納言は紅梅の花を折らせて若君に持たせ、急いで宮のところに向かわせる。「仕方のないことだ。昔の恋しいお方の御形見としては、この宮がいらっしゃるだけだ。仏が入滅なさった後、弟子の阿難(あ)(なん)が光を放ったので、それを仏の再来だと思った賢い聖(ひじり)もいたという。私も、光を失って闇にまどう悲しみを晴らすために、あのお方の御形見である宮に便りを送ろう」と、

心ありて風のにほはす園(その)の梅にまづうぐひすの訪(と)はずやあるべき

(来てほしくて風が匂いを送る園の梅に、何はさておき鶯(うぐいす)が訪れないなどということがあるでしょうか)

と、紅(くれない)の紙に若々しく書き、この若君の懐紙(かいし)といっしょに押したたんで持たせる。

若君も幼心にも宮と親しくなりたいという気持ちがあるので、宮中へと急ぐ。

宮は、明石の中宮の部屋から自分の宿直所へ向かうところだった。殿上人が大勢見送りにきている中から若君を見つけて、

「昨日はなぜ早々と帰ったの？　今日はいつ来たの？」などと言う。

「早く帰ったことを後悔したから、宮さまがまだこちらにいらっしゃると人が言うのを聞いて急いで来たのです」と子どもっぽい口調ながら、もの馴れたふうに言う。

「宮中ばかりではなく、気兼ねのいらない私の邸へもときどきは遊びにおいで。若い人たちがいつもなんとなく集まっているところだよ」と宮。この若君ひとりだけそばに呼んで話しているので、殿上人たちは遠慮して近づかず、それぞれ退出したりして、あたりも静かになると、

「東宮から少しお暇をもらえたようだね。気に入られてずっとおそばからおまえを離さなかったのに、姉君（大君）に寵愛を取られて、おまえもばつが悪そうだね」と宮は言う。

「おそばから離してくださらなくて、つらかったです。宮さまのおそばでしたら

……」と言葉を切って座っているので、

「おまえの姉君は、私を一人前の男ではないと見限ったのだろうね。それももっとも

だ。けれどおもしろくはないな。私と同じ古めかしい皇族の血筋の、東の君とかいう御方（宮の御方）が私と仲よくしてくれないか、こっそり話しておくれ」と宮が言い、それをいい機会に若君が託された紅梅を渡すと、宮はにっこりとほほえむ。

「こちらから恨み言を言ったあとにこの手紙をもらったら、おもしろみもなかっただろうね」と、下にも置かず花をじっと見ている。枝ぶりといい花房といい、色も香りも、またとないようなすばらしさである。「園に匂う紅梅は、その色に負けて、香りは白梅に劣っていると世間では言うけれど、なんとみごとに色も香りも兼ね備えて咲いたのだろう」と、梅は宮の好きな花なので、大納言が贈った甲斐あって、しきりに褒めている。

「おまえは今夜は宿直のようだね。このままここに泊まるといい」と、若君をそばに呼んで部屋から出さないので、東宮のところに行くこともできない。花も恥じらうほどかぐわしい宮が、自分を近くに寝かせるのを、若君は幼心にもまたとないほどうれしく、また慕わしく思うのである。

「この花の主（宮の御方）はなぜ東宮の元に行かなかったのだろう」と宮が訊くと、

「わかりません。ものごとをよくわかってくれる人に、などと父が言うのを耳にしましたが」などと話す。大納言の意向は、宮の御方ではなく、実の娘である中の君を自分に、と思っているようだが……、と宮は考え合わせてみるが、自分の心は異なる人——宮の御方に傾いているので、大納言からの手紙にはっきりとした返事もしかねている。翌朝、帰っていく若君に、気乗りのしない様子で、

花の香にさそはれぬべき身なりせば風のたよりを過ぐさましやは

(花の香りに寄せたお誘いを受けるに値する私なら、風の便りを見過ごしたりするでしょうか)

さらに若君に、「やっぱりこれからは、大納言など年寄りたちにはよけいなお節介をさせないで、おまえがこっそりと東の御方に……」とくり返し言うので、若君も、東に暮らす宮の御方をたいせつな近しい人だと思うようになる。母親の違う二人の姉、大君、中の君は、かえってこの若君に姿を見せたりして、ふつうのきょうだいのようであるが、若君は幼心にも、宮の御方がいかにも重々しく、理想的な人だと思っていたので、なんとかそれにふさわしい方と縁づかせたいものだと日頃から思っているのである。長姉である大君が東宮に入内して、それははなやかに暮らしているのにつけても、同じ姉のことだからうれしく思うものの、この宮の御方がこうしているのはやはりもの足りず、残念で、せめてこの宮との仲を取り持てないだろうかとずっと思っていたので、花の使者となったのは願ってもない機会だった。

宮からの手紙は昨日の返事なので、若君は父、大納言に見せる。

「憎らしいことをおっしゃる。宮があまりにも好色なのを、よくないという声があるのをお聞きになって、右大臣（夕霧）や私の目がある時には、じつに生真面目(きまじめ)におとなしくなさっているのが、おかしいね。色好みといってかまわないようなお人なのに、無理に堅物ぶっていらっしゃるのも、はたから見たら鼻白むだろうに」などと陰口を言い、今日も若君を参内させるついでに、また、

「本(もと)つ香(か)のにほへる君が袖触(ふ)れば花もえならぬ名をや散らさむ

（もともと香りのすばらしいあなたのお袖が触れたら、こちらの花——私の娘も言うに言われぬ香りとともに評判になるでしょう）

と、好き好きしい申し上げようですが……。恐縮です」と真剣に書いている。

大納言は本当に中の君との縁談をまとめようとするつもりなのかと、宮は、気乗りはしないものの、それでも胸はときめかせ、

花の香をにほはす宿にとめゆかば色にめづとや人の咎(とが)めむ

（花の香りを漂わせる家を尋ねていけば、色に目がない浮気者と世間から咎められるのではないでしょうか）

と詠むが、胸の内を明かさない返事に大納言はやはりもどかしい気持ちでいる。

真木柱の北の方は退出し、大納言に宮中での様子を報告するついでに、「若君がこの前の夜に宿直をして、朝に帰っていった時、それはすばらしい香りをさせていたのです。それをほかの人はなんとも思わなかったのですが、東宮がすぐにお気づきになって、『あれは宮の近くにいたからだね。どうりで私を避けたわけだ』と、様子を察して恨み言をおっしゃっていたのが、おもしろかったですよ。あなたから宮にお手紙を差し上げたのですか。そんなふうには見えませんでしたが」と言う。「そうなのだ。梅の花のお好きな人なので、東の軒先の紅梅が盛りと咲いているのを見て放っておけず、折って差し上げたのだ。宮の移り香は本当にすばらしい。晴れて宮中でお勤めをする女たちでも、あんなふうに香を薫きしめることはできまい。源中納言（薫）はあのように風流がって薫き匂わすということはなく、生まれつき、またとないかぐわしさだ。まったく不思議だ、前世の因縁がどれほどすぐれていた果報なのか知りたくなる。ほかと同じ花といっても、香り高い梅もまた、きっと生まれ出た根本がすばらしいのだろう。あの宮が褒めるのももっともなことだ」などと、花にたとえても宮の噂をしているのである。

宮の御方は充分にものごとがわかるほど大人になっているので、何ごとも見聞きすれば、まったくわからないということも、気づかないということもないのだが、夫を持って世間並みに暮らすようなことはけっしてするまい、と、てんでその気がない。世間の人も、時勢におもねる気持ちがあるのか大納言の実の子である大君、中の君には熱心に言い寄ったりし、はなやかな話題も多いのだが、真木柱の北の方の連れ子であるこの宮の御方は、何ごとによらずひっそりと控えめに暮らしている。匂宮は、自分にぴったりの人だと伝え聞いていて、心から、ぜひにも、という気持ちになっている。宮は若君をいつもそば近くに仕えさせては、若君を介してこっそり手紙を送っている。けれども大納言は、実の娘である中の君と縁づかせたいと強く望んでいて、もし宮がその気になってご意向を示してくれれば、とさぐりを入れて、そうなった時の心構えをしている。真木柱の北の方はそれを見て気の毒になり、「こちらの考えとはまったく違って、こうもその気のなさそうな女君のほうに、かりそめにせよ、お言葉を尽くしてくださるなんて。なんの甲斐もないことですのに……」と思い、また言いもする。

宮の御方からはほんの一言も返事がないので、宮は意地になってしまい、あきらめられそうもない。

「なんの差し支えがあるものか。宮のお人柄は婿君としてお世話したいようなお方だし、先々も安泰とお見受けできるのだから」と北の方は考えることもたびたびあるのだが、この匂宮はたいそう恋多き人で、お忍びで通っているところも多く、故桐壺院の八の宮の姫君にも並々ならず心を寄せて足繁く通っている。その頼りになりそうもない浮気っぽさを考えるとますます気が進まず、母北の方は本心では宮の御方の婿君としてはとうにあきらめているものの、畏れ多いという気持ちだけからこっそりと自身の一存で宮への返事を送っている。

竹河（たけかわ）

女房の漏らす、玉鬘の苦難

娘たちの幸福を願う玉鬘の女君ですが、やはり親の心は闇に惑うもの。

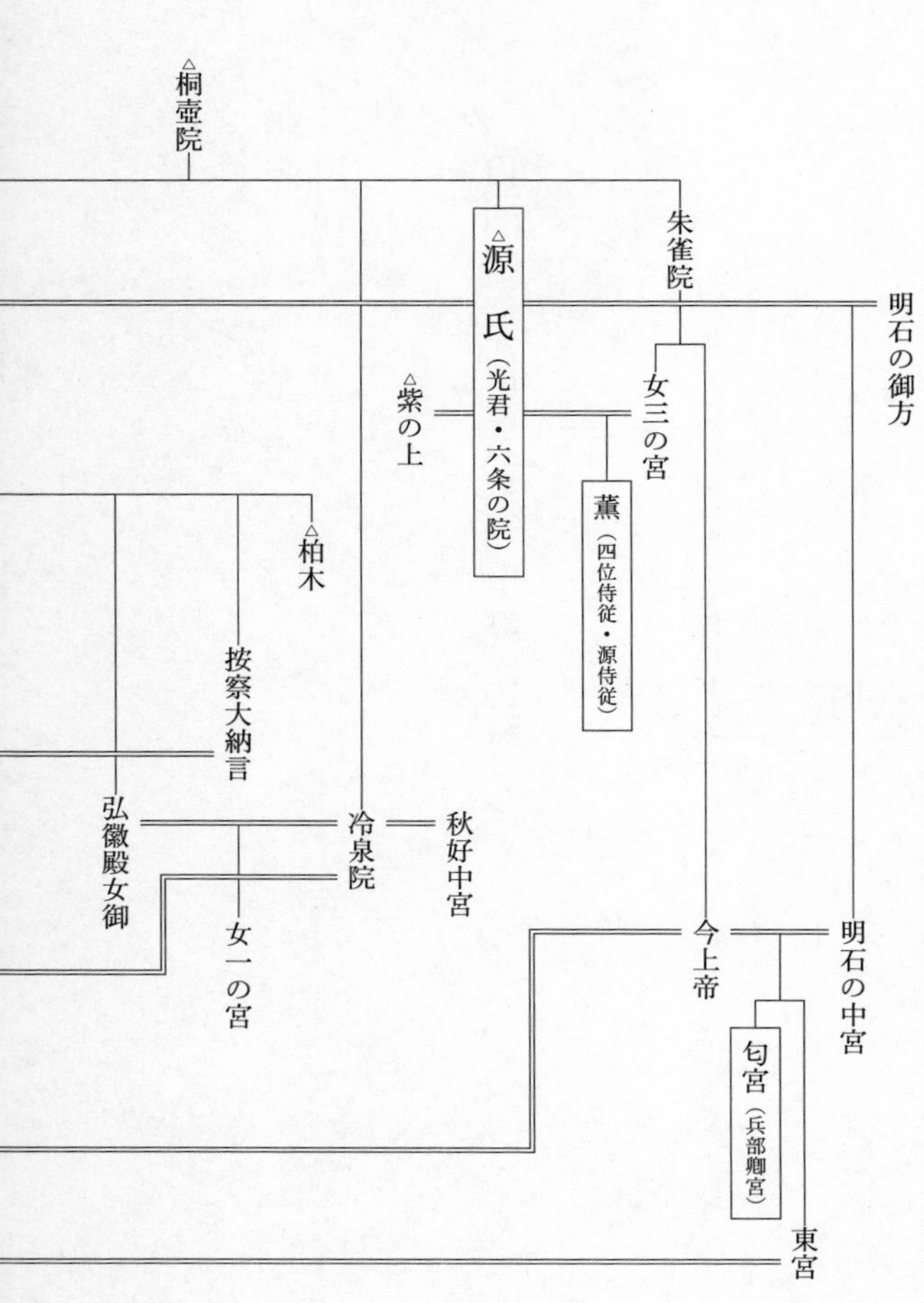

△桐壺院
朱雀院
△源氏（光君・六条の院）
明石の御方
△紫の上
女三の宮
薫（四位侍従・源侍従）
△柏木
按察大納言
弘徽殿女御
冷泉院
秋好中宮
女一の宮
今上帝
明石の中宮
匂宮（兵部卿宮）
東宮

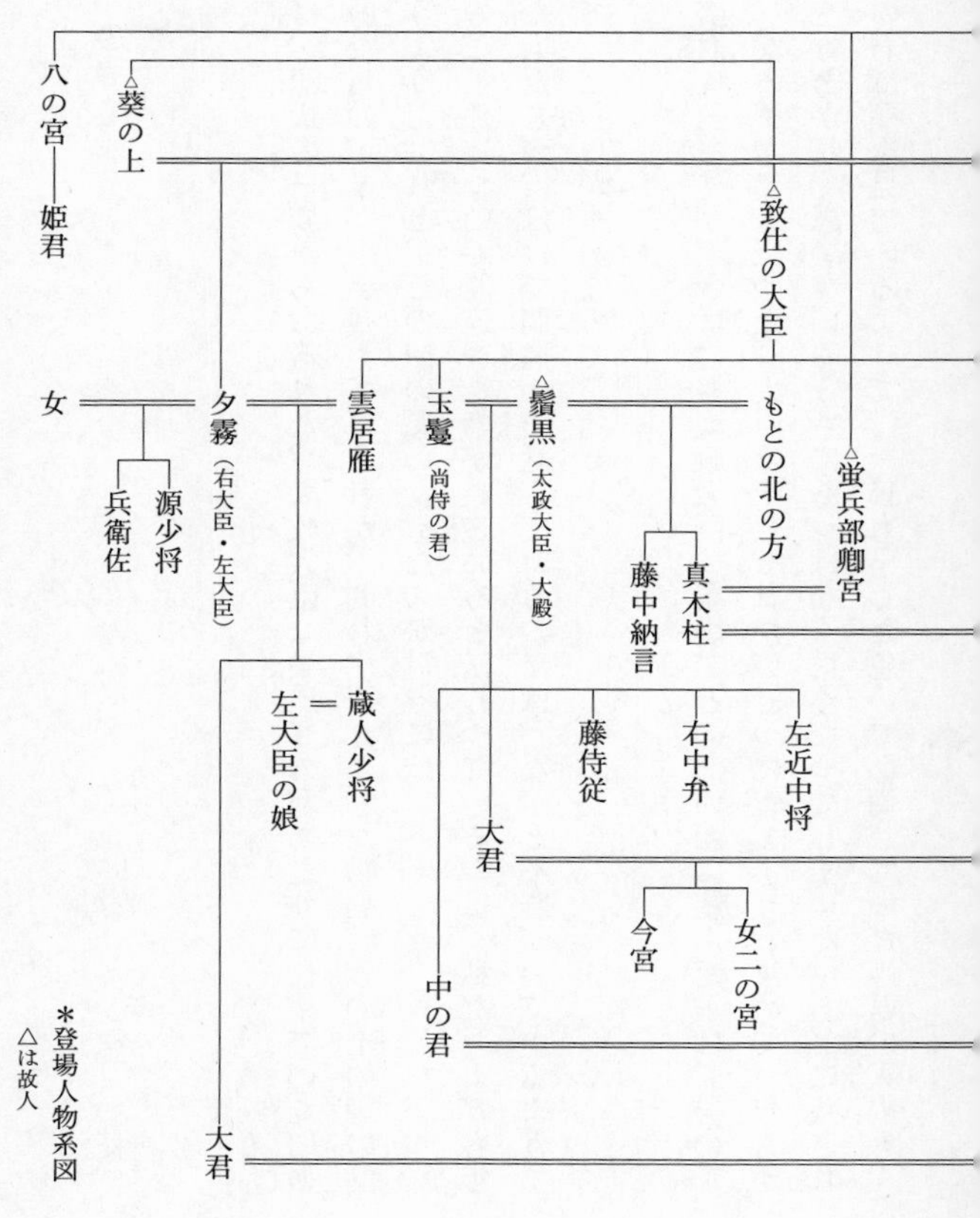
八の宮
姫君
△葵の上
△致仕の大臣
△蛍兵部卿宮
女
夕霧（右大臣・左大臣）
雲居雁
玉鬘（尚侍の君）
△鬚黒（太政大臣・大殿）
もとの北の方
源少将
兵衛佐
藤中納言
真木柱
左大臣の娘
蔵人少将
藤侍従
右中弁
左近中将
大君
今宮
女二の宮
中の君
大君

＊登場人物系図

△は故人

これは、源氏の一族からは離れた、太政大臣（鬚黒）の邸あたりに仕えていた口の悪い女房たちの、まだ生き残っている者が、問わず語りにした物語。紫の上の縁の話とは違うようだけれど、その口の悪い女房たちが言うには、「源氏のご子孫について間違った話がいろいろと伝わっているのは、私たちよりも年をとった人たちが、ぼけて間違いを話しているのでは」などと不審がっているようです。さて、どちらが本当なのでしょう……。

尚侍の君（玉鬘）が、今は亡き太政大臣（鬚黒）とのあいだに産んだ子は、男の子が三人、女の子が二人だった。大臣はそれぞれたいせつに育てようと決めて、年月がたつのをもどかしく思っているうちにあっけなく亡くなってしまった。あとに残された尚侍の君は夢を見ているようで、一日も早くと急いで準備していた姫君の入内も、それきりになってしまった。人の心というものは、ただ時の勢いに従うもので、あれほど勢力を誇っていた太政大臣の亡くなった後は、家の中にある宝物、所有していたあちこちの荘園など、そうした面での衰えはないものの、一家全体の有様はまるで変わってしまい、邸の中はひっそりとしていく。尚侍の君の異母きょうだいたちはそれこそ世に栄えているが、なまじ身分の高い人たちのつきあいの常で、もともと親しくなかった上に、亡き大臣が少々情に欠けるところがあって、気分屋でもあったので、煙たがられることもあったのか、尚侍の君はだれともそう親しくはつきあえないでいる。六条の院（光君）は何もかも昔と変わらず、尚侍の君たちを家族の一員として数え、亡くなった後のことをいろいろと書いた財産分けの遺書にも、実の娘である中宮（明石の中宮）の次に書き加えていたので、右大臣（夕霧）などはかえって自分のきょうだいよりも心を配り、しかるべき折々には尚侍の君を訪問している。

男君たちは元服をしてそれぞれ成人したので、父である太政大臣亡き後も、心細く悲しいこともあるけれど、そのうち自然と一人前になるに違いない。姫君たちをどのように縁づけたらいいのかと尚侍の君は心を悩ませている。帝にも、ぜひとも宮仕えをさせたいとの旨を、大臣が生前せつに奏上していたので、そろそろ成人する頃だろうという年月を数えて、入内の催促はたえずある。けれども中宮がこの頃ではますます抜きん出て威勢を増していくのに気圧(けお)されて、ほかにはみなだれもいないかのようなのに、さらにその末席に連なって、はるか彼方の中宮から横目でにらまれるのも厄介であるし、それにほかの妃(きさき)たちに引けをとって、数にも入らないような有様でいるのを見るのも心がすり減るようだろう、と尚侍の君は思案している。

冷泉院(れいぜいいん)からもたいへん心のこもった申しこみの言葉がある。その昔、尚侍の君が、宮仕えを望む院の意向に背いて鬚黒の大臣と縁づいてしまった、その仕打ちをふたたび持ち出して院は恨み言を言う。

「今はなおいっそう年をとり、すでに退位して、なんのおもしろみもない身の上だとお見捨てになるとしても、安心できる親だと思って、姫君をお譲りください」とそれは熱心に言うので、どうすればいいのだろうと尚侍の君は考える。自分自身の情けない宿世(すくせ)のせいで、心ならずも、薄情な女だと思われてしまったことが恥ずかしくも畏れ多くも思われるのに、こんなに年月がたってしまったけれど、娘を縁づかせることで見なおしてくださるだろうか、などと、尚侍の君は決めかねている。

姫君たちは顔立ちがすばらしいと評判で、思いを寄せる人が多い。右大臣（夕霧）家の蔵人少将(くろうどのしょうしょう)とかいう人は、三条の北の方（雲居雁(くもいのかり)）の産んだ子で、兄たちよりもずっとたいせつにかわいがられ、人柄もじつにすばらしい人であるが、それは熱心に結婚を申しこんでいる。右大臣、北の方と両親ともに尚侍の君とは親しい間柄なので、この子息たちが親しげに尚侍の君の邸にやってくる時には、他人行儀な扱いをすることもない。彼らにとっては、こちらの女房たちにも親しく近づいては思いの丈を訴えることもできるので、昼夜かまわずやってくる。その騒がしさを煩わしく思うものの、同時に気の毒なことだとも尚侍の君は思っている。母北の方（雲居雁）からも尚侍の君宛に蔵人少将のことでときどき手紙があり、「まだまだ半人前ですが、親しい間柄に免じて認めていただけませんか」と父の大臣も願っているとのことである。しかし尚侍の君は、大君（長女）をただの臣下に縁づけようという気持ちはまるでなく、中の君（次女）ならば、蔵人少将がもう少し世間の評判がそう軽くはない地位となり、釣り合いがとれるならば、結婚もよかろうと思っている。一方、少将は、許してもらえないのならば大君を盗み出しかねないほど、おそろしいまでに思い詰めている。尚侍の君は、この少将をまるでお話にならないと思っているわけではないが、女のほうで承諾していないのに何かことが起きるというのは、世間の噂も軽々しくなるだろうから、取り次ぎの女房たちにも「よくよく気をつけて、間違いのないようにしておくれ」と言いつけ、女房たちはそれで気がそがれ、取り次ぎを迷惑がっている。

六条の光君の晩年に、朱雀院の女宮（女三の宮）が産んだ君、冷泉院が我が子のようにかわいがっている四位侍従（薫）は、その頃、十四、五歳で、まだまだ子どもっぽい年齢のわりには心構えも大人びていて、人柄も好ましく、人並みすぐれた将来がすでにはっきりと見えているので、尚侍の君は、この彼を婿にしたいと思っているのである。尚侍の君の邸は、四位侍従の住む三条宮とすぐ近くなので、何かといった折々の遊び場として、尚侍の君の子息たちに誘われて、この侍従もやってくることもときどきある。奥ゆかしい姫君のいる邸なので、気を遣わないような若い男はおらず、これ見よがしに気取って出入りしている中で、顔立ちの良さという点ではこの邸に入りびたりの蔵人少将、また、いかにもやさしげで、気が引けるほど優美であるという点では、この四位侍従に並ぶ人はいないのだった。六条の光君の血筋だと思うからとくべつに見てしまうのだろうか、世間の人から自然ともてはやされている人である。若い女房たちは、この侍従を熱心に褒めそやしている。尚侍の君も、「本当に好ましい人だこと」などと言い、侍従には打ち解けて話したりしている。

「六条の院（光君）のお心遣いを思い出すと、なぐさめられる時もなく、ただもう悲しいばかりだけれど、そのお形見として、あなた以外のどなたにお目に掛かればよいでしょう。右大臣（夕霧）は重々しいご身分でいらして、何かの機会でもなければお目に掛かるのも難しいですし」などと言い、実のきょうだいのように思っているので、この侍従も、姉君同様の人のお邸と思って通っている。この侍従は、世間の男たちにありがちな色好みのところもなく、ひどく落ち着き払っている。それをあちこちの邸の若い女房たちが、期待外れでもの足りないと思い、何かと言いかけては侍従を困らせているのだった。

正月のはじめ頃、尚侍の君のきょうだいの大納言（按察大納言）――幼い頃「高砂」をうたったあの方――と、亡き大殿（鬚黒）の長男で、真木柱の君と同じ母を持つ藤中納言などが、尚侍の君の邸にやってくる。右大臣（夕霧）も子息六人をみな引き連れてやってきた。右大臣は、顔立ちはもとより、何ひとつ不足のない様子であり、世間の声望も得ている。その子息たちもそれぞれに見映えよく、実際の年齢よりは官位もそれ以上に高く、なんの悩みがあろうかと、はたからは見えることだろう。しかし蔵人少将は、格別たいせつにされている様子であるのに、ふさぎこんで何か悩みのある面持ちである。

大臣は几帳を隔てて、昔と変わらず尚侍の君と話をする。

「これといった用事もなく、なかなか伺うこともできずにおります。年齢を重ねますと、宮中に参るよりほかの外出などは、身にそぐわず、億劫になってきまして、昔のお話をしたいと思うことがあっても、そのままにしてしまうことが多いのが残念です。

若い者たちは何かのご用の折にはお呼びになってお使いください。ぜひそれぞれ誠意を見ていただくようにと、よく言い聞かせてあります」などと言う。

「今ではこのように世間の人の数にも入らぬような有様の私のことを、そうして気に掛けてくださいますにつけても、お亡くなりになった院（光君）のことも、ますます忘れがたく思えます」と話すついでに、大君を入内させるようにとの冷泉院の仰せについて、それとなく話してみる。「しっかりとした後見もない者の宮仕えは、かえって見苦しいことになるのだからと、あれこれと思い悩んでおります」と言うと、

「帝からも仰せ言がおありのように聞いておりますが、どちらにお決めになったらいいのでしょうね……。院は確かにご退位なさいましたから、盛りの過ぎた感じがいたしますけれど、世にまたとない立派なご様子は今なお変わらないようですから、もし私に人並みに育った娘がいるのならば……、とも思います。しかし実際はご立派なお妃がたに肩を並べられるような娘もおりませんから、残念に思います。そもそも、お妃である女一の宮の母女御（弘徽殿女御）は、大君の入内にご同意なさるのでしょうか。これまで宮仕えを思い立った人々も、女御へのそのような遠慮から、話がそのままになることもありましたね」と大臣。

「その女御さまが、ご退位の後、所在なく暇を持て余しているので院とごいっしょに

大君のお世話をして、気晴らしをしたい、などと勧めてくださるものですから、どうしたものかと悩んでいるわけなのです」と尚侍の君は話す。

あの方この方が、この尚侍の君の邸に集まり、それから三条宮に向かう。朱雀院と昔から縁のあった人々や、六条の光君とかかわりのある人々も、未だに入道の宮（女三の宮）を素通りすることはできずに参上するようである。尚侍の君の子息である、左近中将、右中弁、藤侍従なども、そのまま大臣のお供をして出かけていった。そのような人々をみな引き従える右大臣の威勢は、また格別である。

夕方になり、四位侍従（薫）が尚侍の君の邸にやってきた。成人した大勢の子息たちも、みなそれぞれ、だれが見劣りするだろうか、好ましい人たちばかりであるが、一足遅れてこの侍従が姿を見せると、じつに際立って目を奪われるような心地になってしまい、例によってすぐ夢中になる若い女房たちは、「やはりほかの人とは違うわね」などと言っている。「このお邸の姫君のお隣に、このお方をこそ並べて見てみたいものだわ」と聞き苦しいことまで言う。しかし確かに、侍従はたいそう若々しく優美で、立ち居振る舞いのたびに漂うその香りは、世の常のものではない。どんなに深窓の姫君といえども、心ある人であれば、なるほどこの君はだれよりもすぐれているようだと納得するに違いないはず。

尚侍の君は念誦堂におり、「どうぞこちらへ」と言うので、侍従は東の階段から上って戸口の御簾の前に座る。庭前の若木の梅がまだかたいつぼみをつけて、鶯の初声もたいそうたどたどしいなか、この侍従は色めかしい一言でも言いたくなるような風情なので、女房たちが戯れ言を言いかけるが、彼は言葉も少なく落ち着いている。それを悔しがり、宰相の君という身分の高い女房が詠み掛ける。

　折りて見ばいとどにほひもまさるやとすこし色めけ梅の初花

（手折ってみればますます匂いも増しそうな風情ですのに、少しは色づいて咲いてください、梅の初花よ——少しは愛想よくなさってください、梅の初花のようなお方）

ずいぶん速いな、と感心して、

「よそにてはもぎ木なりとや定むらむしたににほへる梅の初花

（はた目には枝もない枯木と決めこんでいる——枯木のような男と思っているのでしょう、心の内は色香に匂う梅の初花なのに）

そう言うのなら袖を触れてみたらいい」

と、「色よりも香こそあはれと思ほゆれ誰が袖触れし宿の梅ぞも（古今集／色よりも香りこそすばらしいと思えるこの宿の梅は、いったいだれの袖が触れて、この香り

を残したのだろうか)」を引いて侍従が応えると、女房たちは、

「本当に色よりも香りこそ、だわ」と口々に言い、侍従の袖を引っ張らんばかりに騒いでいる。

尚侍の君は奥のほうからいざり出てきて、

「困った人たちですね。こちらが気後れするほどの『まめ人(真面目な人)』を、よくもまあ、あつかましく」と小声で言っている。侍従は「『まめ人』などと言われているとは、まったく情けない言われようだ……」と思って座っている。主である藤侍従(玉鬘の三男)は、まだ殿上の出仕もしていないので、あちこちへの年賀にもまわらずにその場に居合わせている。浅香(軽い香木)の折敷を二つばかりに、果物や盃を載せて差し出す。

「大臣(夕霧)はお年を召されるにつれて亡くなった院(光君)にそっくりのお顔立ちになりましたね。この侍従の君は院に似ていらっしゃるようには見えないけれど、ご様子がじつにもの静かで、優雅な身のこなしから、院のお若い盛りを思い浮かべてしまう。お若い頃の院はきっとこんなふうでいらしたのではないかしら」などと、尚侍の君は亡き光君を思い出して涙をこぼす。帰った後まで匂う侍従の香りを、女房たちは褒めそやしている。

侍従は、「まめ人」と言われたことをひどく情けなく思い、二十日過ぎの梅の花の盛りの頃に、色気もないように言われたくない、好き者の真似をしてみよう、と思い、藤侍従の元に向かった。中門を入ると、ちょうどそこに同じ直衣姿の人が立っている。隠れようとするその人を侍従が引き留めてみると、いつものようにこの邸に通い詰めている蔵人少将なのだった。寝殿の西面の部屋から琵琶や箏の琴の音が聞こえてくるので、少将は心をときめかせてたたずんでいたらしい。つらそうだな、まわりから許されない恋に夢中になるというのは、罪深いことだ、と侍従は思う。琴の音もやんだので、

「さあ、案内してください。私はまったく勝手がわからないから」と言い、少将といっしょに西の渡殿の前にある紅梅のそばに、催馬楽「梅が枝」を口ずさみながら近寄る。その気配が梅の香りよりはっきりと、さっと匂うので、女房たちは妻戸を押し開けて、和琴をじつにみごとに歌に合わせて弾く。女の弾く琴で、呂の旋律にこうまで合わせるのはたいしたものだと侍従は思い、折り返しもう一度うたうと、琵琶もまたとなくはなやかに響く。たしなみ深く暮らしている邸なのだなと心惹かれて、侍従も今宵は少し気を許して、戯れ言なども口にする。

御簾の内から和琴が差し出される。侍従も少将も互いに譲り合って手を触れないので、息子である藤侍従を取り次ぎにして、尚侍の君が「亡き致仕の大臣（かつての頭中将、柏木の父）のお爪音によく似ていらっしゃると噂に聞いておりますが、心からお聴かせ願いたく思います。今宵はいっそ鶯に誘われたおつもりでお弾きください」と言い出すので、侍従ははにかんで爪を噛んでいるのもよくないと思い、さほど気を張らずに一通り搔き鳴らす。その音色はじつに響きもゆたかに聞こえる。

「致仕の大臣は、ずっとそばで見ていて馴れ親しんだ親というわけではありませんが、この世にもういらっしゃらないのだと思うと心細く、ちょっとしたことで思い出すととても悲しくなります。この侍従の君は不思議なほど亡き大納言（柏木）のご様子によく似ていらして、琴の音などは、あのお方が弾いているとしか思えません」

と尚侍の君が泣き出してしまうのも、年齢を重ねたゆえの涙もろさでしょうか……。

蔵人少将もじつにうつくしい声で催馬楽の「さき草」をうたう。ここには分別くさい年長者もいないので、自然とそれぞれ興にまかせて演奏しているが、主役の藤侍従は、亡き鬚黒の大臣に似ているせいか、こうした方面のことは下手で、盃ばかり重ねているので、「祝い言でも務めたらどうか」と少将たちにせっつかれて、「竹河」をみながうたうのに合わせて、未熟だけれどおもしろくうたう。尚侍の君は簾の内から盃を差し出す。

「あまりに酔うと、胸に秘めていることも隠しきれなくなって、おかしなことを口にするものだと聞いています。私をどうなさるおつもりですか」と、侍従はすぐに盃を受け取ろうとしない。小袿(こうちき)を重ねてある細長(ほそなが)(表着(うわぎ))の、人の移り香がなつかしく染みこんでいるものが肩に掛け与えられ、侍従は「おや、これはいったい何でしょう」などとはしゃいで、それを主の藤侍従の肩に被(かず)けて帰っていく。引き留めて、被け返そうとするが、「水駅(みずうまや)(男踏歌(おとことうか)でまわってくる一行を、酒などで軽くもてなすところ)にちょっと立ち寄ったつもりが、夜が更けてしまいました」と、逃げてしまった。

蔵人少将は、「この侍従の君がこうしてときどき立ち寄っているようだから、この邸のだれもみな、彼に好意を寄せているようなのに、この私はますます肩身が狭い」と気弱になって、おもしろくないと恨み言を言う。

人はみな花に心を移すらむひとりぞまどふ春の夜の闇

(人はみな、花に心を寄せているのだろう、この私ひとりが、春の夜の闇に迷っている)

ため息をつく。簾の内から女房が返歌する。

をりからやあはれも知らむ梅の花ただ香ばかりに移りしもせじ

（折が折なので心惹かれているのでしょう、ただ梅の花の香りばかりに心を寄せるわけでもありませんよ）

翌日の朝、侍従の元から、藤侍従のところに、「昨晩はたいそう酔っ払い、失礼いたしました。みなさん、どうお思いになったことでしょう」と、尚侍の君や姫君にも見てもらいたいらしく、漢文ではなく仮名をたくさん入れて書き、端に、

竹河のはしうちいでしひと節に深き心の底は知りきや

（「竹河」をうたわせていただいた、その一節の中に、私の深い心の底はおわかりいただけましたでしょうか）

と書いてある。藤侍従は寝殿に手紙を持っていき、尚侍の君もそれを見る。

「筆跡もすばらしいですね。いったいどんな人が、お若い今のうちからこうしてなんでもおできになるのかしら。幼い頃に父院（光君）とお別れして、母宮がさほどしっかりとお育てになったわけではないのに、やはりだれよりも抜きん出てすばらしいご運をお持ちなのでしょう」と言い、尚侍の君は、自身の子息たちの字がまだ下手なことをたしなめている。確かに藤侍従の返事はじつに子どもっぽい書きぶりで、

「昨晩は、水駅などとおっしゃってお帰りになったのを、こちらではいかがなものかと思っていたそうです。

竹河に夜をふかさじといそぎしもいかなる節を思ひおかまし

（「竹河」をおうたいになって、夜が更けないうちにとあなたは急いでお帰りになったのに、どんな深いお心があるというのでしょう）」

実際、この「一節」をきっかけにして、侍従はこの藤侍従の部屋にやってきて、姫君への気持ちをほのめかすようになった。蔵人少将が案じていた通り、この邸のだれもが侍従に好意を寄せている。藤侍従も若者らしい気持ちから、近い縁者としてこの侍従と明け暮れ仲よくしたいと思うのである。

三月になり、咲く桜もあるかと思えば空を曇らせて散る桜もあり、あたり一面花盛りの頃に、のんびりと暮らしている尚侍の君のところでは、さしたる用事もなく、姫君たちが端近に出ていても咎められることもなさそうである。

その頃、二人の姫君は十八、九歳ぐらいであろうか、顔立ちも性格もそれぞれにすばらしい。大君はぱっとした顔立ちで気品があり、はなやかな人柄で、確かにふつうの臣下の妻としては不釣り合いに見える。桜襲の細長に、山吹襲など、春にふさわしい色合いの、ふんわりと重なっている裾のあたりまで、愛らしさがこぼれ落ちるかに思えるほどだ。それればかりか身のこなしなども洗練されていて、こちらが気後れするような雰囲気までもある。妹の中の君は薄い色の紅梅襲の衣裳を着て、髪もつやつやとうつくしく、柳の枝のようにたおやかに見える。すらりと背が高く、優美で、落ち着いていて、重々しく思慮深そうなところは大君にまさっているけれど、はなやかなうつくしさでは大君にはまったくかなわないと、みなが思っている。碁を打とうと二人が差し向かいになっている、その髪の生え際や、髪の垂れ下がった様子は、じつにみごとなものである。

弟である藤侍従が碁の立ち会いを務めようと近くに控えているところへ、兄君たちが顔を見せにやってくる。

「あなたはずいぶん信頼されているんだね。碁の立ち会いを許されているのだから」と言って、大人びた態度でそこに座るので、姫君のそば近くの女房たちはそれぞれ居住まいを正す。長男の中将が、

「宮仕えが忙しくなって、妹たちの相手役を侍従に取られてしまったのは、なんともくやしいね」と愚痴をこぼすので、次男の右中弁は、

「私のような弁官はそれ以上に仕事が多くて、家でのご用がなかなかできないけれど、そうお見捨てになってよいものでしょうか」などと言う。碁を打つ手を休めて恥ずかしそうにしている姫君たちの様子は、なんともうつくしい。中将は、

「宮中のあたりを出入りしていても、亡き父君がご存命であったら……と思うことが多くて」と涙ぐんで姫君たちを見る。中将は二十七、八歳くらいなので、充分一人前になっていて、この姫君たちの身の上を、なんとかして亡き父がかつて心に決めた通りに、それに背くことがないようにと思っているのである。庭前の、多くの木々の中から色合いがひときわうつくしい桜を折らせて、姫君たちが、「ほかの桜とはまるで違っているわ」と褒めているのを見て、中将は、

「まだあなたがたが幼かった頃、この花は私のものよ、いいえ私のよ、と言って喧嘩(けんか)していたので、亡き父（鬚黒(ひげくろ)）は、姉君の花だと決めて、母（玉鬘(たまかずら)）は妹君の花だとお決めになりました。私は何も泣いたり騒いだりはしませんでしたが、おもしろくはなかったのですよ」と言う。「この桜が老木になったのを見ても、過ぎ去った年の数を思いやってしまいます。たくさんの人たちに先立たれてしまったこの身のつらさを、嘆かずにはいられません」などと泣いたり笑ったりしながら話し、いつもよりはのんびりとしている。中将は他家の婿となっていて、今はゆっくりとこちらの邸に来ることもないのだが、今日は花を愛(め)でて長居しているのである。

　尚侍の君（玉鬘）は、こうして成人した人々の親になった年齢のわりには、たいそう若々しくきれいで、今なお女盛りの容姿に見える。冷泉院(れいぜいいん)の帝(みかど)は、この尚侍の君の

ことが今も忘れられず、在位中、彼女が尚侍（ないしのかみ）として出仕していた頃のことを恋しく思い出している。何かにかこつけてもう一度会えるだろうかと思案して、大君の宮仕えのことをただひたすらに所望しているのだった。大君を院に行かせることについては、この兄弟たちが、

「やはり何かとぱっとしない感じがしますね。何ごとも、時勢に乗っていれば世間は納得するものです。確かにいつまでも拝していたいような院のお姿は、この世にまたとないほどご立派でいらっしゃるけれど、盛りを過ぎたような気もします。琴や笛の調べにしても、花の色、鳥の声にしても、時季に合っていてこそ人の耳にも留まるものです。東宮（とうぐう）に差し上げたらどうでしょう」と言う。母の尚侍の君は、

「さあ、いかがなものでしょう。東宮には、はじめかられっきとしたお方が、隣に並ぶ人もいないような有様でいらっしゃるようですから……。なまじっかの宮仕えでは気苦労も多いでしょうし、世間のもの笑いになるのではと、気が進まないのです。殿（鬚黒）がご存命であったら、将来の運不運はわかりませんけれど、さしあたっては宮仕えのしがいもあるようにとりはからってくださったでしょうに」などと言い出して、みなしんみりとしてしまう。

　中将が帰った後、姫君たちは途中でやめていた碁の続きを打ちはじめる。幼い時か

ら取り合っていた桜を賭物にして、「三番勝負で、ひとつ勝ち越したほうに桜を譲りましょう」と二人で冗談を言い合っている。暗くなったので、端近に出て終わりまで打ち続ける。御簾を巻き上げて、それぞれの女房たちがみな張り合って勝ちを念じている。その折しも、例の蔵人少将が藤侍従の部屋にやってきたのだが、藤侍従は先ほど兄の中将の君たちと連れだって出ていったので、全体的にひっそりとしている。その上廊の戸が開いているので、蔵人少将はそっと近づいてのぞき見たのである。こうもよろこばしい機会を見つけるとは、仏が姿をあらわしたところにちょうどやってきたようだ、と思うのもはかない恋心というもの。夕暮れの霞に紛れてはっきりしないけれども、よくよく見れば、桜襲の細長の色目も、はっきりわかった。「桜色に衣は深く染めて着む花の散りなむのちの形見に（古今集／衣は桜色に深く染めて着よう、花が散ってしまったあとの思い出となるように）」という古歌があるけれど、確かに「散りなむのちの形見」として見たいほど、はなやかでうつくしい姿なので、この方がほかの人に縁づいてしまったら、と思うとますますやりきれない気持ちになってくる。若い女房たちのくつろいだ姿も、夕暮れのほの暗さの中でくっきりと色が冴えてうつくしく見える。右方の中の君が勝負に勝った。

「右方の勝ちを告げる高麗楽の乱声が遅いわね」などと、はしゃいで言う女房もいる。

「あの桜の木は右にお味方して西のお部屋近くに立っているのに、わざわざ左のものだなどとお決めになったりするから、長いあいだ諍(いさか)いが続いたのですよ」と、右方の女房たちは得意そうに中の君に加勢している。少将にはなんのことかわからないけれど、なんだかおもしろそうな話だと思い、自分も口を差し挟みたくなるけれど、姫君たちがくつろいでいるところに心ない振る舞いをするのもどうかと思い、そのまま立ち去った。そしてふたたびこのような偶然の機会はないものかと、物陰に身を寄せては隙をうかがってうろうろしているのだった。

姫君たちは、その後も花を争って日を過ごしているうちに、荒々しい風が吹いた夕方、桜の花が散っていくのがたいそうもったいなく、残念なので、負けた左方の大君、

　桜ゆゑ風に心のさわぐかな思ひぐまなき花と見る見る

（この桜のおかげで風が吹くたび気が気ではありません。私を負けさせた、思いやりのない花だと承知しているものの）

大君付きの女房、宰相(さいしょう)の君(きみ)、

　咲くと見てかつは散りぬる花なれば負くるを深き恨みともせず

（咲いたかとみるや、一方ではすぐに散ってしまう花ですから、負けてあちらのものになりましても、深くは恨みません）

と大君に加勢すると、右方の中の君、

風に散ることは世の常枝ながらうつろふ花をただにしも見じ

（花が風に散るのは世の常ですが、枝ごとこちらのものになってしまった桜を、平気でご覧にはなれないでしょう）

中の君付きの女房、大輔の君、

心ありて池のみぎはに落つる花あわとなりてもわが方に寄れ

（こちらに味方して池の水際——右方に散り落ちる花よ、泡となっても私たちのほうに寄ってくださいな）

勝った右方の女童が庭に下り、桜の木の下を歩きまわり、散った花びらをたいそうたくさん拾い集めて持ってくる。その女童、

大空の風に散れども桜花おのがものとぞかきつめて見る

（大空の風に桜の花は散ってしまうけれど、私たちのものですから、掻き集めて見るのです）

すると左方の女童、なれきが、

「桜花にほひあまたに散らさじとおほふばかりの袖はありやは

（桜花の匂いをあちこちに散らすまいと思っても、大空を覆うくらいの袖があ

るでしょうか）

自分たちのものとしようなんて、お心が狭いように見えますよ」などとけなしている。

こうしているうちに、日々がなんとなく過ぎていくが、姫君たちの行く末が気掛かりなので、尚侍の君は何かと心を砕いている。冷泉院からは毎日のように便りが届く。（弘徽殿(こきでんの)）女御(にょうご)からも、

「よそよそしく、他人行儀にお考えなのでしょうか。院は、私のほうでよけいなことを申して邪魔しているのではないかと、たいそう憎らしそうにおっしゃるので、ご冗談にしてもつらいのです。同じことなら、早いうちにご決心くださいませ」と真剣に言っている。尚侍の君は、「そのようになる前世からの因縁があったのだろう、女御さまからこのようなお言葉をいただくのもまったくかたじけないこと」と思うのだった。院に輿入(こしい)れするための調度類は以前からたくさん作らせておいたので、女房たちの衣裳や、そのほかこまごまとしたことを尚侍の君は用意する。

このことを耳にして、蔵人少将は死ぬほど思い詰め、母北の方（雲居雁(くもいのかり)）を責め立てるので、北の方はこの泣き言にほとほと困り、

「まったくお恥ずかしいことですが、こうしてちょっとしたお手紙を差し上げるのも、

まことに愚かしい親心の迷いからでございます。そんな気持ちもわかってくださるならば、どうぞお察しくださって、やはり当人を安心させてやってくださいませ」

などといかにもいたわしく頼む。「困ったものだわ」と尚侍の君はため息をつき、

「どうしたらいいのか私自身も決められずにおりますが、院からむやみにご催促がございますので、思案にくれております。もしご本心から娘のことを思ってくださるのでしたら、ここしばらくはご辛抱くださいましてから、いずれお気のすむようにしてさしあげられるかと思いますが、そのほうが世間体も穏やかでございましょう」

などと返事をする。尚侍の君は、大君の院への輿入れをすませてから、中の君のほうを少将に、と思っているのだろう。姉妹の姫君を同時に結婚させるのでは、いやに得意顔に見えてよくないだろう、それに少将はまだ地位も低いのだから……、などと思っている。けれども蔵人少将は、そんなふうに気持ちを移すことはまったくできそうになく、わずかに大君の姿を垣間見てから後は、その面影が恋しく、次はどのような機会があるだろうと、そればかり考えていた。なのにこうして望みが断たれてしまったことを、どれほど嘆いても嘆き足りないのである。

少将は、今さら甲斐(かい)のないことだが愚痴でも聞いてもらおうと、いつものように藤侍従の部屋に向かうと、源侍従(げんじじゅう)（薫）からの手紙を見ているところだった。藤侍従が

隠そうとするのを、さては、と思った少将が奪い取る。藤侍従は、意味ありげに見られるのもどうかと思い、無理に隠すこともしない。何も特別なことは書かれておらず、ただ大君のことを恨めしそうにほのめかしている。

つれなくて過ぐる月日をかぞへつつものうらめしき暮の春かな

（つれなくされたまま過ぎていく月日を数えながら、なんとなく恨めしい春の終わりになってしまいました）

「この源侍従という人は、こうも悠然と体裁よく、癪に障る振る舞いをするようだ。それに比べて私はみっともないくらい焦っていて、それがひとつにはだれの目にも馴れっこになってしまったがために、馬鹿にされるのだ」と考えて少将は胸を痛める。藤侍従にはとくに何も言わずに、いつも親しくしている大君付きの女房、中将のおもとの部屋へと向かうが、それも例によって、今さらどうにもなるまいとため息をついてばかりいる。藤侍従が「このお返事をしよう」と母君（玉鬘）の元に行くのを見ると、少将は腹立たしくて気がおさまらず、若いだけに一途に思い詰めているのである。

見苦しいまでに恨み言を言って嘆いているので、この中将のおもとも冗談ごととしてあしらうこともできず、気の毒だと思い、なかなか返事もできずにいる。少将は、あの姫君たちの碁を垣間見た夕暮れのことも言い出して、「あんな夢みたいなことがまたあればいいのに。ああ、これから何を頼みに生きていこう。こうして話をするのも、もうこの先そう長くはないと思うから、つれない仕打ちも今となってはなつかしい、などというのはまったく本当のことだね」と真剣な面持ちで言う。しかしいくらかわいそうだと思ったところで、掛ける言葉もないのである。「いずれお気のすむようにしてさしあげられる……」という尚侍の君の提案にも、少将にはみじんもうれしそうな様子がない。なるほどあの夕暮れに大君のお姿をはっきりと見てしまって、それでいよいよどうにもならない思いが募ってきたのだろう、それも無理はない、ともとは思い、

「もしお姿を見ていたことが母君や姫君がお耳になさいましたら、ますますなんととんでもないお方だと、あなたさまをお疎みなさるでしょう。おいたわしいと思っていた私の気持ちも消えました。本当に油断のならないお心ですね」と、逆に問い詰めると、少将は、

「いや、それならそれでいい。どうせもう死んでしまう身なのだから、こわいものなど何もなくなったよ。それにしても碁にお負けになったのがなんともお気の毒だった。つべこべ言わずに私を呼び入れてくれればよかったのに。私が目配せしてお教えすればまるで勝負にならないほどお勝ちになっただろうに」などと言い、

いでやなぞ数ならぬ身にかなはぬは人に負けじの心なりけり
（いやもう、なぜだろう、人の数にも入らないこの私なのに、人に負けまいとする気持ちばかりが強い。思い通りにはならないものだ）

おもとはつい笑って、

わりなしや強きによらむ勝ち負けを心ひとつにいかがまかする
（どうにもしようがないでしょう。強いほうが勝つと決まった勝負ごとに、あなたのお心ひとつでどうにかなるはずがありますか）

と答える。それすらも少将には恨めしく、

あはれとて手をゆるせかし生き死にを君にまかするわが身とならば
（あわれと思って私に打つ手をお許しください、生き死にをあなたにお任せしているこの身なのだから）

と、少将は泣いたり笑ったりして一晩中語らい明かす。

その翌日、四月になったので、少将の兄弟たち（夕霧の子息たち）が宮中に参内すると慌ただしくしているが、少将はしょんぼりとしてもの思いに沈んでいる。母北の方（雲居雁）はそれを見て涙ぐんでいる。父大臣も、「院がお聞きになる手前もあるし、尚侍の君も、とてもこちらからの話を真剣に取り合ってはくれまいだろうと思い、今となって後悔しているが、尚侍の君にお目に掛かった折も言い出せないままになってしまって……。この私がもっと強くお願いしていたら、向こうだっていくらなんでも断れなかっただろうに」などと言う。さて、少将はいつものように、

「花を見て春は暮らしつ今日よりやしげき嘆きのしたにまどはむ

（うつくしい花に見とれてこの春は過ごしました。夏になった今日からは、茂る木陰で、深い嘆きに心をまどわせることでしょう）」

と大君に手紙を送る。

尚侍の君の前で、だれ彼と身分の高い女房たちが、大君に思いを掛ける男たちそれぞれの、いたわしい様子などを聞かせているなか、中将のおもとが、「少将の君が『生き死にを』と言った時は、口先だけとは思えず、いかにもつらそうなご様子でした」などと言うので、尚侍の君も、かわいそうなことだとは思う。「父大臣や母北の方のお気持ちもあることだから、この少将のお恨みが深いようならば、代わりに中の君を差し上げようと思っていたのに……。このたびの大君の院への輿入れを邪魔立てしようとまで少将が考えているらしいのは、心外なこと。相手がいくら立派な方だからといって、臣下の者にはけっして縁づけてはならぬと亡き殿（鬚黒）がお決めになったことだもの。院にお輿入れするのだって、この先々、なんの栄えが

あるはずもないのに……」と思っている折も折、少将からの手紙を受け取って、女房たちは気の毒がっている。返事は、中将のおもとが、

今日(けふ)ぞ知る空をながむるけしきにて花に心をうつしけりとも

(今日あなたのお歌ではじめて知りました。大君へのもの思いで空を眺めるふりをしながら、そのじつ、花に心を移していたと)

と詠む。

「まあ、かわいそうに。すっかり冗談にしてしまうなんて」などとまわりの者は言うが、面倒がって書きなおすこともしない。

九日、大君は輿入れとなる。右大臣(夕霧)は車や先払い(さきばら)の人々を大勢差し向ける。北の方(雲居雁)も恨めしく思うけれども、今まで長らく、さほど親しくもしてこなかったのに、この大君の件でしきりに手紙をやりとりしていて、またふっつりと途絶えさせるのもおかしなことなので、人々への褒美の品にする女の装束などをたくさん贈ったのだった。

「どうしたものか、たましいの抜けたようになっている人の様子を見かねていますうちに、このたびのことも承っておりませんでしたが、そうとお知らせくださいませんでしたのも、他人行儀なことと思われます」

と、手紙にはある。穏やかながら恨み言をほのめかしているのを、尚侍の君は気の毒なことだと思う。右大臣からも手紙がある。

「私自身も参上せねばならないと思っていましたが、物忌みにあたりまして……。息子たちを、何かのお役に立てればと参上させます。ご遠慮なくお使いください」

と、子息である源少将、兵衛佐などを参上させた。「手厚いお気持ちをいただきまして」と尚侍の君は感謝している。大納言（按察大納言・玉鬘の異母兄弟）の邸からも、女房用の車が差し向けられる。大納言の北の方は、亡き大臣（鬚黒）の娘である真木柱の君なので、どちらからいっても親しく交際すべきではあるのだが、実際はそれほどでもない。藤中納言だけは自身で行き、中将、弁の君たち（玉鬘の息子）といっしょに行事を取り仕切る。大臣が存命であればと、何ごとにつけてももの悲しい。

蔵人少将はいつもの取り次ぎのおもとに、悲痛な言葉の限りを尽くし、

「もうこれまでかと思う命が、さすがに悲しく思われるので、あわれに思うとただ一言だけでも姫君がおっしゃってくださるのなら、そのお言葉に引き留められて、しばらくは生きていられるかもしれません」

などとあるのを、大君のところに持っていくと、姉妹二人の姫君は語り合っていて、ひどくしんみりとしている。夜も昼もいっしょにいる暮らしに馴れてしまっていて、

中の戸で隔てられた西と東の部屋に分かれて過ごすことさえじつに気の晴れないことだと思ってお互いに行き来しているのだから、今日限り離ればなれになることを悲しく思っているのである。格別に念入りな用意を調えて、立派に身繕いされている大君の姿はじつにうつくしい。亡き父大臣が心に思い、また口にもしていたことなどを大君は思い出し、なんとももの悲しい気持ちになっていたせいか、少将の手紙を手に取って目を落とす。蔵人少将は、父大臣、母北の方ともあのようにご健在で、頼りになるご両親なのに、どうしてこうも訳のわからないことを言ったり思ったりするのかしら、と不思議に思うにつけても、「もうこれまでかと思う命」などとあるのは本当なのだろうかと思い、手紙の端に、

「あはれてふ常ならぬ世のひと言もいかなる人にかくるものぞは

（無常のこの世について言われる『あわれ』という一言を、私はどのようなお方に向けて言ったらいいのでしょう）

本当に不吉な折には、そう言うべきなのも多少はわかる気もいたしますが」と書き、「こう言っておやりなさい」と言う。中将のおもとがそのまま伝えたので、少将はこの上なくありがたくうれしく思い、また、輿入れの今日という日にお心を留めてお返事をくださったと思うと、ますます涙が止まらない。

少将は折り返し、「恋ひ死なば誰が名は立たじ世の中の常なきものと言ひはなすとも（古今集／私が恋死にすればあなたのせいだと噂が立たないはずはないでしょう、世の中は無常なものだと言い繕ってみても）」を引いて、「誰が名は立たじ――あなたも噂を逃れられませんよ」などと恨みがましく書き、

「生ける世の死には心にまかせねば聞かでややまむ君がひと言

（この世に生きているあいだは死ぬことも思いのままにならないのですから、このまま聞かずじまいになるのでしょうか、あなたの『あわれ』という一言を）

せめて私の墓の上にでもお言葉を掛けてくださるお心がおありなのだと思えましたら、一途に死出の道にも急ぐことができましたのに」

などとあるので、大君は、うかつな返事をしてしまったものだ、書きなおすことなくそのまま届けたのだろう、と心苦しく思い、もう何も言わないでいる。

大君付きの年輩の女房、女童などは、無難な者ばかりを揃えた。儀式のおおよそは、帝に入内するのと変わらない。まずは、弘徽殿女御のところへ行き、そこで大君に付き添っている尚侍の君は話をする。夜が更けてから、大君は冷泉院の御殿に参上する。后（秋好中宮）や女御（弘徽殿女御）など、みな年を重ねて老けているので、この

大君のたいそうかわいらしく、今が若い盛りのみごとな容姿を見て、院のよろこびようは並大抵であるはずもない。はなやかに深い寵愛(ちょうあい)を受ける。退位した冷泉院が、今は臣下と同じように気楽に振る舞っている様子は、かえって申し分のないけっこうな暮らしぶりなのだった。院は、尚侍の君にしばらく院の御所にいてほしいと思っていたのだが、すぐさまそっと退出してしまったので、残念にも、情けなくも思っている。

源侍従（薫）を、冷泉院は明けても暮れてもそばに呼んでは離そうとしない。まったく、昔の光源氏(ひかるげんじ)が成人した頃の、桐壺院(きりつぼいん)の光君への寵愛ぶりと同じである。冷泉院の御所内では、侍従はどの后たちのところにも隔てなく、親しく出入りしている。この大君のところにも好意を寄せているふうに振る舞いながら、内心では、この自分のことをどう思っているのかという気持ちもあった。ある夕暮れのしんみりした折に、藤侍従と連れだって歩いていると、あの大君の部屋が近くに見えるところの五葉の松に、藤がじつにみごとに咲き垂れているので、池水のほとりの石に腰を下ろし、苔(こけ)を敷物代わりにしてぼんやりと眺める。はっきりとではないが、うまくいかない恋を侍従は恨めしげに、それとなく話す。

　手にかくるものにしあらば藤(ふぢ)の花松よりまさる色を見ましや

（もし手に取ることができるものなら、あの藤の花の、松よりも濃くうつくし

いその色を、ただ見ているだけなんてことがあろうか）

と、花を見上げている侍従を、なんとも痛ましく思わずにはいられないので、藤侍従は、大君の件について、弟の自分としては不本意な成り行きだったとほのめかして話す。

紫の色はかよへど藤の花心にえこそかからざりけれ

（藤の花とは紫の色は似ていますが——大君とは姉弟という縁ある間柄ですが、
だからといって私の思うようにはできなかった）

藤侍従は純粋な若者なので、侍従を気の毒に思っている。侍従はひどく取り乱すほどに恋い焦がれていたわけではないのだが、残念だとは思うのだった。

さて、あの蔵人少将といえば、どうしたらいいのかと本気で思い詰めていて、あやまちも犯しかねないほど、気持ちを抑えきれずにいる。大君に求婚していた人々の中には、では中の君を、と心を移す人もいる。少将のことで、母北の方（雲居雁）から恨み言の手紙もあったので、中の君の婿にしてはどうかと尚侍の君は思い、それとなくその旨伝えたのだが、少将はぱったりと訪ねてこなくなってしまった。冷泉院には、右大臣（夕霧）家の子息たちも以前から親しく伺候していたのだが、大君が参上してからは少将はめったに参上することもなくなり、たまに殿上の間に顔を見せても、不機嫌そうに、逃げ出さんばかりに退出するのだった。

帝は、大君を入内させたいという亡き大臣（鬚黒）の、格別強い意向があったのに、その遺志に反して院へ出仕させたのはどういうことなのかと思い、中将（大君の兄）を呼んで事情を尋ねる。

尚侍の君の邸に中将は向かい、

「帝のご機嫌が芳しくありません。だから世間の人も内心では首を傾げているに違いないと、以前から申していたではありませんか。なのに母上のお考えは違っていて、このように決心なさったのだからあれこれ申し上げづらくはありますが、帝のこのような仰せ言があっては、私たちにとっても困ったことになります」とじつに不快な面持ちで尚侍の君を責める。

「いえ、それが、院へのご出仕は、急に思い立ったというわけではないのです。院のほうから、お気の毒なほど、ぜひにとの仰せがあったので、後見のない宮仕えは宮中では中途半端で心細いでしょうが、院ならば、今では気楽なご様子ですから、そちらにお預けしようという気になったのです。どなたもみなご都合の悪そうなことは、その時そのまま忠告してくださらずに、今頃になって蒸し返して、右大臣まで私が間違ったことをしたかのようにおっしゃっているとのこと、つらくてたまりません。けれどこうなったのも前世からの因縁でしょう」と、尚侍の君は穏やかに言って、気にするふうもない。

「その前世の因縁とやらは目には見えないのですから、帝がこうおっしゃっているのに、そちらはご縁がございませんので、などと、どうやって申し上げればいいのですか。帝には明石の中宮がいらっしゃるからご遠慮したというのなら、院の女御(弘徽殿女御)についてはどうお考えなのでしょう。『院とごいっしょに姫君のお世話をして』などと、前々からお互い親しくしていらっしゃるけれど、これからはそううまくはいきますまい。よろしい、成り行きを拝見するとしましょう。しかしよく考えると、帝には明石の中宮がいらっしゃるからといって、ほかの方々が宮仕えを遠慮するでしょうか。帝にお仕えするということは、どなたに気兼ねすることもないからこそ、昔からおもしろみがあるとされてきたのでしょう。院の女御の場合、何かちょっとした行き違いでもあって、大君をおもしろくなくお思いのことがあれば、この宮仕えは間違ったことだったように世間でも言われるでしょう」などと、中将と右中弁の二人して言うので、尚侍の君はほとほと困っている。とはいえ、この大君への院のこの上ない寵愛は日がたつごとに深まっていく。

七月になって大君は懐妊した。つわりでつらそうな様子でも、いかにも、多くの男たちがいろいろうるさく心を寄せていたのも無理もないほどのうつくしさ。どうしてこのような人をいい加減な気持ちで見逃したり聞きそびれたりできるだろうか、と思うほど。冷泉院は明けても暮れても管絃の遊びを催しては、侍従を近くに呼ぶので、簾中で大君が掻き鳴らす琴の音も聴くことがある。あの「梅が枝」をうたった時に合わせて弾いていた中将のおもとの和琴も、いつも呼び出しては弾かせるので、侍従はそれと聴き合わせるにつけても、平静ではいられないのだった。

　年も改まり、男踏歌の儀式が行われる。殿上の若君達の中に芸達者の多い時代である。その中でも秀でている者を選ばせて、この侍従（薫）が右方の歌頭（音頭をとる役）となった。あの蔵人少将は楽人の中に加えられた。一月十四日、月がくっきりと曇りなく澄んでいるなか、一行は帝の元を退出し冷泉院に参上する。女御（弘徽殿女御）も大君も、院の御殿に部屋を設けて踏歌を見物する。上達部や親王たちも連れだってあらわれる。右大臣（夕霧）と故致仕の大臣（玉鬘の実父）の一族のほかには、きらびやかにうつくしい人はいない時世のように見える。帝のいる宮中より、こちらの院の御所をたいそう気の張るとくべつな場所と思い、だれもがいっそう心遣いをしている中でも、蔵人少将は、大君が見ているだろうから、と思いを馳せて気もそぞろである。ただ白いだけの、見映えのしない挿頭（かざし）の綿花（わたばな）も、それを挿す人の人柄によって違って見え、容姿も歌声も、じつに興をそそられるのである。催馬楽の「竹河」をうたい、階段の下に踏み寄る時に、少将はいつぞやの夜のたわいもない遊びの折をつい思い出し、演奏も間違えてしまいそうになって涙ぐむ。一行が后（きさき）（秋好中宮（あきこのむちゅうぐう））の御殿に行くと、冷泉院もそちらに移って見物する。月は夜が更けゆくにつれて、昼よりもまばゆいくらいに明るく澄み上る。少将は、大君がどう見ているかとそればかりが気になって、踏み舞う足も地に着かない思いでふらふらとよろめきまわり、盃（さかずき）も、飲みっぷりがよくないと自分ばかりが咎められて、面目ない思いである。

一晩中あちこちを歩きまわって疲れ果て、侍従は気分が悪くて臥（ふ）していると、冷泉院からお呼びがかかる。「ああ苦しい、少し休んでいたいのに」とぐずぐず言いながら参上する。院は、宮中でのことをいろいろと質問する。

「歌頭は、これまでは年のいった者が勤めていた役なのに、選ばれるとはたいしたものだ」と院は言い、侍従のことがかわいくてならないといった面持ちである。「万寿楽（ばんすらく）」を口ずさみながら院は大君のところに向かうので、侍従もお供をする。踏歌の見物にやってきた女房の実家の人々が大勢いて、いつもよりはなやかで、あたりの様子もにぎやかである。侍従は渡殿（わたどの）の戸口にしばらく座っていて、声を聞き知っている女房に何か話しかける。

「昨夜の月はあまりに明るくて決まり悪かった。蔵人少将が月の光をまぶしそうにしていたけれど、月の明るさが恥ずかしかったわけではないのでしょう。雲の上（宮中）近くではそんなふうには見えなかったから」などと話すと、女房たちの中には、おかわいそうに、と思いながら聞く者もいる。「『闇はあやなし（春の夜の闇は意味がない）』と言いますが、月明かりに輝くお姿は、あなたさまのほうが一段とおうつくしかったとみなで噂しておりました」などとおだてて、簾の内から、

竹河のその夜のことは思ひ出づやしのぶばかりの節はなけれど

（竹河をおうたいになったあの夜のことは覚えていらっしゃいますか、思い出すほどのことは何もありませんでしたが）

と言う。どうということのない歌なのに、つい涙がにじみ、なるほど、大君への思いはそう浅くはなかったのかと、侍従は我がことながら思い知る。

流れてのたのめむなしき竹河によは憂きものと思ひ知りにき

（月日が流れ、「竹河」をうたった時に抱いていた期待も虚しく外れた今、世はつらいものだとはっきり悟りました）

何やらしんみりとした侍従の面持ちに、女房たちは感じ入っている。とはいえ、侍

従はだれかのようにことさら嘆くことはなかったのだが、その人柄が、なんといっても同情を引いてしまうのである。「あまり言い過ぎるのもよくない。では失礼」と座を立つと、院から「こちらに」と呼び出しがあるので、決まり悪く思いながらもそちらに参上する。

「亡き六条の院（光君）が踏歌のあくる朝に、女方で管絃の遊びをなさって、それがたいそうおもしろかったと右大臣（夕霧）が話されていたことがあった。何ごとにおいても、あのお方の跡継ぎになれるような人はいなくなってしまった時世だね。あの頃の六条院には、芸の達人といえる女人方が大勢集まっていたのだから、ちょっとした催しでもそれはおもしろかっただろう」などと昔に思いを馳せて、数々の琴の調子を整え、箏の琴は大君、琵琶は侍従に与える。院は和琴を弾き、催馬楽「この殿」などを合奏する。大君の箏の琴の音はまだ未熟なところがあったのに、院がじつにみごとに仕込んでいる。はなやかに、爪音うつくしく、歌のある曲ない曲、じつに上手に弾いている。大君は、何ごとにおいても、頼りなかったり、人に劣ったりしたところがない方のようである。容姿はもちろんとてもうつくしいのだろうと、侍従はなおも心惹かれる。こんなふうに大君の近くに行く機会は多いのだが、侍従は、自然に遠慮がなくなって羽目を外したり、馴れ馴れしく恨み言を言ったりはしない。けれども折々に触れて、思いのかなわなかった無念さをほのめかしているのも、それを大君がどのように思ったかは、知るよしもないことで……。

四月に、大君は姫宮を産んだ。とくべつに際立って晴れがましいわけでもないようだけれど、院の意向に従って、右大臣をはじめとして、産養のお祝いをする人々は多い。尚侍の君は孫の姫宮をずっと抱きかかえてかわいがっていたが、大君に早く院に帰るよう仰せがあるので、五十日（生後五十日）のお祝いの頃に大君は帰参した。院には女御（弘徽殿女御）とのあいだに女一の宮がひとりいるが、じつに久しぶりに生まれたこの姫宮はかわいらしく、院は心底たいせつに思っている。前にもまして、大君のところに入り浸っている。女御方の人々は、本当にこんなことにならなければよかったのに、と心中穏やかではいられず、またそう言いもしている。

女御と大君、それぞれの本心としては、とくに軽々しく仲違いするわけではないけれど、仕えている女房たちのあいだでは、すっきりしないできごともたびたび起きたりしている。なんといっても長男だけのことはあり、中将が言っていたことが的中し、尚侍の君も、「こんなふうにただ言い合っていて、そのうちどうなってしまうのか。世間のもの笑いとなって、みっともない目に遭わなければいいけれど……。院のご寵愛はけっして浅くはないけれど、長年お仕えしている御方々がおもしろくなく思ってお見捨てになれば、困ったことになるに違いない」と思っている。さらに、大君の件では帝(みかど)はまったく不愉快に思っていて、たびたび腹立ちを隠しもしないと知らせてくる者もあるので、尚侍の君はほとほと気疲れし、中の君を、公のお勤めといったかたちで宮仕えさせようと考えて、尚侍(ないしのかみ)の職を譲ることにした。朝廷ではそうかんたんに許してはくれなかったので、長年その職を辞そうと思いながらもやめられずにいたのであるが、帝は亡き大臣(鬚黒(ひげくろ))の遺志を汲(く)んで、ずいぶん昔の前例などを引き合いに出して、尚侍の職を中の君に譲ることを許可したのである。この中の君に、尚侍として宮仕えすべき宿世(すくせ)があったので、尚侍の君が長年願い出ていた辞職はかなわなかったのだろう、と思えた。

こうして、中の君に気楽に宮仕えをしてほしい、と思うにつけても、尚侍の君は、蔵人少将(くろうどのしょうしょう)のことを気の毒に思わずにはいられない。母北の方(雲居雁(くもいのかり))からわざわざご依頼のお手紙もあり、それにたいして、「いずれお気のすむようにしてさしあげられる」などと、中の君のことをほのめかすような返事をしたのに、こんな結果となってしまって、どのようにお思いだろう……、とあれこれ気にしている。次男の弁の君を使者として、このことにかんして他意のないことを右大臣(夕霧(ゆうぎり))に伝える。

「帝より、このような仰せ言がありましたので、あれこれとむやみに高望みの宮仕えをしたがっていると世間に思われるのもいかがなものかと、案じております」

と伝えると、右大臣からは、

「帝のご意向としてご立腹なさるのもごもっともだと思います。公の職務としても宮仕えなさらないのはよろしくないことです。早くご決心なさるべきです」

という返事である。そして今回は、明石の中宮の内諾を得てから中の君を入内させる。大臣（鬚黒）が存命であれば、ほかの女御たちに押し負かされることなどないだろうに、と尚侍の君は胸の痛む思いである。姉君は器量良しと評判のうつくしい人だと聞いていたのに、引き替えにほかの人が入内することに帝はいささか不満のようではあったが、妹君もじつにたしなみ深く、奥ゆかしく振る舞って仕えている。

前の尚侍の君（玉鬘）は出家を決心するけれども、

「あちらこちらと姫君たちをお世話なさっている折ですから、仏前のお勤めも落ち着いたお気持ちではできないでしょう。今少し、どちらのお方もこれで安心というところまで見届けてから、だれにとやかく言われることなく、勤行に専念してください」

と中将や弁の君たちが言うので、思いとどまり、宮中の中の君のところにはときどきこっそりと行くこともある。冷泉院には、自分に対する厄介な気持ちを今なお院が持っているので、しかるべき折でもまったく参上せずにいる。昔、宮仕えが決まっていたのに大臣（鬚黒）と縁づいてしまった、そのことを思い出すと畏れ多くも申し訳なく、お詫びのつもりで、だれもがみな反対しているのも気づかないふりをして、大君を院に輿入れさせたのである。その上この自分まで、たとえ冗談にでも院にお目に掛かって、年甲斐もない噂が世間の口の端にのぼりでもしたら、本当に恥ずかしく見苦しいことだろう……とは思うのである。しかし、そのような訳があるのだと大君には打ち明けていないので、大君は、「昔から父上はとりわけ私をだいじにしてくださったけれど、母上は、あの桜の取り合いや、ほかのちょっとしたことでも、中の君ばかりひいきなさっていた、今もそんな気持ちのまま私をそれほどだいじに思ってくださらないのだ」と恨めしく思っている。冷泉院はまた、なおさら前の尚侍の君をひどく冷たい人だと思い、そう口にもしている。「私のような年寄りのところにあなたを放っておいて……。見くびっておいでなのも無理はないけれど」と話し、いよいよ大君をいとしく思うのだった。

幾年かたって、大君はまた男の子を産んだ。大勢仕えているお妃たちにこのようなことがなくて長年がたっていたので、大君は並々ならぬご宿縁をお持ちだったのだと世間の人は驚いている。冷泉院は、ましてこの上もなく珍しいことだと、この若宮をいつくしんでいる。「もし私が退位する前のことであったなら、この子たちもどれほど生まれてきた甲斐があっただろう、今は何ごとも張り合いがなく、本当に残念だ」と思うのである。院は、今までは弘徽殿女御腹の女一の宮をこの上なくたいせつに思っていたのだが、このようにそれぞれかわいらしく若宮が相次いで生まれたので、思いがけないことだと格別に愛情が深まっていく。女御はそれを、あまりにもご寵愛の度が過ぎてはおもしろくないことになりそうだ、と心中穏やかではない。何かにつけて、安心できないわだかまりも生じてきたりして、だんだんと、女御と大君の仲も隔たっていくようである。世間によくあることとして、さほどの身分ではない夫婦であっても、元から妻である筋の通ったほうに、事情を知らない第三者も味方するものである。冷泉院に仕える上下の身分の者たちも、高貴な女御という身分で長く宮仕えをしている御方にばかり理があるように考え、ちょっとしたことでも、この大君のほうをよくないように噂するので、兄である中将や弁の君たちも、

「それ、ご覧なさい。間違ったことは言わなかったでしょう」といっそう母君を責める。母君は気が休まらず、聞くのもつらくて、

「こんなふうに苦労しないで、のびのびと難なく暮らしている人も多いでしょうに……。この上なく幸運にめぐまれた人でなくては、宮仕えなんて、思いついてはいけ

ないのですね」と嘆く。

　かつて大君に思いを掛けていた人々は、それぞれ立派に昇進していて、もしも婿になっていても不釣り合いではないと思える人が大勢いる。その中に、源侍従といってじつに年若く、ひ弱に見えた人（薫）は、今は宰相中将となり、「匂よ、薫よ」と聞き苦しいほどもてはやされているそうだが、確かにいかにも人柄が重々しく奥ゆかしいので、高貴な親王たちや大臣が、娘と縁づけたいと思って申しこんでも彼はまったく応じないと耳にするたび、母君は、「あの当時は若くて頼りないようだったけれど、立派な大人になられたようね」などと、女房たちと話しているのだった。

　蔵人少将だった人も、今は三位中将となり、世間の評判がいい。「顔立ちだって申し分ありませんでしたよ」などと、少しばかり意地の悪い侍女はひそひそ話をしては、「今の院の御所の、ややこしそうなお暮らしよりは……」などと言う者もいて、母君はいかにも気の毒な有様である。この三位中将は、今なお大君への思いを捨てることができず、我が身を情けなくも思い、また大君を薄情なお方だと恨みもし、左大臣の娘と縁づいたものの、ほとんど心はそこになく、「道の果てなる常陸帯の」と、手習いにも書き、口ずさんだりもしているのは、どんな思惑があってのことだったのか……。その歌は、「東路の道の果てなる常陸帯のかことばかりも逢ひ見てしがな（古今六帖／東海道の道の果てにある常陸国で、常陸帯の占いを口実に、一目でいいからあなたに逢いたい)」というわけなのですから……。

大君は、気苦労の多い宮仕えの煩わしさに、実家に退出することが増えている。母の前の尚侍の君は、望み通りにはいかないこの有様を残念なことだと思う。宮中に上がった中の君は、かえってはなやかに気楽に暮らしていて、いかにもたしなみ深く奥ゆかしい方という評判を得て、仕えている。

左大臣が亡くなって、右大臣（夕霧）が左大臣に昇進し、藤大納言は左大将と兼任して右大臣となった。それ以下の人々もそれぞれ昇進し、この薫中将は中納言に、三位中将は宰相となり、昇進をよろこぶ人々はこの一族のほかにいないといった時世である。源中納言（薫）が新任のお礼の挨拶に、前の尚侍の君を訪れた。庭前で拝舞する。前の尚侍の君は対面し、

「こんなにも草深くなるばかりの葎の門を素通りなさいませんお心遣いに、何よりまず、今は亡き六条の院（光君）のことが思い出されます」などと言うその声は気品があって魅力的で、ずっと聞いていたいほどのはなやかさである。「いつまでもお年を召されないのだな、だから院の上（冷泉院）は恨めしく思うお気持ちをずっと持って

いらっしゃるのだろう、今にきっと事件も起きてしまうのではないか」と思う。

「昇進のよろこびなどは、私にはさほどのことでもないのですが、何よりまずお目通りいただきたくて参りました。『素通りせずに』などとおっしゃるのは、日頃のご無沙汰の失礼を逆におっしゃっているのでしょうか」と言う。前の尚侍の君は、

「今日は年寄りの愚痴などを申し上げるべきではないと憚られますけれど、わざわざお立ち寄りいただくこともめったにないのだから、お目に掛かってでないと、こんなくどくどしいことはなかなか……。院に仕えている大君が、本当に宮仕えのおつきあいのことで悩んでいて、宙に浮いたように頼りなくしておりまして……。女御をお頼りし、また后の御方（秋好中宮）にも、ご不快とはいえお許し願えるのではないかと思っておりましたが、どちらさまにも、礼儀知らずで許せぬ者と思われているようで、まことにどうしたらいいものやらいたたまれずにおります。若宮たちはああして院のおそばにいらっしゃいますし、この宮仕えをたいそうつらく思っている大君本人は、せめてこうして里で心を休めてぼんやりお暮らしなさいと退出させたのですが、退出するにも聞き苦しい噂を立てられ、院もまたけしからぬこととお思いのようで、またそうおっしゃっているとか……。何かの機会がありましたら、それとなく院に申し上げてほしいのです。中宮といい女御といい、頼りになる方と思って院の御所に出

仕させまして、その当初は、どちらにも気兼ねなく、安心しておすがりしていたのですが、今ではこんな思いも寄らぬ結果になりまして、未熟で身の程知らずだった自分の考えを責めるしかないのです」と涙ぐんでいるような気配である。

「それほどお悩みになることではけっしてありませんよ。こうした宮仕えが楽ではないことは、昔から当然のこととされていました。院は御位を去ってお静かに暮らしていらっしゃって、何ごとも目立つことのないご日常となりましたから、どなたも気楽にお暮らしでしょうけれど、それぞれの胸の内では、どうして人と張り合うお気持ちを持たずにいられるでしょう。他人から見ればなんの咎のないことでも、ご当人には恨めしく思えて、ちょっとしたことにもお腹立ちになることは、女御や后にありがちなお癖でしょう。まさかそれくらいのいざこざもあるまいと思って、宮仕えをご決心なさったのですか。ただ穏やかに振る舞って、何ごともじっとお見過ごしなさるのがいいかと思います。わざわざ男の私が表向きに院に申し上げることではありません」と、まったくそっけなく言う。

「お目に掛かった機会に愚痴を聞いていただこうとお待ちしていた甲斐もなく、あっさりしたご意見ですね」と苦笑いしている様子は、娘の母君としててきぱきとものごとを処理しているわりには、じつに若々しくおっとりした感じがする。「大君もきっとこのようでいらっしゃるのだろう、宇治の姫君に心惹かれるのも、このようなところが魅力的だからなのだ」と中納言は思うのである。

尚侍となった中の君も、この同じ頃に退出していた。あちらとこちらの部屋に分かれて住んでいる様子は、風情があり、すべてにおいてのんびりとして、雑事に煩わされることのない暮らしぶりである。簾の内側もこちらが恥ずかしくなるくらいに奥ゆかしい感じなので、中納言はおのずと緊張し、一段ともの静かに難なく振る舞っている。母君はそれを見て、この人が婿であったなら、とふと思うのだった。

右大臣（真木柱の君の再婚相手）の邸は、この邸の左隣である。大臣となったお祝いの大饗の、相伴役の君達などが大勢集まっている。左大臣（夕霧）の賭弓や相撲の還饗（勝負に勝ったほうが行う饗宴）の時には、兵部卿宮（匂宮）が参加していたことを思い出し、今日の祝宴に光を添える賓客として招いたのだが、宮の姿はない。

右大臣は、奥ゆかしくたいせつに育てている姫君たちを、じつは格別の心づもりがあって、ぜひとも宮に縁づけたいと考えているのだが、宮のほうはどういうわけだか気にも留めていないのだった。なので、中納言（薫）がますます申し分なく立派に成人し、何ひとつとして人に劣ることのない様子なので、大臣も真木柱の北の方も目をつけているのだった。

隣の右大臣邸がこうもにぎやかで、行き交う車の音や先払いの人々の声にも、つい大臣（鬚黒）が生きていた昔が思い出されて、こちらの邸ではしんみりともの思いに沈んでいる。

「兵部卿宮（蛍宮（ほたるのみや））がお亡くなりになって間もなく、あの右大臣が真木柱の君のところにお通いになったことを、いかにも浮ついたことのように世間の人は悪く言ったそうだけれど、そのお気持ちも変わらずに今もこうしてご夫婦で暮らしていらっしゃるのも、それはそれでさすがに好ましいことだわ。男女の仲というものはわからないもの。何がいいのかわからないわね」などと前の尚侍の君は言う。

左大臣の子息である宰相中将（蔵人少将）は、大饗の翌日、夕方になってこちらの邸にやってきた。大君が里下がりしていると思うと、ますます心がときめいて、

「朝廷から一人前だと認めていただいた昇進については、なんとも思わないのです。私自身の望みがかなわない悲しみだけが、年月がたってもますます晴らしようがなく……」と涙を拭っているのも、いかにもわざとらしい。二十七、八歳ほどの、今が若い盛りのうつくしさで、はなやかな顔立ちである。前の尚侍の君は、

「見苦しいお坊ちゃんが、世の中が思いのままになると思い上がって、官位のことなどなんとも思わずに暮らしていらっしゃる。亡き殿が生きていらしたら、我が家の息

子たちだってこんなのんきな色恋に頭を悩ませていたでしょうに」と泣いてしまう。自身の息子たちは、長男は左近中将から右兵衛督に、次男は右中弁から右大弁になったが、どちらもまだ非参議なのを情けなく思っているのである。藤侍従と呼ばれていた方（三男）は、この頃は頭中将（とうのちゅうじょう）と呼ばれている。年齢からいえば不足はないのだが、人よりも昇進が遅れていると母君は嘆いているのである。大君に思いを寄せる宰相中将の君は、何かとうまいことを言ってきて……。

橋姫(はしひめ)

宇治に暮らす八の宮と二人の姉妹

世間から忘れられ、二人のうつくしい姉妹と宇治で暮らす親王がいたのでした。

＊登場人物系図
△は故人

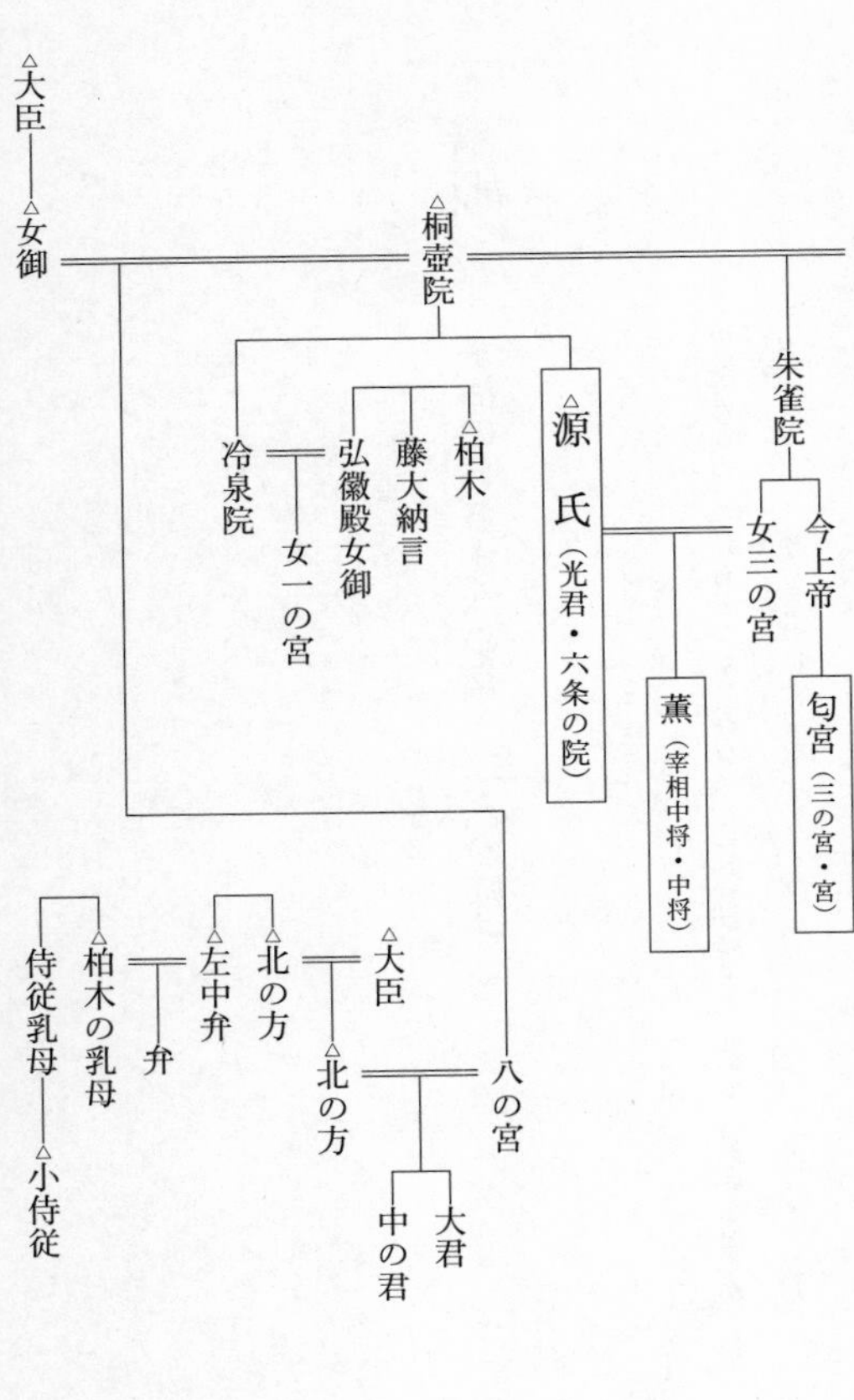

△弘徽殿大后
△桐壺院
△女御
△大臣
朱雀院
今上帝
女三の宮
匂宮（三の宮・宮）
薫（宰相中将・中将）
△源氏（光君・六条の院）
△柏木
藤大納言
弘徽殿女御
冷泉院
女一の宮
八の宮
△北の方
△大臣
北の方
△左中弁
△柏木の乳母
弁
侍従乳母
△小侍従
大君
中の君

　その頃、世間からは忘れられている古い親王がいた。親王の母方も高貴な家の生まれなので、ゆくゆく格別な地位に就くだろうと噂されていたのだが、時勢が変わり、世間から冷たい扱いを受けるようなことになってしまった。その後はかつての声望もなくなり、後見の人々もあてが外れたことを恨めしく思い、それぞれの事情によって出家したり、政界を退いたりしたので、この宮は公私ともに頼る人もなく、世間からすっかり見放されたような有様となってしまった。

　この宮の北の方も、昔の大臣の娘であったが、そのようなことになってしまってしみじみと悲しく心細く、親たちが自分に期待していたことを思い出すと、ひどくつらい気持ちになる。けれども夫婦仲がまたとないほど睦まじいので、つらいこの世のせめてものなぐさめとして、お互いにこの上もなく信頼し合っていた。

　年月がたっても子どもが生まれないのでもの足りず、どことなくさみしく所在ない日々のなぐさめに、どうにかしてかわいらしい子がほしいものだと宮はときおり思い、またそう口に出してもいたところ、ようやく、たいそうかわいらしい女君が生まれた。この姫君を限りなくいとしく思い、たいせつに育てているうちに、北の方はまた引き続き懐妊した様子で、今度こそ男の子であってくれたらと宮は思っていたのだが、同じく女君であった。無事に生まれはしたものの、北の方は産後ひどく患ってしまい、亡くなってしまった。宮はあまりのことに途方にくれた。

生き長らえているにも、まことに見苦しくたえがたいことの多い人生であるけれど、見捨てることのできない、いとしい妻の容姿や人柄が絆（妨げ）となってこの世に引き留められ、なんとか生きてきた。それなのにこうしてひとり取り残され、いよいよわびしいことになろう……、幼い姫君たちも男手ひとつで育てていくとなると、親王という身分柄、じつにみっともなく世間体も悪いだろう、と宮は思い、出家の本意を遂げてしまいたい気持ちになるが、姫君たちをまかせられる人もなく、あとに残していくのはどうしても心配で、ためらってしまう。そのまま月日が流れ、二人はそれぞれすくすくと成長し、その姿や顔立ちがかわいらしく、申し分ないことを明け暮れのなぐさめとして、ついつい日々を過ごしているのである。

あとから生まれた妹君（中の君）のことを、仕えている女房たちも「なんてこと、奥さまの命と引き替えのようにお生まれになって……」などと小声で言って、心をこめてお世話することもないのだが、北の方は臨終の折に、すでにほとんど正気が失せていたにもかかわらず、「どうかこの姫君を私の形見だとお思いになって、かわいがってくださいませ」と、ただ一言だけ、宮に遺言したのだった。宮には、前世からの因縁（いんねん）も恨めしく感じられるのだが、いや、こうなるべきめぐり合わせだったのだろうと思うのである。北の方が息を引き取るまで妹君をかわいそうに思い、いかにも気掛かりでたまらないふうに言っていたのを宮は思い出しながら、この妹君のほうをとくにかわいがってきたのだった。この妹君の顔立ちはたいそう愛らしく、そらおそろしいほどうつくしい。姉の姫君（大君（おおいぎみ））は気立てがしとやかで深みのある人で、見た目や物腰も気品があり奥ゆかしい。いじらしく高貴な点ではこの姉君のほうがまさっているが、宮はどちらをもそれぞれたいせつに育てているのだった。しかしながら思い通りにならないことも多く、年月がたつにつれて邸（やしき）の中も次第にさみしくなっていくばかりである。仕えていた人々も、頼りない気持ちになって我慢しきれずに次々と暇をもらっては去っていく。妹君の乳母（めのと）も、あの北の方の亡くなった騒ぎでしっかりした人を選ぶこともできなかったのだが、その乳母すら、身分相応のあさはかな考えで幼い妹君を見捨てて去ってしまったので、宮が男手ひとつで育てているのである。

さみしくなったとはいえ、さすがに広く、趣向をこらした邸で、池や築山などのたたずまいは昔と変わらないものの、ひどく荒れるばかりである。宮はそれを何をするでもなく眺めている。家のことを管理する家司などもしっかりした人がいないので、草は青々と茂り、軒の忍ぶ草も我がもの顔に一面にはびこっている。四季折々の花や紅葉の色をも香をも、夫婦二人でともに見、たのしんでいたからこそ、気持ちの晴れることも多かったのだが、今は一段とさみしく、頼りとするべきものもないので、宮は念持仏（身近に置いて信仰する仏像）の飾り付けばかりを一生懸命にして、明け暮れの勤行に精を出している。

このように、二人の姫君が出家の絆となっているのも、宮にとっては不本意であり残念なことなので、自分の心ながら、思い通りにならない前世の因縁だったのかと思わずにはいられない。ましてなぜ世間の人のように今さら再婚などできようかと、年月がたつにつれて俗世のことをあきらめつつある。今では心ばかりはすっかり聖になりきっていて、北の方が亡くなってからは、ふつうの人が女に対して抱くような気持ちなどは、かりそめにも持たないのだった。

「何もそこまで……。死に別れた時の悲しみは、世にもう二度とはないほど大きく感じられますが、時がたてばそうばかりでもないはずですよ。やはり世間の人のように再婚もお考えになったらいかがでしょう。そうなればこのように見苦しく荒れてしまったお邸の中も、自然ときちんとしてくるのではないでしょうか」と、周囲の人は意見して、何やかやとふさわしそうな縁談を持ってくることも、縁故を通じて多かったが、宮はまったく聞き入れない。

念誦の合間合間には、この姫君たちの相手をしている。だんだん成長する二人に、琴を習わせ、碁打ち、偏つき（漢字をあてる遊び）など、ちょっとした遊びごとをしていると、それぞれの性格も見えてくる。大君は聡明で思慮深く、重々しく見える。中の君はおっとりと可憐で、はにかんでいる様子がじつにかわいらしく、それぞれにすばらしい。

春のうららかな陽射しの下、池の水鳥たちが寄り添って羽をうち交わし、思い思いにさえずる声など、いつもならなんでもないことと見過ごしていた宮だが、今は、つがいが睦まじくしているのをうらやましく眺め、姫君たちに琴などを教えている。二人ともいかにもかわいらしく、まだちいさい年ながら、それぞれ搔き鳴らす琴の音色がしみじみとおもしろく聞こえるので、宮は涙を浮かべて、

「うち捨ててつがひさりにし水鳥のかりのこの世にたちおくれけむ

（父鳥をうち捨てて母鳥が去ってしまった後、かりそめのこの世に子どもたち

　はなぜ残ってしまったのか）

悲しみの尽きないことだ」と涙を拭っている。顔立ちのたいそううつくしい宮である。長年の勤行で痩せ細ってしまったけれど、かえって気高く優美で、心をこめて姫君たちのお世話に明け暮れている日々に、すっかり糊も落ちてやわらかくなった直衣を着て、取り繕わずにいる姿は、気後れするほど立派である。

大君が硯をそっと手元に引き寄せて、すさび書きのようにあれこれと書いているのを見て、

「これに書きなさい。硯の上に書きつけるものではありません」と紙を渡すと、大君は恥ずかしそうに書きつける。

　いかでかく巣立ちけるぞと思ふにも憂き水鳥の契りをぞ知る

　（どうしてここまで大きくなったのかと思うにつけても、水に浮かぶ水鳥のようにつらい我が身の宿世が思い知らされることです）

それほど上手ではないけれど、折が折なのでたいへん胸を打つというもの……。

筆跡は、この先の上達が予想できる書きぶりだが、まだ続け書きはうまくできない年頃である。「妹君もお書きなさい」と宮が言い、もう少し幼い字で長いことかかって中の君が書き上げる。

泣く泣くも羽うち着する君なくはわれぞ巣守になりは果てまし

（涙を流しながらも羽を着せて育ててくださる父君がいらっしゃらなかったら、私は孵らない卵のように育つことはなかったでしょう）

姫君たちの衣裳も着古していて、そばに仕える者もなく本当にさみしく、またそのさみしさを紛らわしようもないが、それぞれかわいらしい様子でいるのを、どうしてしみじみといたわしく思わずにいられようか。宮はお経を片手に持って、ときにそれを読み、また姫君たちに琴を教えるために唱歌もする。大君に琵琶、中の君に箏の琴を教える。まだたどたどしいけれど、いつも合奏しつつ稽古しているので、そう聴きにくくもなく、じつにおもしろく聴こえる。

宮は、父である桐壺帝にも母である女御にも早くに先立たれ、しっかりとした後見もとりたててないなかで、学問なども深くは修めることができなかった。まして俗世間で生きていく処世の心構えなどあるはずもなかった。高貴な方というなかでも、あきれるほどに上品でおっとりした女のような人である。古くから伝わってきた宝物や祖父の大臣の遺産など、何やかやと数限りなくあったはずなのだが、みなどこへ行ってしまったのか、いつの間にかなくなってしまい、調度類ばかりだけがことさら麗々しくたくさん残っているのだった。ご機嫌伺いに訪問したり、気に掛けてくれる人もいない。宮は所在ないままに雅楽寮（音楽をつかさどるところ）から音楽の師たちなど、その道の達人を呼んでは、役にも立たない遊びごとに熱中して成人したので、音楽にかけてはじつに秀でているのだった。

この宮は源氏の大殿（光君）の弟で、八の宮である。冷泉院がまだ東宮だった時、朱雀院の母后（弘徽殿大后）が、冷泉院を押しのけてこの八の宮を東宮に立てようと、自身の威勢のままにあるまじき計画を企てる騒動があり、宮は心ならずも、あちらの源氏方とのつきあいからは遠ざけられてしまったのである。それからはますます源氏の子孫の時代となり、世間に出ていくこともままならず、この何年かはこうした聖となりきって、もはやこれまでといっさいの望みを捨てているのだった。

そうして過ごしているうちに、住んでいた邸が焼けてしまった。ただでさえつらい境遇に、ますます不運が重なり、あまりのことに宮は失望し、移り住む適当なところも京に見つけられなかった。宇治というところに風情のある山荘を持っていたので、そこに移ることとなった。すでにあきらめた俗世であるが、いよいよ住み馴れた京を離れるのを宮は悲しく思わずにはいられなかった。

網代（川に竹や木を組み立てて魚を獲るしかけ）の設けてあるあたりに近く、水音も耳につく川のほとりで、静かに暮らしたいという願いにそぐわないところもあるが、仕方のないことである。花や紅葉、水の流れも、心をなぐさめるよすがとしながら、以前にもましてもの思いに沈んでばかりいる。こうして世間と離れて引きこもってしまった野山の果てでも、もし亡き妻がいてくれたらと思い出さない時はないのである。

見し人も宿も煙になりにしをなにとてわが身消え残りけむ

(愛した人もともに暮らした家も煙となって消えてしまったのに、なぜ私だけが消えず生き残っているのか)

生きている甲斐もないと、亡き人を恋い焦がれている。

京から山また山を隔てた宇治の住処に、いよいよ訪ねてくる人もいない。身分の低い下人や田舎じみた山賤たちがときたま親しく参上し、仕えている。峰の朝露の晴れる時もなく日々暮らしているのだが、この宇治山には聖然とした阿闍梨が住んでいる。学問に秀でていて、世間の評判も軽くはないのだが、朝廷の法要にもめったに出仕することもなく引きこもっている。この宮がこうして近くに住み、さみしい日々を暮らしながら尊い修行を積み、経典を勉強しているので、阿闍梨は殊勝なことだと敬意をもって始終邸に足を運んでいる。阿闍梨は自身が長年学んできた数々の仏の教えの、深い意味を宮に説いて聞かせ、いよいよ現世がかりそめのはかないものであると教えるので、

「心だけは極楽の蓮の上にのぼったように、濁りのない池にも住めそうに思うけれど、こんなにも幼い人たちを見捨ててしまうのが気掛かりなばかりに、一途に出家することはとてもできないのです」、宮は心の内を打ち明ける。

この阿闍梨は冷泉院にも親しく仕えていて、お経などを教えている人だった。京に出たついでに冷泉院に向かい、いつものように院がしかるべき経典などを読んで、質問をした機会に、

「八の宮さまはじつに聡明な方で、仏教の学問にも造詣が深くていらっしゃる。こうなるべき前世の因縁からお生まれになった方なのでしょう。心底から悟り澄ましていらっしゃるところなど、真の聖のご心境と拝見いたします」と話した。

「まだご出家はしていらっしゃらないのか。俗聖などと、ここの若い人たちがあだ名をつけているそうだが、殊勝なことだ」と院は言う。

宰相中将（薫）も、院の近くに控えていて、私こそ、この世の中をじつに味気ないものだとよく知っていながら、それでいて勤行など、人から注目されるほど励むわけでもなく、不本意な有様で日を過ごしてきた、と心ひそかに思っているので、身は俗にいながら心は聖の境地になるとはどんな心構えなのだろう、と耳を傾けている。

「出家のご本願ははじめからおありなのですが、『些細なことに引きとどめられてい

るうちに、今となっては不憫な娘たちを見捨てることはとてもできない』と嘆いていらっしゃいます」

俗世を離れたとはいえ、さすがに音楽を好む阿闍梨が、「本当のところ、この姫君たちが琴を合奏なさっているのが、川音に競うように聞こえてくるのはじつに風情があって、極楽もかくや、と思うほどなのです」と古風な褒め方をするので、院も笑い、
「そのような聖の元で育ったのならば、俗世間のことなどはさぞや疎いのだろうと察するが、それはおもしろいことだ。その姫君たちのことが心配で、見捨てることができずに困っておられるらしいが、もししばらくでもこの私のほうがあとに生き残っているようだったら、姫君たちを預けてくださらないだろうか」などと言う。

この冷泉院は、故桐壺帝の十番目の皇子だった。朱雀院が、弟である亡き六条の院（光君）にお世話をゆだねた入道の宮（女三の宮）の例を思い出し、「その姫君たちを私も手に入れたいものだ、所在ない折の遊び相手として……」とふと思うのだった。

中将（薫）のほうはかえって、八の宮の悟り澄ましているという心境をお目に掛かって拝見したいものだと思う気持ちが強くなっていった。そこで阿闍梨が山に帰っていく時、
「かならず参上しますので何かと教えていただけますよう、まず内々にご意向を伺っ

てください」と頼みこむ。

冷泉院からの伝言として、「まことに心打たれるようなお暮らしのご様子を人伝に聞きまして……」などと言い、

世をいとふ心は山にかよへども八重たつ雲を君や隔つる

(俗世を厭う私の心はあなたのいらっしゃる山里へも通い、またあなたの心とも通じているはずですが、お目に掛かれないのは、八重に重なる雲でお隔てだからでしょうか)

阿闍梨はこの手紙の使いを先に立てて、八の宮邸に向かう。ごくふつうの身分の、当然訪ねてきてしかるべき人の便りすら来ない山陰の住まいに、院の使いとはじつに珍しいことなので宮はよろこんで迎え入れ、場所にふさわしいご馳走などを用意して、それ相応に歓待する。宮の返事は、

あと絶えて心すむとはなけれども世をうぢ山に宿をこそかれ

(俗世をすっぱりと捨てて悟り澄ましているということはありませんが、この世を憂きものと思い、宇治山に仮住まいをしております)

修行のことについては謙遜し、あえてこのように宮が返歌をしたので、今もやはりこの世に未練がないわけではないのだ、と冷泉院はいたわしくそれを見る。

阿闍梨は、中将の道心が深そうであったことなどを宮に伝え、

「『経文などの真意を会得したいという願いを幼い頃から強く持っていながらも、やむを得ず俗世にかかわり公私ともに忙しく日々を過ごしておりまして、ことさらに引きこもって経文を読み習いながら世の中に背を向けて暮らすにしても、おおよそたいしたことのない身で、だれに遠慮しなければならないこともないのですが、自然と怠りがちになり、俗事に紛れて日を送っていました。けれどなかなか真似のできない宮のお暮らしぶりを人伝に聞きましてから、このように心からお頼りしております』と、それは熱心に申しておられました」などと話す。宮は、

「この世の中をかりそめと悟り、厭う気持ちがきざしてくるのは、自分の身に不幸が起きて、世の中の何もかもが恨めしいと思い知らされるきっかけがあってこそ、求道心も起こるものでしょう。この君は年も若く、世の中は思い通りになり、何ごとも不足はないと思える境遇でありながら、このように来世まで思いを馳せていらっしゃるのは感心なことです。私の場合は、そうなるべき宿世なのか、ただこの世を厭い離れなさいと、ことさらに仏がそう仕向けてお勧めくださっているような身の上なので、おのずと、静かに修行したいという願いもかなえられていきますが、もはや余命もそう長くはない気がするので、きっちりと悟りも得られずに終わってしまいそうに思い

ます。今までもこれからも、何ひとつ会得できないと思いやられますから、このお方は、かえってこちらが恥ずかしくなりそうな仏法の友になってくれそうですね」などと言い、それから中将とは互いに手紙をやりとりするようになり、中将も宇治を訪ねることとなった。

宇治の邸は確かに、聞いていたよりもずっと身に染みるようなさみしさだった。宮の暮らしの様子をはじめとして、たんなる仮の宿といった風情の草の庵（いおり）である上に、宮の人柄を思うせいか、邸の何もかもが簡素に見える。同じ山里といっても、そうした山荘として心惹（こころひ）かれるようなのどかなところもあるのに、ここはじつに荒々しい水の音、波の響きで、昼はもの思いを忘れられそうもなく、夜はやすらかに夢を見ることもできそうもないほどすさまじく風が吹き荒れている。聖然とした宮自身にとっては、こうした住まいも俗世の未練を断ち切るのにはいいのだろうけれど、姫君たちはいったいどのような気持ちで日々を送っているのだろうか、世間並みの女らしくやさしい雰囲気とはほど遠いのではないのだろうか、とつい想像せずにはいられない住まいである。

姫君たちは仏間とのあいだに襖（ふすま）だけを隔てて暮らしているようである。好色な気持ちのある男ならば、気のあるそぶりで近づいてどのように対応するかを知りたくなるだろうし、そうでなくとも、さすがにどんな姫君たちなのかと思わずにはいられない様子である。けれども中将はそんな俗世の迷いを断ち切りたいと願って山深くまで訪ねてきたのだから、その本意に背いて、色めかしいその場限りの言葉を口にして戯れようとするのは筋違いだろう、などと思いなおして、宮のじつに感慨深い暮らしを、心をこめてお見舞いし、たびたび宇治を訪ねるようになった。そうして中将が願っていた通り、出家せず俗の身のままで山深くこもって仏道修行する心の有様や、経文のことなどを、ことさらもの知り顔をするわけでもなく、宮はじつにわかりやすく教えてくれるのである。

いかにも聖っぽい人や、学問のある法師などは世間に多いけれど、あまりにも堅苦しく近づきがたい高徳の僧都や僧正といった身分の僧は、じつに多忙で無愛想で、仏道に関して何か質問したとして、答えるのも大げさな感じがする。かといって、たいした身分でもない法師で、戒律を守っているだけのありがたみはあるけれど、人柄が下品で言葉遣いが汚くて、不作法で馴れ馴れしいのは、じつに不愉快である。こちらが昼は公務で忙しいので、もの静かな宵の頃、そば近く枕元などに呼び寄せて話すにも、どうにもうっとうしいことが多いものである。しかしこの宮はたいそう気品高く、痛々しくすらある様子で、言葉ひとつ口にするのにも、身近なたとえをとりまぜて説く。実際にそれほど深く悟っているわけではなくとも、高貴な身分の人はものごとの本質を会得するのにも長けていて、だんだん会うことも多くなるにつれ、始終会っていたくなり、多忙で宇治を訪れる暇もない時は、中将は宮を恋しく思わずにはいられないのだった。

　中将がこれほど宮を尊敬しているので、冷泉院からも始終宮へ便りがあり、長いあいだ人の話にものぼることなく、いかにもさみしげだった邸に、だんだんと人の出入りも見られるようになった。季節ごとに冷泉院からはたいそうな挨拶があり、この中将も、何か機会があるごとに、風流な趣味の面でも実生活の面でも、心を寄せて仕えることが三年ほども続いていた。

　秋も終わる頃、四季に合わせて行う念仏を、この宇治川のほとりの邸では網代の波音もひどく騒々しく落ち着かない時節だからと、宮はあの阿闍梨の住む山寺の御堂に移って、七日のあいだ勤めることとなった。宮の不在に、姫君たちはたいそう心細く、気の紛らわしようもなくもの思いに沈んでいる。ちょうどその頃中将は、久しく宇治に行っていないと思い出すままに、まだ夜深く、有明の月がさし上る頃に出発し、だれにも知られず、お供の者なども少なくして、目立たぬなりで出かけた。川のこちら側なので舟などの面倒もなく、馬で出かける。山間に入っていくにつれ、霧が深くなり、道も見えない草深い野中を分け入っていくと、たいそう荒々しい風が吹きつける。ほろほろと風に乱れ落ちる木の葉の露が降りかかるのも、ひどく冷たく、自分で行こうと決めて来たものの、たいそう濡れてしまった。このようなお忍びの外出などもめったにしない中将は、心細くも、またおもしろくも思うのだった。

山おろしにたへぬ木の葉の露よりもあやなくもろきわが涙かな

（山おろしの風にたえきれず落ちる木の葉の露よりも、なぜだろう、いっそうもろくこぼれる私の涙よ）

山賤の者が目を覚まして何かと騒ぐのも煩わしいと、随身に先払いの声も立てさせず、家々の柴の籬のあいだを分け入りながら、どこからともなく流れる水流を踏みつけていく馬の足音も人の耳につかぬようにと用心しているのだが、隠すこともできない匂いは風に吹かれて漂い、いったいどなたのお通りかと驚いて目を覚ます家々もあるのだった。

八の宮の邸に近づくにつれ、なんの楽器とも聞き分けられない音が、身に染み入るようにさみしげに聞こえてくる。いつもこうして合奏していると宮は言っていたが、機会がなく、名手と名高い宮の琴（七絃の琴）の音も聴けないでいる中将は、これはいい時に来た、と思いながら邸に入る。するとそれは琴ではなくて琵琶の響きである。黄鐘調（おうしきちょう）（雅楽の調子のひとつ）に調子を整えて、ごくふつうの掻き合わせ（調子を整えるための短い曲）なのだが、場所が場所であるからか、はじめて耳にするような気がし、掻き返す撥（ばち）の音も澄んでいて風情がある。箏（そう）の琴（こと）は、胸に染み入るような優雅な音色でとぎれとぎれに聞こえる。

中将はしばらく聴いていたくてそっと隠れていたが、来訪の気配をはっきりそれと聞きつけて宿直人（とのいびと）らしい男の、気の利かなそうな者が出てくる。

「これこれの事情で宮さまは山寺にこもっていらっしゃいます。ご訪問を伝えましょう」と言う。

「いや、そのように日を限って勤行なさっている折に邪魔をするのもよろしくない。こんなに露に濡れそぼってわざわざ参上し、虚（むな）しく帰るつらさを姫君たちに申し上げて、なんとあわれな、とおっしゃっていただければ気もすむのだ」と中将が言うと、男は不細工な顔に笑みを浮かべ、

「そう申させることにいたしましょう」と言ってその場を去ろうとするので、

「待ちなさい」と中将は呼び止める。「今までずっと噂にばかり聞いていて、ずっと聴きたいと思っていたお琴の合奏を聴けるありがたい折だ、しばらくのあいだ、どこ

か隠れて聴くことのできるような物陰はないだろうか。無粋に図々しくおそばに参ろうとして、お二人とも弾くのをやめては残念だから」

そう言う中将の雰囲気や顔立ちは、この宿直人のような平凡な者の心にも、じつに立派で畏れ多く思わずにはいられないので、

「だれも聴いていない時は、明け暮れこうして合奏なさっていますが、たとえ下人であろうとも、都のほうからやってきてこちらに滞在する人のいる時は、音をお立てにもなりません。そもそも宮さまが、こんなふうに姫君たちがいらっしゃることをお隠しになって、世間の人々には知らせまいとお思いになり、そのようにおっしゃったのです」と言う。中将は笑い、

「それはつまらない隠しごとだ。そんなふうに隠しているおつもりでも、世間ではみな、世にも珍しいことだと聞いているらしいのに」と言い、さらに「やはり案内してくれ。私は色めかしい下心など無縁の人間だ。こうしてお暮らしの様子が不思議で、どうしてもふつうのお方のようには思えないのだ」と熱心に訴えるので、宿直人は、「畏れ多いことです。ご案内しなければ、気が利かないと後々叱られるかもしれません」と、姫君たちの部屋は、竹の透垣（あいだを透かして作られた垣根）を張りめぐらせて、すっかり別の囲いとなっていることを教えて、中将を連れていく。中将のお

供の人は西の廊に呼び入れて、この宿直人がもてなす。

姫君の部屋に通じているらしい透垣の戸を少し押し開けて中を見ると、簾を高く巻き上げて、あたり一面に立ちこめる霧のなか、月がうつくしく見えているのを女房たちが眺めている。簀子に、いかにも寒そうに、糊が落ちてやわらかそうな衣裳を着た痩せた女童がひとり、また似たような姿の女房たちが座っている。部屋の中にいるひとりは、柱に少し隠れて、琵琶を前に置き、撥を手先でもてあそびながら座っていたが、雲に隠れていた月が急に明るく光を放ったので、

「扇で月を呼べると昔から言うけれど、扇でなくてこの撥ででも月は招き寄せられたわ」と言って月をのぞいたその顔は、とてもつややかにかわいらしい人のように見受けられる。ものに寄りかかっている人は、琴の上に前屈みになって、

「夕日を呼び戻す撥のことは聞いたことがあるけれど、月を招き寄せるなんて、変わった思いつきね」と、にっこり笑っている様子は、もうひとりより少しばかり重々しくて気品がある。

「私の勘違いだったかもしれないけれど、撥は月にも縁がないわけではないもの。ここを隠月と言うでしょう」と、琵琶の、撥をおさめるところを指して、くつろいで言い合っている二人は、まるで今まで想像していたのとは違い、じつに親しみやすそう

で魅力的である。昔の物語などで語り継がれていて、若い女房たちが読んでいるものを聞くと、かならずこんな山里に思いがけない姫君がいて……、などと言っているけれど、まさかそんなことがあるはずないと腹立たしくも思えるのだが、なるほどこうも心惹かれることが隠れたところにはある世の中なのか、と姫君たちに思いが移りそうである。霧が深いので、姫君たちの姿ははっきりとは見えそうもない。また月がさし出でてくれないものかと思っていると、奥のほうから女房が「どなたかお越しです」と知らせたのか、簾を下ろしてみな奥へ入ってしまった。それでも慌てた様子はなく、穏やかな物腰でそっと身を隠す二人の様子は、衣擦れの音もせず、じつにやわらかでいたわしくもあり、さらにたいそう気高く優美なので、中将はしみじみと心動かされる。

中将はそっとその場を立ち去って、京から帰りの車を引いてくるように使者を走らせる。先ほどの宿直人に、

「折悪しく宮のお留守に伺ってしまったが、かえってうれしいことに、ずっと思っていたこともかなえられた気がするよ。こうして伺ったことを姫君たちに伝えてくれ。ひどく濡れてしまった恨み言もお耳に入れたいものだ」と言うので、宿直人はそのように取り次いだ。姫君たちは、かように姿まで見られてしまったとは思いも寄らず、

気を許して弾いていた琴の音を聴かれてしまったのではないかとたいそう恥ずかしく思う。不思議なほどにかぐわしい匂いのする風が吹いていたのに、まさか中将が来訪していたとは思いもしなかったので、気づかなかったとはうかつなことだった、と動揺してただ恥ずかしがっている。伝言を取り次ぐ者もまったくもの馴(な)れない人のようなので、何ごとも時と場合による、と中将は思い、まだ霧のためによく見えないので、先ほど巻き上げられていた御簾(みす)の前に歩み出て、そこにひざまずく。いかにも田舎びた若い女房たちは応対する言葉も思いつかず、敷物などを差し出すのもぎこちない様子である。

「この御簾の前では決まり悪い思いです。その場限りの軽い気持ちでしたら、こうしてわざわざ訪れるのも難しいくらいの険しい山路ですのに、このようなお扱いとは……。こうして露に濡れながら何度も通いましたら、いくらなんでも私の気持ちもわかっていただけるだろうと頼もしく思います」とたいそう生真面目(きまじめ)に言う。

若い女房たちが、如才なく対応できそうもなく、消え入りたいほど恥ずかしがっているのも見ていられず、奥のほうで寝ている年輩の女房を起こしにいかせるが、その手間取っているあいだももったいぶっているようなのが心苦しく、大君(おおいぎみ)は、

「何ごともよくわかっておりませんのに、知ったふうな顔で何を申していいのやら

……」とじつに奥ゆかしい気品のある声で遠慮がちにかすかにつぶやく。

「じつはよくわかっていながら、人の嘆きに知らん顔をするのもこの世の常だと承知しておりますが、あなたまでがあまりにもそらぞらしいことをおっしゃるのは残念ですね。まれなほど何ごとも悟りきっていらっしゃる宮とごいっしょに暮らしているあなたの心の内は、さぞやすっきりと何もかもお見通しのことと思います。やはりこうして隠しきれない私の心が深いか浅いかもわかっていただけるのなら、来た甲斐もあるというものです。世間によくある色めいたこととは違うとわかっていただきたいのです。そのような色恋沙汰は、あえて勧める人がいたとしても、私がその気になるつもりはないと強く思っております。そうした噂も自然とお耳になさっていることでしょう。所在ないままひとりさみしく日を送っている私の世間話でも聞いていただいたり、またこうして世間を離れてもの思いに耽(ふけ)っていらっしゃるお気持ちを紛らわすために、そちらからお声を掛けていただけるほど親しくおつきあいできましたら、どんなにうれしいことでしょうか」などと言葉数多く話すので、大君はただ恥ずかしく、答えに窮し、先ほど起こした老女房が出てきたので対応をまかせてしまう。

この老女房は遠慮もなくしゃしゃり出て、「まあ、畏れ多いこと。失礼なお席の設けようではありませんか。御簾の内にお入れすべきですよ。若い人たちはものごとの程合いも知らないのですからね」とずけずけ言う声が年寄りじみているのも、姫君たちは決まり悪く思っている。

「まったくどうしたものか、ここにお暮らしの宮さまは世間の人の数にも入らないような有様で、お訪ねくださってしかるべき人たちですら、思い出して訪問してくださるでもなし、だんだん音沙汰もなくなる一方のようですのに、あなたさまのまたとないご親切のほどは、私のようなつまらない者でも、なんと申していいかわからないほどありがたく存じます。若い姫君たちもそのことはよくわかっていらっしゃいながらも、申し上げにくいのでしょうかね」と、まったく遠慮することなくもの馴れた口をきくのも、小憎らしい感じがしないでもないが、その物腰はひとかどの者らしく、たしなみのある声なので、

「まったく寄る辺ない気持ちでいましたが、あなたのような方がいてくださってうれしいです。何ごともよくわかってくださっているようで頼もしいことこの上ない」と言って中将はものに寄りかかっている。それを几帳（きちょう）の端から女房たちが見ると、曙（あけぼの）の、ようやくものの見分けがついてくるなかで、いかにも人目を忍んでいるとおぼしき狩衣（かりぎぬ）姿がひどく濡れて湿っている。そのあたりになんともこの世のものとは思えぬ匂いが、不思議なほど満ちている。

この老女房は泣き出した。

「差し出がましい者とのお咎めもあろうかと我慢しておりましたが、悲しい昔の物語をどのようなついでに打ち明けようか、その一端でもそれとなくお知らせできようかと、長年、念仏誦経の折にも合わせてお願いしてきた験なのでしょうか……。今夜はうれしい機会ですのに、早くもあふれる涙にくれてとても申し上げられそうにありません」と身を震わせている様子は、真実悲しそうである。おおかた年老いた人は涙もろいものだとは見聞きしていたけれど、こんなに深く悲しんでいるのも妙だと思い、中将は、

「こうしてこちらに参ることは幾度目かになりますが、あなたのようにものの情けをわかった人はいなかったので、露深い道中をただひとり濡れながら帰ったものでした。これはうれしい機会のようですから、どうぞ何もかも残さずお話しください」と言う。

「こんな機会もめったにありませんよ。もしあったとしましても、明日をも知れぬ命で、先のことはあてにはできません。ですからただ、こんな年寄りがこの世にいたとだけお見知りおきください。三条宮（女三の宮の邸）に仕えていた小侍従はもう亡くなってしまったと、ちらりと耳にいたしました。その昔親しくしていた同じ年頃の人々も、多くは亡くなってしまいましたが、私はこの年になって、遠い田舎から縁故

をたどって京に帰ってまいりまして、この五年六年のあいだ、ここにこうして仕えております。ご存じではないでしょうね、近頃、藤大納言とおっしゃる方の兄君の、右衛門督でお亡くなりになった方（柏木）のことを。でも何かの折などに、その方のお噂くらいは耳になさったこともあるでしょう。お亡くなりになってから、まだ本当にそれほどたっていないような気がいたします。その時の悲しみも、未だ袖の涙も乾く暇がないように思えますのに、あなたさまがこうして立派に成人なさったそのお年からしても、まったく夢のようで……。その、亡き権大納言（柏木）の乳母だった人は、この私、弁の母親だったのです。人の数にも入りません私ですが、朝夕おそばにお仕えしていましたので、だれにもお話しになれず、でもそのお心ひとつにはおさめきれなかったことを、ときおりこの私にお話しくださっていたのです。いよいよ最期かもしれないというご危篤の際に私をお呼び寄せになり、少しばかりご遺言なさったことがあります。あなたさまのお耳にも入れさせていただきたいことがひとつあるのですが、ここまで申し上げましたので、もし残りも聞きたいというお気持ちがありましたら、そのうちゆっくりお話しさせていただきましょう。女房たちが、この私が見苦しい、出すぎた真似を、とつつき合っているようなのも、もっともなことですから」と、その後は何も言わない。

中将は、なんとも奇妙に思い、夢物語か、巫女のような者が問わず語りでもしているようだ、とまったく理解できないのだが、ずっと切に知りたいと思っていたことにかかわる話なのではないかという気がし、もっとその先まで聞いてしまいたいのだが、いかにも人目が多く、出し抜けな昔話にかかわって夜を明かすのも失礼だろうと思い、

「これといって思いあたるようなことはないのですが、昔のことを聞くのは何やら身に染みるようです。それでは、かならず残りの話を聞かせてください。霧が晴れたら決まり悪いほど粗末な姿ですから、姫君に失礼があってはいけませんし……。本当のところは心残りなのですが」と立ち上がる。宮のこもっている山寺の鐘の音がかすかに聞こえ、霧がじつに深く一面に立ちこめている。

峰にかかる幾重もの雲が、宮を思う心も隔てている気がして、しみじみと悲しく感じられる。なおのこと、この姫君たちのお気持ちはどんなだろうと思うといたわしく、さぞやもの思いの限りを尽くしていることだろう、こうして世馴れない様子でいるのも無理はない、と中将は思わずにはいられない。

「あさぼらけ家路も見えず尋ね来し槙の尾山は霧こめてけり

（ほんのりと夜が明けていきますが、帰るべき家路も見えないくらい、はるばるやってきた槙の尾山は霧が立ちこめています）

心細いことです」と引き返して出立をためらっている中将の姿は、こうした貴人を見馴れている都の人でも、やはり格別にすばらしいと思うのだから、ましてこの山里の人たちの目には、見たこともないみごとなお方だとどうして映らないはずがあろうか。女房たちが返歌の取り次ぎもしづらそうにしているので、大君は先ほどと同じようにひどく遠慮がちに、

　雲のゐる峰のかけ路を秋霧のいとど隔つるころにもあるかな

（雲のかかっている峰の険しい路を、さらにまた秋霧までが、父君とのあいだをいっそう隔てているこの頃です）

ちいさくため息を漏らしている様子は、深く人の胸に染み入るようである。

どれほどの風情がある山里でもないけれど、いかにもいたわしく感じられることが多く、中将は帰りがたいのだが、次第に明るくなっていくので、さすがに顔を見られるのも恥ずかしく、

「なまじお言葉をいただいてしまったので、なおお話ししたい気持ちが増しましたが、もう少し親しくなってから恨み言を申すことにしましょう。それにしてもこのように、世間並みの男と同じような扱いでは心外ですし、ものごとをおわかりにならないのだなと恨めしく思いますよ」と言い、宿直人が用意した西面の部屋に行き、もの思いに

沈む。

「網代のあたりはずいぶんと騒がしい。けれども氷魚（鮎の稚魚）も近づかないのだろうか、なんだかぱっとしない感じだけれど」と、網代にくわしいお供の人々は話している。みすぼらしい舟の何艘かが刈った柴を積んでいる。それぞれに、なんということもない生業のために行き交って、はかない水の上に浮かんでいる様子は、思えばだれもみな同じような無常の世の姿である。「この自分はそんなふうに浮かぶことなく、玉の台に安泰でいられる身の上だと思えるような世だろうか」と中将は考え続ける。「さむしろに衣かたしき今宵もや我を待つらむ宇治の橋姫（古今集／むしろに自分ひとりの衣を敷いて、今宵も私を待っているのだろうか、宇治の橋姫は）」を思い出した中将は、硯を持ってこさせて、大君に文を送る。

「橋姫の心をくみて高瀬さす棹のしづくに袖ぞ濡れぬる

（宇治の橋姫の気持ちを想像し、浅瀬をゆく舟の棹の雫――涙に、袖を濡らしています）」

さぞやもの思いに耽っていらっしゃることでしょう」

と書き、宿直の男に渡す。男はひどく寒そうに、鳥肌立った顔つきをしてそれを持っていく。返事は、紙に薫きしめた香りなどからして、並のものでは決まり悪い相手

ではあるけれども、このような折にはすぐ返すのがよいだろうと大君は思い、

「さしかへる宇治の川をさ朝夕のしづくや袖を朽し果つらむ
（棹をさしかえては行き来する宇治の渡し守は、朝夕の棹の雫が袖を朽ちさせてしまうでしょう——私の袖も涙に朽ち果てることでしょう）
涙で身も浮くばかりです」

と、たいそううつくしく書く。それを見て申し分ないほど好ましい人だ、と中将は心惹かれるけれど、「お車を持ってまいりました」とお供の人々がやかましく催促するので、宿直人だけを呼び、

「宮が寺からお帰りになった頃に、かならずまいります」と言う。霧に濡れた衣裳などはみなこの男に脱ぎ与え、中将は取りにいかせた直衣に着替えた。

年老いた弁の話が気になって、中将は幾度も思い出す。また、想像していたよりずっとすばらしく、風情ある姫君たちの面影がちらつき、やはりそうかんたんに思い捨てることのできない世の中だったのだ、と自身の心の弱さを思い知る。大君に手紙を送る。恋文のようには書かず、白い色紙の厚ぼったいものに、筆は念入りに選び、墨つきもみごとに書く。

「失礼なことになるのではないかとむやみに差し控えまして、言い残したことが多い

のも苦しく思います。その折に少々申し上げましたが、これからは御簾の前にも気やすくお通しくださいませ。宮の山ごもりがお済みになる日も伺っておいて、霧に閉ざされてお目に掛かれなかった心の憂さも晴らすことにいたします」

などと、とても生真面目に書いている。左近将監（さこんのぞう）という人を使者として、

「あの弁という老女を訪ねて、この手紙を渡しておくれ」と伝える。宿直人が寒そうにうろついていたことなどを気の毒に思い、大きな檜破籠（ひわりご）（料理の詰まった折詰）のようなものをたくさん用意して持たせる。

その翌日には、八の宮のこもっている寺にも使者を向かわせる。山ごもりをしている僧たちは、この頃の嵐で実際に心細くてつらいだろうし、八の宮がこもっていたあいだのお布施も必要だろうからと考えて、衣や綿などをたくさん送った。その日はちょうど八の宮が勤行を終えて寺を出る朝だったので、おかげで八の宮は、修行僧たちに綿、絹、袈裟（けさ）、衣などすべて一揃い（ひとそろい）ずつ全員に贈ることができた。

宿直人は、中将が脱ぎ与えた優雅にうつくしい狩衣や、なんともすばらしい白綾（しらあや）の衣裳の、やわらかくて言いようもなくいい匂いのものを、そっくりそのまま着ているのだけれど、当人の体は変えることができないのだから、不釣り合いな袖の香りを、会う人ごとにあやしまれたり褒められたりするので、かえって窮屈な思いで……。宿

直の男は思い通りに気ままに振る舞うこともできず、気味が悪いほどだれもが驚くその匂いをいっそ消してしまいたいと思うけれど、あふれかえるほどの移り香なので、すすぎ落とすこともできないとは、どうにも困ったこと……。

中将は、大君からの返事がたいそう好ましく、おおらかであるのに心動かされて見ている。八の宮にも、中将からこのような便りがあったと女房たちが報告して見せたところ、

「いや、何。色恋めいたお扱いをするのも、かえってよくないだろう。世間によくいる若者とは違うご性分のようだから、私が亡くなったあとのことなども、一言それとなくお願いしておいたこともあるので、そのようなつもりで気に留めてくださっているのだろう」などと言うのだった。八の宮自身も、いろいろな贈りものが山寺にあふれるほどあったことの礼などを書き送ったので、中将は宇治に行こうと思う。そういえば三の宮(匂宮)が、こんなふうに奥まった山里あたりに住む人が、じつは意外にすばらしかったりしたらさぞ興趣もあろうと、想像をめぐらして、そのように言っていたので、この話をして心を騒がせてやろうと思い、静かな夕方に宮を訪ねた。

いつものように世間話をお互いに話すついでに、中将は宇治の八の宮のことを話しはじめ、このあいだの夜明けの有様などをくわしく言っていると、宮は切に興味を持

ったようである。その様子を見て、思った通りだ、とますます気持ちが傾くように中将は話し続ける。

「それで、そのお返事などはどうして見せてくれないんだい。私だったら見せるのに」と宮は文句を言う。

「そうですね。あなたはずいぶんたくさんのお手紙を見ているでしょうに、片端でも見せてくれないではないですか。この方々は、私のような冴えない男がひとり占めしていいような方々でもないから、ぜひ見てほしいと思うけれど、いったいどうしてあなたが宇治まで尋ねていけましょう。気軽な身分の者こそ、恋をしたければいくらでもできる世の中です。人目につかないところでいろいろやっているのでしょう。それ相応に魅力のありそうな女で、もの思わしげな人が世を忍んでいる住まいなども、山里あたりの目立たないところにはよくあるそうですよ。今話している方々は、まったく世間離れした聖みたいで、洗練されたところのない人たちなのだろうと今までずっと馬鹿にしていて、噂も耳にも留めていなかったのです。けれどほのかな月明かりで見た、その通りの器量だとしたら、非の打ちどころもないと言えます。その物腰も容姿も、あのような方々のことを理想的だと言うのだと思います」などと話す。

しまいには、宮も心底妬ましくなって、並大抵の女には心を動かしそうもないこの中将が、こうまで深く心惹かれているとは、ちょっとやそっとの方々ではないのだろうと、とてつもなく姫君たちに会ってみたくなる。

「ではこれからもよくよく様子をさぐってくれないか」と激励する。制約のある高貴な身分であることが厭わしいほど焦れったく思っているらしい宮の様子がおもしろくなって、

「いやいや、そうもいきません。私はしばらくでも俗世間のことに執着すまいと思うわけのある身なのだから、ちょっとした遊びの色恋も遠慮したいのです。自分の心ながら抑えかねる思いにとらわれてしまったら、まったく不本意なことになってしまう」と言うと、

「なんと大げさな。例によってものものしい聖めいた口ぶり、果たしてどうなるのやら見届けたいね」と宮は笑う。

中将は心の内では、あの老女房の弁がほのめかしたことなどが、じわじわと胸に広がり、なんとなく悲しく思えて、うつくしいとか好ましいとか見聞きする姫君たちについて、それほど気になっているわけではないのだった。

十月になって五、六日の頃に、中将は宇治に向かった。

「この季節には何より網代をご覧になるとよろしいですよ」と言う人々もいるが、「何、氷魚ではないが、蜉蝣（かげろう）とはかない命を競う心地で、網代見物でもないだろう」と網代は見ずに、いつものように目立たないようにして出かけていく。身軽に網代車で、縑（無地の薄い平絹）の直衣や指貫を仕立てさせ、ことさらお忍びらしい恰好である。

八の宮は中将をよろこんで迎え入れ、山里にふさわしいご馳走など、趣向をこらして用意する。日も暮れたので灯火を近づけて、前々から読みかけていた数々の経文の深い意味などを、阿闍梨にも山寺から下りてきてもらって、講釈をさせる。うとうとすることもなく起きていると、川風がじつに荒々しく吹きつけ、木の葉が風に散る音や、水の流れの響きなど、風情も通り越して、何やらおそろしく、心細い様子である。

もうそろそろ明け方だろうかと思う頃、中将は、姉妹の合奏を聴いた明け方のことを思い出さずにはいられず、琴の音は心に染みるという話をとっかかりのようにして、

「先だって伺った時の、深い霧に迷ってしまった曙に、まことにすばらしい楽の音をほんの少し聴かせていただきました。そのせいでかえってもっと聴きたくなって、ずっともの足りなく思っているのです」と言う。

「俗世間の色にも香にもすっかり未練を捨ててしまってからは、昔聞き覚えたことも

すべて忘れてしまいました」と言いながらも、八の宮は女房を呼んで琴（七絃の琴）を持ってこさせ、

「今の私にはまったく不釣り合いになりましたね。先に弾いてくださるのならそのあとから思い出せるかもしれません」と琵琶も持ってこさせて中将に勧める。中将は琵琶を手にして調子を合わせる。

「このあいだ私がほのかにお聴きしたものと同じ楽器だとはとても思えません。あの時は楽器自体の響きがいいのだろうとばかり思っていましたが」と、中将は気やすく弾こうとはしない。八の宮が、

「まあ、お人が悪い。そんなふうにお耳に留まるような弾きかたなど、いったいどこからこんな山里に伝わってくるでしょう。とんでもないお言葉です」と、琴を掻き鳴らす。その音色はじつに切々と心に染み入る。ひとつには、峰を渡る松風が引き立たせているのだろう。八の宮は、ひどくたどたどしく、忘れたふりをして、風情のある一曲ほど弾き、それでやめてしまった。

「こちらで、どうしたわけか、ときおりわずかに耳にする娘たちの箏の琴の音は、会得しているのかなと聞こえる時もありますが、気に留めて聴いてやることもないまま長い年月を過ごしてしまいました。あの娘たちは思い思いに、それぞれ掻き鳴らして

いるようですから、川波ぐらいが調子を合わせてくれているのでしょう。もとより、ものになるほどの拍子などもとれまいと思いますよ」と言い、姫君たちのいる奥のほうに、「掻き鳴らしてごらんなさい」と勧める。けれども姫君たちは、まさかだれかが聴いているなどと思いもせずに弾いていたのを、中将に聴かれていたのも恥ずかしいのに、この上掻き鳴らすなどとんでもない、とめいめい奥に入ってしまい、聞き入れようとしない。八の宮は幾度も勧めてみるけれど、あれこれと断って終わってしまったようなので、中将はじつに残念に思うのだった。

このような折にも、こうして奇妙なほど世間離れした様子で暮らしている姫君たちの不本意な境遇を、八の宮は恥ずかしく思っている。

「娘がいることをなんとか世間には知られまいと思って今まで育ててきましたが、私の命も今日明日も知れぬほど残り少なくなり、さすがにまだ生い先の長い二人は落ちぶれて路頭に迷うのではないかと思うと、それぱかりが、いかにもこの世を離れる時の絆(ほだし)なのです」と話すのを、中将はいたわしく思いながら聞いている。

「正式な後見(うしろみ)というような、しっかりした形ではなくても、どうぞ他人行儀ではなく考えていただきたいと思います。この私がしばらくでも生き長らえているあいだは、一言でもこうしてお約束したからには、それを守るつもりです」と中将が言うので、

「まことにうれしいこと」と八の宮は思い、言葉にもする。

さて、その暁、八の宮が勤行をするあいだに、中将はあの老女房を呼び出して対面する。この老女房は、姫君たちのお世話役として仕えていて、弁の君という者だった。年齢は六十に少し足らないくらいであるが、雅やかにたしなみのある様子で話をする。亡き権大納言（柏木）がずっと思い悩んだために病にかかり、あっけなく亡くなってしまったいきさつを話し出して、いつまでも泣き続けている。中将は、「いかにも他人の身の上話として聞いていても、胸がしめつけられるほど悲しい昔話なのに、まして、ずっと長いあいだ気に掛かっていて、真相を知りたくて、いったいことの発端はなんだったのか、どうぞはっきりと教えてくださいと仏にも祈っていた、その験だろうか、こうして夢のように胸打たれる昔話を、思いがけない機会に耳にできるなんて」と思うと、涙を止めることができない。

「それにしても、こうしてその当時の真相を知っている人もまだ残っていたのですね。信じられないような、また気恥ずかしいような話ですが、やはりあなたのように、事情を知っていて言い伝えている人はほかにもいるのでしょうか。長年私は耳にしたこともなかったのですが」と訊くと、

「小侍従（女三の宮の乳母子）と私のほかに知る人はございません。一言たりとも他

人には話しておりません。私は頼りなく、人の数にも入らない身の上ですけれど、夜となく昼となくずっとあのお方（柏木）のおそばについておりましたので、自然とこの次第も知ってしまったのですが、お心ひとつに抑えかねるほどお悩みだった時は、ただ私と小侍従の二人を通してだけ、たまさかに宮（女三の宮）さまとお手紙をやりとりなさっていました。失礼かと思いますのでくわしくは申しません。ご臨終という時になって、少しばかりご遺言なさることがあったのですが、私のような分際でいったいどうしたらいいのやら、ずっと気に掛かっておりまして、どうしたらあなたさまにお伝えできるだろうと、験もあてにできないながら念誦の際にも祈っていたのです。やはり仏さまはこの世にいらっしゃるのだと、今こそよくわかりました。お目に掛けなければならないものもございます。もうどうとでもなれ、焼き捨ててしまおう、こうして朝夕のあいだに死ぬかもしれない身で、始末せずに残しておいたら、だれかに見られてしまうかもしれないと、それはもう心配でたまりませんでした。けれどもこちらのお邸で、あなたさまがときどきお見えになるのをお待ちするようになったので、少しばかり安心し、こうした機会もないものだろうかとお祈りする力も湧いてきたのです。本当にこれはこの世のことだけではない、前世からの因縁なのでしょう」と、泣きながらこまごまと、中将が生まれた頃のこともよくよく思い出しては話すのだった。

「殿（柏木）がお亡くなりになった騒ぎで、私の母であった人（柏木の乳母）はそのまま病に臥し、まもなく息を引き取りました。私はいよいよ意気消沈し、藤衣（喪服）を重ねてまとい、悲しいことばかり考えていたのです。そうしているうち、何年も前からよからぬ男が私に心を寄せてきていたのですが、その人が私をだまして西の海の果てまで連れていってしまったのです。京のこともすっかりわからなくなり、夫となったその人もその地にて亡くなりました。十年あまりがたちましてから、別世界にやってくるような気持ちで京に戻ってきたのです。この八の宮さまには、父方の関係で幼い頃から出入りする縁がありまして……。今はこうして世間に顔出しできる身分でもありませんし、冷泉院の女御殿（弘徽殿女御・柏木の妹）のお方のところなどは、昔からお噂を伺っていましたから、そちらへおすがりするべきだったのですが、決まり悪く思えて顔を出すこともできませんので、こうして山深くに埋もれた朽ち木のようになっているのです。小侍従はいつ亡くなったのでしょう。あの当時、若い盛りだと思われていた人たちもだんだん数少なくなってしまったこの晩年、多くの人に先立たれてしまったこの命を悲しく思いながら、それでも生き長らえているのです」

などと話しているうちに、また夜も明けてしまう。

「わかりました、この昔話はとても終わりそうにないことだし、また人に聞かれない安心なところで話すことにしましょう。小侍従という人は、うっすらと覚えているところでは、私が五、六歳くらいになった頃でしょうか、急に胸を病んで亡くなったと聞いています。こうしてあなたと会うことがなければ、私は何も知らず、実の父を供養もしない重い罪を背負ったまま終わってしまうところでした」などと言う。

弁は、ちいさくいっしょに巻いてある女三の宮に渡せずじまいだった手紙の、かび臭いのが袋に縫い入れてあるものを、取り出して中将に渡す。

「あなたさまが処分なさってください。『私はもう生きていかれそうにない』とおっしゃって、このお手紙を取り集めて下げ渡されましたので、小侍従にまた会うことがあれば、その時かならず女三の宮さまに届けてもらおうと思っていたのです。けれどそれきりで別れてしまったのを、私ごとではありますが、どこまでも心残りで悲しく思います」

中将はさりげなく受け取ったものを隠す。こうした老人は、問わず語りのようにして、珍しい不思議な話としてだれかに話したりしないだろうか、と不安に思う。返す返すも他言しないと弁の君が誓ったのだからそんなことはすまいが、とまたあれこれと思い悩む。

中将は粥や強飯などを食べる。昨日は休日だったが、今日は宮中の物忌みも明けただろうし、冷泉院の女一の宮が病気なのでお見舞いにぜひ行かねばならず、あれこれと忙しくなるので、ここしばらく京で過ごしてから、山の紅葉が散るより前にまたこちらに伺いたいと八の宮に伝える。

「こうしてしばしばお立ち寄りいただきますあなたの光で、この山陰も、少し明るくなる心地です」と八の宮はお礼を言う。

中将は京に帰り、真っ先にこの袋を見る。唐織(からおり)の、模様を浮き織りにした綾(あや)を縫い、女三の宮宛ゆえ、おもてに「上」という字が書いてある。組紐(くみひも)で袋の口を結ってあるところに、その人(柏木)の名の封がしてある。中将は開けるのがおそろしくなる。開けてみると、さまざまな色の紙で、ごくたまにやりとりしていた女三の宮からの返事が五、六通入っている。そのほかには、この方の筆跡で、「病は重く、命の限りとなってしまったようなので、ふたたび短いお手紙ですら差し上げるのは難しくなりましたが、お目に掛かりたい思いは募る一方です。あなたは尼姿にお変わりになったとのことだけれど、あれもこれも悲しい」というようなことを、陸奥国紙(みちのくにがみ)五、六枚にぽつりぽつりと、鳥の足跡のような妙な文字で書き、

目のまへにこの世をそむく君よりもよそにわかるる魂(たま)ぞ悲しき

(目の前でこの世を捨てて尼になられたあなたよりも、あなたと別れ、この世

を去っていく私のたましいのほうが悲しいのです）

また、端のほうに、

「おめでたくお生まれになったという幼子のことも、心配なことは何もありませんが、

命あらばそれとも見まし人知れず岩根（いはね）にとめし松の生ひ末（おひすゑ）

（生きていられればよそながら我が子として見ることもできるでしょうに。人知れず岩根に残した松の生い先を）」

途中で書きやめたように、筆跡もずいぶん乱れていて、「小侍従の君に」とおもてに書きつけてある。紙魚（しみ）という虫の住処になって、紙は古びてかび臭くなってしまっているけれど、筆跡は消えないばかりか、たった今書いたかと思えるほどの言葉の数々が、こまごまとはっきりしているのを見るにつけても、中将は、なるほどこれが人目にでも触れたりしたら、と落ち着かず、またいたわしくも思える。

このようなことがこの世にまたとあろうかと、中将は心ひとつにますますもの思いが増え、宮中へ参上しなければと思いながらも出かける気になれない。母宮の元に行くと、まるでなんの屈託もなさそうに若々しい姿でお経を読んでいたが、決まり悪そうにそれを隠す。秘密を知ってしまったとどうしてこの母宮に知らせることができようか、と、いっさいを心にしまいこみ、中将はあれこれと思いをめぐらせている。

椎本（しいがもと）

八の宮の死、薫中将の思い

八の宮は薫中将に、二人の娘の後見を強く頼んで、帰らぬ人となったとのこと。

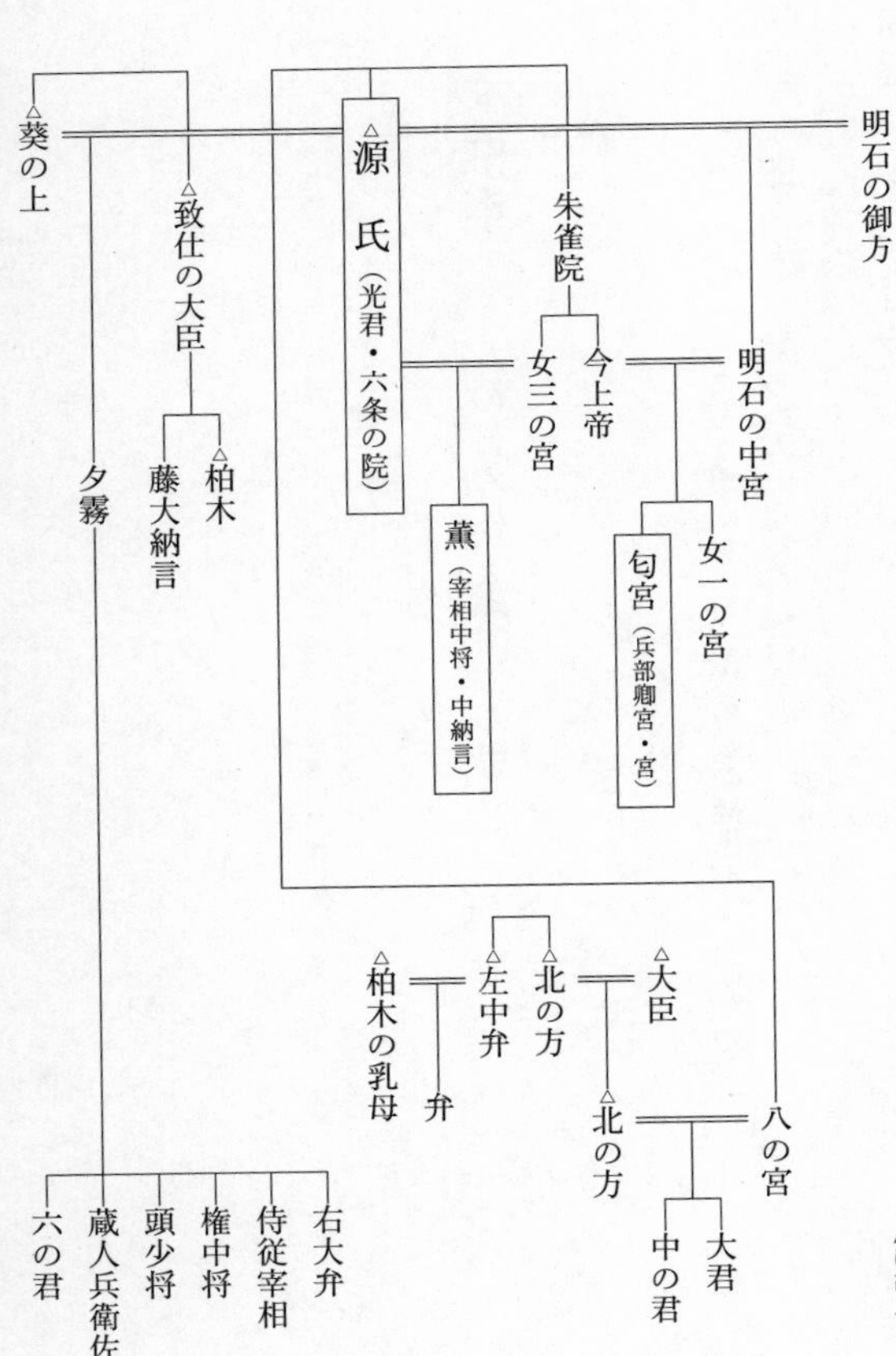
明石の御方
朱雀院
△源氏（光君・六条の院）
△致仕の大臣
△葵の上
明石の中宮
今上帝
女三の宮
△柏木
藤大納言
夕霧
女一の宮
匂宮（兵部卿宮・宮）
薫（宰相中将・中納言）
八の宮
△大臣
△北の方
△左中弁
△柏木の乳母
弁
△北の方
大君
中の君
右大弁
侍従宰相
権中将
頭少将
蔵人兵衛佐
六の君

＊登場人物系図
△は故人

二月の二十日頃、兵部卿宮（匂宮）は初瀬の長谷寺に参詣する。昔に立てた願のお礼参りのためである。じつはそんな参詣など思い立つこともなくずいぶんと年月もたっているのだが、その途中に宇治のあたりに立ち寄ってみたいと考えて、そのために出かける気になったのだろう。「恨めし」と言う人もあったこの「宇治（憂し）」の里が、なんとなく親しみやすく感じられる理由も、八の宮の姫君たちへのちょっとした興味からというわけで……。

上達部が多くお供する。殿上人などは今さら言うまでもなく、あとに残る人はほとんどいないくらい大勢がお供している。

六条の院（光君）から受け継いで右大臣（夕霧）が所有している別荘が川向こうにあり、広々として趣向をこらした造りである。そこに宿泊の用意をさせる。右大臣も、宮の出迎えにやってくるつもりだったが、急な物忌みで、厳重に慎むようにと陰陽師からの進言があったので、出迎えに行くことがかなわなくなったとのお詫びを伝える。宮はなんとなくおもしろくない気持ちになっていたが、宰相中将（薫）がちょうど出迎えにきたので、かえって気兼ねなく姫君たちの様子も教えてもらい、近づけるのではないかと満足する。宮には、右大臣の子息たちである、右大弁、侍従宰相、権中将、頭少将、蔵人兵衛佐など、みながお供している。父帝も中宮（明石の中宮）も格別に思っている宮なので、世間の声望もじつに深いこと限りなく、まして六条の院一族の人々は、右大臣をはじめ、その子孫たちもみな、内々での主君として、親身に仕えている。

一行は、こうした山里にふさわしく、部屋のしつらえなど風情あるようにし、碁や双六、弾棊（石を弾いて競う遊び）の盤などを取り出して、それぞれ好きなように遊んで一日を過ごす。宮は、ふだんあまりしたことのない旅に疲れて、前々から宇治でゆっくりしたいと望んでいたこともあり、少しばかり休み、夕方になってから琴などを取り寄せて演奏する。

このように閑静なところでは、水の音に引き立てられて、楽の音色も冴え渡ったように聞こえるものである。あの聖然とした八の宮の邸は、棹をほんのひとさしして渡れるほど近い向こう岸なので、風に乗って聞こえてくる楽の音をこの八の宮も耳にして、宮中に出入りしていた昔のことを思い出す。

「笛をずいぶんみごとに吹いているようだね。どなただろう。昔、六条の院の笛の音を聴いたけれど、本当にしみじみと聴き入ってしまうような魅力ある音でお吹きになっていらした。今聞こえるのは冴えきった音色で、仰々しい感じがするのは、致仕の大臣（柏木の父・元の頭中将）のご一族の笛の音に似ているようだ」などと、八の宮はひとりごとをつぶやいている。「ああ、ずいぶん遠い昔のことになってしまった。こうした管絃の遊びなどもせずに、生きているともいえない有様で過ごしてきた年月が、こんなにも長くなるとは、ふがいないことだ」などとつぶやく。姫君たちのうつくしさがあまりにももったいなく思えて、こうした山里に引きこもらせて一生を終わらせたくはない、と八の宮は思い続けている。「宰相中将（薫）は、どうせなら姫君たちの婿にしたいようなお人柄だが、ご本人はそんなことは考えていらっしゃらないようだ。まして最近の軽薄な男たちとの結婚など話にもならないし……」などと思い悩み、気の紛らわしようもなくもの思いに沈みがちな邸では、春の短い夜も夜明けが待ち遠しいほどである。一方、たのしく過ごした旅寝の宿では、酒の酔いも手伝って、夜明けもずいぶん早い気がして、このまま帰ってしまうなどもの足りない、と宮は残念に思う。

はるか彼方まで霞がかった空に、散る桜もあれば、今開こうとしているものもあり、色とりどりに見渡される。川沿いの柳が起きたり臥したりするように風になびき、川に映るその影などは、言いあらわせないほど風情がある。こうした景色を見馴れていない宮には、珍しく見え、立ち去りがたい思いである。宰相中将はこうした時を逃さずに八の宮邸に行きたいと思うけれども、多くの人の目を避けて、ひとりで舟を漕ぎ出していくのも軽々しい振る舞いだろうか、とためらっていると、あちらから手紙がある。

　山風に霞吹きとく声はあれどへだてて見ゆるをちの白波

（山風に乗って、霞を吹き分ける笛の音は聞こえてきますが、彼方の白波が私たちのあいだを隔てているように見えます）

草仮名でとてもみごとに書いてある。宮は、お目あてのところからのお便りだ、と思い、なんだかおもしろくなって「この返事は私がしよう」と、

　をちこちの汀に波はへだつともなほ吹きかよへ宇治の川風

（そちらとこちらの岸を波は隔てているでしょうけれど、それでも宇治の川風は川を吹き渡ってほしい）

宰相中将は八の宮邸に向かう。音楽に熱心な君達を誘い、舟で渡るあいだ、酣酔楽

（雅楽のひとつ）を演奏する。八の宮邸の、川に臨んだ廊(ろう)から下りられるように作られた階段など、山里なりにいかにも風情があり、奥ゆかしいたたずまいに、人々はみな心して舟を下りる。ここの八の宮邸は、右大臣の別荘とは異なった趣があり、山里らしい網代屏風(あじろびょうぶ)（網代をおもてに貼った屏風）などの、ことさら簡素な、見どころのあるしつらえを、客人のためにきれいに掃除し、きちんと整えてある。昔から伝わった、比類ないほどすばらしい音の琴の数々を、わざわざ用意したのではないように置いてある。みなそれを次々と弾き出して、壱越調(いちこつちょう)の調子になおし、催馬楽(さいばら)の「桜人(さくらびと)」を演奏する。八の宮の琴(きん)（七絃(しちげん)の琴）を、こうした機会にぜひ、と人々は思うけれど、八の宮は箏(そう)の琴(こと)を、さりげなく、ときどき合わせて弾いている。聴き馴れていないせいか、非常に深みがあってすばらしいと若い人々は感じ入っている。場所柄にふさわしいもてなしの席がたいそう風流に用意してある。想像していたのとは違って、多少とも皇族の血筋であるいやしからぬ人々が大勢、王四位(おおきみしい)の年老いた人なども、こうして大勢来客のある日だからと、以前からこの八の宮に同情していたのか、みな集まっている。お酌をする人もこざっぱりとしていて、いかにも古風に、上品なもてなしをする。客人たちは姫君たちの住んでいるあたりを思いやりつつ、心惹(こころひ)かれる人もいるに違いない。

川のこちら側に残された宮（匂宮）は、まして気軽に旅もできない我が身が窮屈に思えて、せめてこうした折にでも、と気持ちを抑えかねて、みごとに咲いた花の枝を折らせ、お供をしている殿上童（てんじょうわらわ）のうつくしい者を使者にして、送る。

「山桜にほふあたりに尋（たづ）ね来て同じかざしを折（を）りてけるかな

（山桜の咲き匂うこの宇治にやってきて、あなたがたと同じ血筋の私は、同じ挿頭（かざし）を手折（たお）りました）

この野が恋しくて、一夜を明かしました」などと、あったでしょうか……。

返事などなぜできるだろうかと、姫君たちはどうしていいかわからずに困っている。

「こうした折のお返事は変にこったり、返事をお待たせしたりするのも、かえって感じが悪いものですよ」などと年老いた女房たちが言うので、八の宮が中（なか）の君（きみ）に書かせる。

「かざし折（を）る花のたよりに山がつの垣根を過ぎぬ春の旅人

（挿頭の花を手折るついでに、山賤（やまがつ）の垣根をただ通り過ぎただけでしょう、春の旅人であるあなたは）

『この野が恋しくて』と言っても、わざわざ私たちを尋ねてくださったのではないでしょう」

と、とてもうつくしく上手に書いてある。

なるほど、宇治の川風もあちら側とこちら側を分け隔てすることなく吹き渡り、楽の音もその風に乗って、おもしろく合奏する。帝の仰せにより、藤大納言（柏木の弟）がやってくる。人々も大勢集まり、たいへんな賑わいで先を競うように帰っていく。若い人々は、心残りでついつい後ろをふり返ってばかりいる。宮は、またしかるべき折を見つけて……、と思う。ちょうど花の盛りで、霞の立ちこめる四方の眺めもすばらしいので、漢詩も和歌もずいぶん多く詠まれたのだけれど、面倒なのできちんと聞いておくこともしなかったのですが……。

何かと落ち着かず、思うように意中を伝えられずじまいだったのを、兵部卿宮（匂宮）は残念に思い、宰相中将（薫）の手引きがなくてもつねに姫君たちに手紙を送っている。八の宮も、

「やはりお返事しなさい。とくに恋文めいたお扱いはしないように。かえって気を揉ませてしまうだろうから。恋多き親王だから、こういう人がいる、とお聞きになると放っておけない、その程度のお遊びだろう」と、返事を勧め、ときどきは中の君が返事を書く。大君は、こうしたやりとりには冗談でもかかわろうとしない慎重な人であ

る。

八の宮は、いつということなく心細い様子だが、日の長い春の所在なさは気の紛わしようもなく、もの思いに沈んでいる。姫君たちが成長し、その姿も顔立ちもますます申し分なくうつくしいのが、かえって八の宮は心苦しく、「不細工であれば、こうして山里に埋もれさせておくのがもったいなくて残念だという思いも薄いだろうに……」などと明けても暮れても思い悩んでいる。大君は二十五歳、中の君は二十三歳になった。

八の宮は今年、重い厄年なのである。なんとなく心細く、いつにもまして怠らず勤行に励んでいる。この世になんの執着も持っておらず、あの世へ旅立つ支度のことばかり考えているので、極楽浄土に行けるのは間違いない。けれども姫君たちのこととなると、本当にいたわしいことではあるが、どこまでも強固な道心があったとしても、姫君たちをあとに残して息を引き取る時にはきっとその心も乱れるだろう、と仕えている人々も想像している。八の宮は、「理想通りではなくても、人並みで、婿としてそれほど外聞も悪くない程度で、世間の人も認めてくれるような身分で、誠実に姫君の世話をしよう、という気持ちになってくれる人がいたら、見て見ぬふりをして許すことにしよう。姫君たちのどちらかひとりにでも頼りになる夫があれば、もうひとりのほうの面倒もみてもらえるだろうと、少しは安心できるのだが」と思っているが、そこまで深い気持ちで姫君たちに近づく者はいないのである。ごくまれに、ちょっとしたつてを通じて色めいたことを言ってくる者もいる。けれどもまだ若い男が気まぐれに、寺や神社へのお詣(まい)りや旅の往来の途中に、いい加減な気持ちで気を引くそぶりを見せているだけで、さすがにこれほど落ちぶれたわびしい暮らしぶりを想像し、見下げるような態度をとったりする者もいて、それは失礼千万だと、そういった輩(やから)には、八の宮は一言の返事さえもさせずにいる。しかし宮(匂宮)は、ぜひにも姫君を自分のものにしたいという思いが深いのだった。……前世からの宿縁なのかもしれません。

宰相中将(薫)はその秋に中納言になり、ますます威勢も盛んになる。公の仕事が忙しくなるにつれ、悩むことも多くなる。いったいどういうことなのだろうとずっと気に掛かっていた出生のことよりも、今は、胸が詰まるような有様で亡くなったという、実の父君のことを思わずにいられないので、その父君の罪障が軽くなるようにと、仏前の勤行をしたいと思っている。あの弁(べん)の君(きみ)という老女房を、不憫(ふびん)な者だと思い、目立たないように、何かと取り繕っては心に留めて面倒をみている。

宇治をずいぶん久しく訪ねていないことを思い出して、中納言(薫)は行くことにする。七月頃になっている。都ではまだそんなに深まっていない秋の気配も、音羽山(おとわやま)

の近くでは、風の音もたいそう冷ややかで、槇の尾山のあたりもわずかに紅葉している。やはりこうして宇治を訪ねてみると、風情もあり、もの珍しくも思えるのだった。八の宮はなおのこと、中納言の来訪をよろこんで待っていて、今回は、なんとも心細い話をたくさんするのだった。

「私が亡きあとは、何かのついでにこの姫君たちをお訪ねくださって、どうか見捨てられない者とお考えください」などと胸の内を話す。

「以前にも一言ながら、ご意向を承っておりますから、けっしておろそかにはいたしません。この世に執着を残すまいと、あれこれ切り捨てている身なので、何かにつけて頼りない、前途の望みも少ない私ではありますが、それなりに、この世に生きています限りは、変わることのない私の志を見ていただけると思っています」と中納言が答えるので、八の宮はうれしく思う。

深夜の月が雲間から明るくさし出でて、山の端が間近に迫ったように見える。八の宮はしみじみと念誦をし、それから昔話をはじめる。

「この頃の世の中はどうなっておりますか。宮中などではこうした秋の月夜に、帝の御前で管絃の遊びをする際、仕えている人々の中でも上手と思われる人が思い思いの拍子を打ち合わせた合奏をしましたが、そうした仰々しい演奏よりも、たしなみ深いと評判の女御や更衣たちといった、めいめい張り合いながらも、表面上は親しくしている人々が、夜更けて人が寝静まった頃、悩ましげに掻き鳴らすのがかすかに聞こえてくる、その音色がなんとも聴きごたえがありました。何ごとにおいても女というものは遊び相手とするにはよいというばかりの、たわいのないものですが、人の心を動かす種になり得ますね。だから女は罪障が深いのでしょうか、子を思うゆえ闇に迷う親心を考えてみても、男の子ならそれほど親の心を悩ませることはないのでしょう。女の子は運にもさだめがあって、どうにも仕方がないとあきらめねばならないとしても、やはり心配せずにはいられないもののようです」などと、世間一般の話のように言う。実際そう思うのも仕方のないことだ、といたわしく思いやらずにはいられない八の宮の心中である。中納言は、

「すべて心から、先ほど申しましたように執着を捨ててしまったせいでしょうか、私自身のことでは、何ひとつとして深く心得たものはありませんけれど、確かにたわいないものですが、音楽を愛する心だけは捨てられずにいるのです。あの賢くて聖然とした迦葉（釈迦弟子のひとり）も、ですから音楽にはじっとしていられずに立ち上がって舞いはじめたのでしょう」などと言い、ひとくさり聴いてずっと心残りである姫君たちの琴の音を、ぜひにと頼みこむ。八の宮は、これから親しくつきあうきっかけ

となれば、と考えたのか、みずから姫君たちの部屋に入っていき、しきりに勧める。姫君たちは箏の琴をほんのわずか掻き鳴らしてやめてしまう。いつにもまして人の気配もなく、しみじみとした空の景色や場所柄から、中納言にはさりげない琴の音が心に染みておもしろく感じられるのだが、姫君たちがどうして心を開いて合奏したりするはずがあろう。

「ともかくこうしてお近づきにしてさしあげたのだから、この後は若い方々同士におまかせするとしましょう」と言って、八の宮は仏間に入ってしまう。

「われなくて草の庵（いほり）は荒れぬともこのひとことはかれじとぞ思ふ

（私がいなくなってこの邸が荒れ果てようとも、あなたがお約束くださった一言は枯れるはずがないと信じています）

このようにお目に掛かるのもこれで最後ではないかと、なんとはなしに心細いのにたえかねて、お聞き苦しい愚痴をずいぶん申し上げてしまいました」と言って涙を落とす。

中納言も、

「いかならむ世にかかれせむ長き世の契りむすべる草の庵（いほり）は

（いつの世になろうとこのお邸をお見捨てすることなどありましょうか、末長くとお約束したのですから）相撲（すまい）の節会（せちえ）（七月に行われる宮中行事）など、公務が忙しい時期が過ぎましたら、またお伺いいたします」と言う。

中納言はあの弁の君を呼び、まだ聞き残したことの多い話の続きなどをさせる。入り方の月は明るく射し込み、御簾（みす）の隙間から透けて見える中納言の姿も優美な感じである。姫君たちは奥のほうにいる。中納言は、世間によくあるような色めいた態度ではなく、思慮深い話を静かにしているので、姫君たちもしかるべき返事をしている。宮（匂宮）がこの姫君たちにたいそう会いたがっているのを内心で思い出し、「我ながら、やはりほかの人とは違うのだ、八の宮が進んで姫君たちのことを許してくださっているのに、私には別段急ぐ気持ちもない。かといって、姫君たちがまったく関係ない人たちだとはさすがに思えないし、こうして言葉を交わしもしている。季節季節の花や紅葉（もみじ）につけて思いを伝え合い、風雅な心を交わし合う相手として、好ましい方々なのだから、もし縁がなくてほかの男と結婚するようなことがあれば、やはり残念に思うに違いない」と、今ではもう自分のものであるかのような気がするのだった。

夜明けにはまだ早いうちに中納言は帰ることにする。八の宮の、先も長くないように思っていた心細い様子を思い出しては、何かと忙しい時期を過ぎてからまた来よう、と思う。

宮も、この秋の頃には紅葉を見物に宇治を訪ねようと、しかるべき機会を思案している。手紙はたえず送っている。相手の中の君は、宮が本気だとは思いもしないので、煩わしく思うこともなく、軽い気持ちであしらうようにときどき返事を送っている。

秋が深くなるにつれ、八の宮はひどく心細く思うようになり、いつものように静かな山寺で余念なく念仏を勧めようと思い、姫君たちにも心得るべきことを話す。

「世の中の常として終の別れは逃れられないものだが、心のなぐさめられるようなことがあってこそ、悲しみも薄らぐというもの。あとのことをおまかせできる人もなく、頼りない有様のあなたがたを残していくことは何よりもつらい。けれども、それくらいのことが絆となって、永劫の闇にさまよって成仏できないのではさすがにふがいないことだ。また、あなたがたといっしょにいる今ですら執着を捨てるようにしているのだから、この世を去った後のことまで思い煩うべきではないが、私ひとりのためだけでなく、お亡くなりになった母君の顔にも泥を塗るような、軽々しい考えは起こさぬように。よくよく頼りになる人があらわれない限り、うまい言葉に誘われてこの山里を離れてはいけませんよ。ただ、人とは違う宿世に生まれついた身なのだと考えて、ここで生涯を終える決意をなさい。真実その気になれば、なんでもなく過ぎてしまう年月なのだ。まして女は女らしくじっと引きこもって、へんに目立ってみっともないは、世間の非難を受けないようにするのが賢い生き方だ」などと八の宮は言う。姫君たちは、どうなるにせよ、自分たちの先のことなど考えることもできず、父宮に先立たれてはかたときでもいったいどのようにして生きていけばいいのかと思っているのに、父宮にこんなにも心細いことを言われ、言葉もないほど途方にくれている。……八の宮は心の内ではこの世の執着を捨てたのだろうけれど、こうして明け暮れ姫君たちをそばに置いて暮らしてきて、急に別れるというのでは、無慈悲な心から言っているのではないにしても、姫君たちがいかにも恨めしく思わずにはいられないのも、仕方のないこと……。

明日には山寺にこもろうという日、いつになく八の宮はあちこち歩きまわっては立ち止まって眺めている。山荘はいかにも質素で、かりそめの宿として過ごしてきた住まいである。自分が亡くなった後は、どのようにしてまだ若い姫君たちが閉じこもって過ごすのだろうと、涙ぐみながら念誦する姿は、じつに清らかに見える。年輩の女房たちを呼び、

「心配のないようにお仕えしてほしい。もともと何ごとにおいても、気軽で、世間の噂(うわさ)にものぼらないような身分の者ならば、子孫がだんだん衰えていくのもふつうのこ

とで、目立つこともなかろう。けれども私たちのような宮家となると、人はなんとも思わないだろうが、情けなくも落ちぶれるようなことになれば、せっかくこうして生まれついた宿縁にも申し訳ないし、見るにたえないことも多いだろう。貧しく心細い人生を送るのはよくあることだ。生まれた家の身分や格式に従った人生を送るのが、人聞きもいいだろうし、自身の気持ちとしても、間違いがないだろうと思う。人並みに裕福な暮らしをしようと願っても、そうできない場合は、ゆめゆめ軽々しく、よからぬ縁談を取り持ったりしないでほしい」などと話す。

まだ暁の時分に出かける時にも、姫君たちの部屋に行き、

「私が留守のあいだ、心細く思ってくよくよなさいますな。気持ちだけは明るくして、音楽などの遊びをなさい。何ごとも思い通りにならない世の中を、気にしていてはいけません」と言い、後ろ髪引かれる思いで出立する。あとに残された二人の姫君は、ますます心細く、もの思いに沈みがちになり、寝ても覚めても語り合い、

「私たちのどちらかひとりがいなかったら、どうして明け暮れを過ごせるでしょう。今のことも先のこともわからない世の中なのに、もし離ればなれになることがあったら……」などと、泣いたり笑ったりして、遊ぶ時も手仕事をしながらも、同じ気持ちでなぐさめあって過ごしている。

父宮が行っている念仏三昧は今日終わるはずだからと、姫君たちが帰りを待ちわびている夕暮れに、使者がやってきて、

「今朝から具合が悪く、帰ることができません。風邪かと思い、あれこれと手当てをしているところです。それにしても、いつにもましてあなたがたのお顔が見たくてたまりません」と八の宮からの言葉を伝える。姫君たちは胸がつぶれる思いで、どんな容体なのかと気が気ではなく、綿を厚く入れて急いで着物を仕立てさせて届ける。が、二、三日しても八の宮は山を下りてこない。いったいどんな容体なのかと使者を送るが、

「そうひどいというわけではありませんが、ただなんとなく苦しいのです。少しでもよくなりましたら、なんとかして帰りましょう」などと、使者は口上で伝える。阿闍梨がずっとそばを離れず看病している。

「なんでもないご病気のように見えますが、もしかしたらこれが最期でいらっしゃるかもしれません。姫君たちの御身の上については、何も思い悩むことはございません。人はみな、宿世というものがそれぞれ決まっているのですから、案じても仕方がありません」と、いよいよこの世への執着を捨てねばならぬことを諭しながら、「この期に及んで山をお下りになりませぬよう」と、阿闍梨は八の宮に意見するのだった。

八月二十日の頃である。ただでさえ空の景色ももの悲しい季節、姫君たちは朝も夕も心が晴れる暇もなく、心を痛めてぼんやりしている。有明けの月がじつにはなやかにさし出でて、川の水面が清らかに澄んでいるので、山寺のあるほうの蔀戸を開けさせて外を眺めていると、鐘の音がかすかに響き、じき夜明けだと人々が話している時分、使いの人々がやってきて、「この夜中頃に宮はお亡くなりになりました」と泣く泣く伝える。ずっと心から離れず、どんなご容体かとたえず案じていたものの、いざその知らせを耳にすると、姫君たちはあまりのことに何もかもわからなくなって、いよいよこれほどの悲しみに涙もどこに行ったものやら、ただうつ臥してしまった。悲しい死別とはいえ、目の前で最期を看取ることがふつうだろうに、見届けられなかったという心残りもあって、こう嘆くのも無理からぬこと。父宮に先立たれては、ほんのしばらくのあいだもこの世に生きていようとは思わなかった二人のこと、どうにかしてあとを追いたいと泣き沈んでいるけれど、死出の旅路はさだめられたもの、どうすることもできない。

阿闍梨は、長年八の宮が約束していた通りに、葬儀のことやその後の法要もみな取り仕切る。

「亡骸になってしまわれたのならそのお姿、お顔を、どうかもう一度見たい」と姫君

たちは思い、そのように口にするが、

「今さらなぜそのようなことができましょう。日頃からもうお目に掛かるべきではないとお戒めしていたのですから、お亡くなりになった今はまして、お互いにご執心なさるべきではないというお心を持ってください」とだけ、阿闍梨は言う。山寺にいる時の父宮の様子を聞くにつけても、姫君たちは、阿闍梨の悟りきった仏道一筋の心を、憎らしく、ひどいと思うのだった。八の宮の出家したいという気持ちは以前からずっと深かったけれど、このようにあとをまかせられる人のいない姫君たちを見捨てることができず、自分が生きているあいだは明け暮れともにいてお世話することを、なんとも心細い日々のなぐさめとして、出家にも踏み切れずに過ごしていたのだが、さだめられた死出の旅路にあっては、先立つ八の宮の気持ちも、残されて恋い慕う姫君たちの気持ちも、いかんともしがたいのであった。

中納言（薫）は八の宮が亡くなったことを聞いてひどく気落ちし、また残念に思い、もう一度ゆっくりと話したかったことがまだたくさんあった気がして、八の宮のことばかりでなくおよそこの世の無常を感じずにはいられず、泣きに泣いた。「このようにお目に掛かれるのもこれで最後ではないかと……」などと八の宮は言っていたけれど、八の宮という人は常日頃から、朝が夕になるそのあいだすらどうなるかわからない命のはかなさを、人一倍強く感じていた人なので、いつもの言葉と聞き馴れていて、まさか昨日今日どうにかなってしまうなどとは思わなかった。しかしそれが返す返すも残念で、悲しくて仕方がない。阿闍梨の元にも、姫君たちへも、お悔やみをていねいに伝える。このようなお見舞いなど、中納言のほかにわざわざ伝えに訪れる人もいないような境遇なので、悲しみにくれて何も考えられないような姫君たちも、今までの中納言の親切の、胸に染み入るようなありがたさがあらためてよくわかる。中納言は、世間のふつうの親子の死別でも、その時には、だれでもこれ以上ないほど悲しみ嘆くだろうけれど、姫君たちはもともとなぐさめるすべもない身の上なのだから、どんな気持ちでいるのだろうと考えては、後のちの法事など、しなければならないあれこれの見当をつけて、阿闍梨のところへもお布施を届ける。山荘のほうにも、年老いた女房たちに贈るという体裁にして、誦経のお布施のための品々についても気を配っている。

いつまでも明けない夜をさまようような心地のままに、いつしか九月になっていた。野山の景色も、前にもまして袖を濡らす涙のように時雨がちで、ともすれば、先を争って落ちる木の葉の音も、川の響きも、滝のように落ちる涙も、すべて同じに思えるほど姫君たちは悲しみに打ちひしがれている。こんな様子では、いくらさだめのある寿命といってもどれほど保っていられるか、と姫君たちのそばに仕える女房たちは心細く、一生懸命になぐさめながらも、自分たちもまた途方にくれている。邸にも念仏の僧が控えている。八の宮の生前の部屋で、持仏を形見とし、ときどき邸に出入りして仕えていた人々で、忌にこもっている者はみな、悲しげに勤行をして日を過ごしている。

兵部卿宮（匂宮）からもたびたびの弔問がある。しかしそうした際の返事など、姫君たちはするような気持ちにはなれずにいる。なんの返事もないので、中納言にはこれほどつれなくはないらしいのに、やはりこの自分のことなど心にも留めていないのだろうと、宮は恨めしく思う。紅葉の盛りに、人々に詩文などを作らせようと出かけるつもりでいたが、八の宮のことがあって、宇治あたりの物見遊山は不都合な折だからと、残念ながら思いとどまった。

八の宮の忌も明けた。何ごとにも限度があるのだから、姫君たちの涙の乾く時もあろうかと思い、宮（匂宮）はじつに長々と書き綴る。時雨がちの夕方、

「牡鹿鳴く秋の山里いかならむ小萩が露のかかる夕暮

（妻を恋しがって牡鹿が鳴く秋の山里では、どのようにお過ごしですか。小萩

の露で袖が濡れるような、涙がちのこの夕暮れには）
この今の空の風情をおわかりにならぬふりをするのは、あまりにもひどいお仕打ちというものでしょう。枯れゆく野辺も、とりわけしみじみと眺めずにはいられない時節ではありませんか」

などとある。

「本当に、あまりにも風情のわからないような失礼が重なってしまったから、やはりお返事をなさい」と大君はいつものように中の君に勧め、返事を書かせる。今日までこうして生き長らえて、硯なんかをそばに引き寄せて手を触れることもあろうなどとは思ってもみなかった。よくぞ情けなくもこうして日を過ごしてしまったものだ、と中の君は思い、また涙で目が曇り、何も見えないような気持ちになって、硯を押しやり、

「やはり私には書けそうもない。ようやくこうして起きていられるようになったけれど、なるほど悲しみにも限りがあるものなのかと思うと、そんな自分が疎ましくて情けない」といじらしくも泣き沈んでいるその姿はなんとも痛々しい。

夕暮れ時に京を発ってきた宮の使者は、宵を少し過ぎる頃にこの邸に着いたのである。

「どうしてこれから京に帰れるでしょう。今宵はここにお泊まりください」と大君は女房に言わせるけれど、

「すぐに折り返し帰ります」と使者が急いでいるので、気の毒に思い、自分ひとりだけ冷静で落ち着いているということもないのだけれど、中の君の様子を見るに見かねて、

　涙のみ霧りふたがれる山里は籬に鹿ぞ諸声に鳴く

（霧が立ちふさがって涙にくれてばかりいるこの山里では、垣根のそばで鹿が私たちといっしょに声を揃えて泣いています）

鈍色の紙に、しかも夜暗い中で、墨の濃淡もはっきりとわからないので、気を遣うこともなく筆にまかせて書き、それを押し包んで渡す。

木幡の山のあたりを通るのも、雨降りの中ではたいそうおそろしそうだけれど、そんなことをこわがりもしない者を選んだのか、使者は、見るからに気味の悪い笹の生い茂った道も、馬を休ませることもせず急がせて、あっという間に京に戻った。宮の元にずぶ濡れで戻った使者に、褒美が贈られる。

宮は、今まで見てきたのとは異なる筆跡の、前より少し大人びてたしなみ深い書きぶりを、どちらが姉か妹かと、下にも置かずじっと見つめてなかなか寝もうとしない

ので、

「使者の帰りを待つと起きていらっしゃったり、ずっとお返事を見ていらっしゃったりするのは、いったいどのくらいのご執心なんでしょうね」と、そばに仕える女房たちはひそひそ噂をして、憎らしく思っている。眠たいせいでしょうね。

まだ霧深い明け方に、宮は急いで起きて宇治への返事を送る。

「朝霧に友まどはせる鹿の音をおほかたにやはあはれとも聞く

（朝霧に連れを見失って鳴く鹿の声を、ただそうしたものとして悲しく聞いていられようか――父宮に先立たれたお嘆きを、通りいっぺんのこととしてではなく、わかっているつもりです）

諸声――私もそれに劣らずごいっしょに泣いております」とあるが、大君は、「あまりものわかりよく振る舞ったりしては面倒なことになる。父宮おひとりのご庇護に守られていたからこそ何ごとも安心して過ごしてきたけれど、心ならずもこうして生き長らえて、思いも寄らない間違いが少しでもあればと、それぱかり心配なさっていた亡き父宮の御霊にまで瑕をつけてしまうことになるのでは」と、すべてに対して気後れし、またおそろしく感じ、返事をすることはない。この宮のことを世間並みの軽薄な人だと思っているのではない。何気なく走り書きした筆の運びや言葉も、風情ゆたかに優美であり、大君はさほどたくさんの手紙を見てきたわけではないけれど、これこそすばらしい手紙というのだろうと思っている。けれどもそんなふうに奥ゆかしく気品に満ちた方に返事をするのも不釣り合いな自分たち二人の身の上なのだから、いっそもう、こういう山里の者として過ごしていこう、と思っているのである。

中納言への返事だけは、そちらからも真面目な態度で手紙を送ってくるので、こちらからも、そうそっけないふうではなく、やりとりをしている。忌が過ぎてから中納言はみずから宇治までやってくる。寝殿の東の廂の間の、一段低くなったところに喪服姿の姫君たちはいるのだが、中納言はその近くに立ち寄って弁の君を呼ぶ。悲しみにくれているところへ、まばゆいばかりにうつくしい中納言が、あたり一面に香りを漂わせて入ってきたものだから、姫君たちは決まり悪くて、返答すらもできそうにない。

「こんなふうによそよそしくなさらずに、亡き父宮のご意向に従って親しくしてくだされば、私もお話しさせていただく甲斐があるというものです。色めかしくもったいぶった振る舞いなどしたこともないので、人伝にお話しするのでは言葉もうまく出てきません」と中納言。

「思いがけなく今日まで生き長らえているようではありますが、さめることのない夢の中でさまよっているような有様です。心ならず空の光を見るのもいけないことに思え、端近に寄ることもできないのです」と大君が言う。

「そんな、あまりといえばあまりなご遠慮深さです。月日の光とおっしゃいますが、ご自分から進んで晴れ晴れと眺めるのでしたら、咎めもあるかもしれません。けれどもそのようなことでは、私もどうしようもなく気持ちが晴れません。それに、悲しいお気持ちをほんの少しでも伺って、おなぐさめしたく思います」

そう中納言が言うので、「いかにも類もないほどお悲しみになっているお気持ちを、なぐさめようとしてくださるとはなんと親切なこと」と、女房たちは姫君たちに教えるように言う。

大君の気持ちとしても、そうはいってもようやく心も落ち着いてきて、何ごとにも分別が戻ってくると、父宮との約束があるとしても、これほど都から遠い野辺を分け入って訪ねてくれる中納言の好意もよく理解できるのだろう、少し端近ににじり寄る。中納言は、姫君たちの深い悲しみ、また、八の宮との約束についてなど、じつに親しくやさしく話す。嫌悪するような荒っぽいところなどない人なので、大君は気味悪く思ったり不安に感じたりすることはないのだが、そう親しくもない人にこうして声を聞かせ、なんとなくこの人を頼りにしてきたところもあるわけで、そんな今までのことをふり返ると、さすがに恥ずかしく気も引けるものの、それでもわずかに一言ぐらいは返事をする。その様子が、確かに何かにつけて悲しみに放心しているようなので、やはり気の毒なことだと中納言は思う。黒い几帳（きちょう）から透けて見える様子がいかにも痛々しいので、なおのこと、どのように暮らしているのだろうかと、かつて姿を垣間見た夜明け前の、ほの暗かった時のことなどを思い出す。

　色かはる浅茅（あさぢ）を見ても墨染（すみぞめ）にやつるる袖を思ひこそやれ

（秋も深くなり、枯れて色の変わる浅茅（あさじ）を見ても、墨染の喪服のお袖がさぞかし涙に濡れて、色濃くなっていらっしゃるのだろうと思いやられます）

とひとりごとのようにつぶやくと、

「色かはる袖をば露の宿（やど）りにてわが身ぞさらに置き所なき

（この墨染の喪服の袖は涙の露の宿るところですが、この私はこの世に身の置きどころもありません）

はつるる糸は……」と最後は言葉にならず、もうこらえきれない様子で奥に入ってしまったようである。

大君が引いた「藤衣（ふぢごろも）はつるる糸はわび人の涙の玉の緒（を）とぞなりける（古今集／喪服からほつれる糸は、悲しみに沈む私の涙をつなぐ玉の緒となっています）」という、やはり父を喪(うしな)った人が詠んだ古歌を思い、奥に入った大君を引き留められるような場合でもないので、中納言はたまらなくいたわしく思う。弁の君がよりによって代わりに出てきて、昔のことや今のこと、悲しい話ばかりを集めたかのように話す。世にも珍しい、驚くようなことどもを見てきた人なので、こうもみすぼらしく落ちぶれた人だと見限ることもできず、中納言はたいそうやさしく話し相手をする。

「まだ私が幼かった時に、故院(光君(ひかるきみ))に先立たれて、この世はたいそう悲しいものだと思い知ったものですから、だんだん大人になっていくにつれて、官位だとかこの世の栄華だとか、なんとも思わなくなりました。ただ、八の宮がこうして静かな暮らしぶりで、それにご満足でいらしたのに、こうもあっけなくお亡くなりになってしまったのを拝見すると、ますます強くこの世の無常が思い知らされまして……。しかしおいたわしくもあとに残された姫君たちのことが、出家の絆(ほだし)となるなどと言えば、色恋めいてくるように聞こえるかもしれませんが、とにかくこの世に生き長らえて、亡き八の宮のご遺言に背かぬように、相談相手になりたいのです。とは言いましても、私の実の父について、思いがけない昔の話を聞きましてからは、いよいよこの世にとどまっていようとは思えなくなりました」と中納言が泣きながら話すと、この弁の君はなおいっそう泣いてしまい、返事をすることもできない。中納言の様子がただもう亡きあの方かと思えるほどに似ているので、長年すっかり忘れていた昔のことまでが重ねて思い出されて、もはや言葉もなく涙にくれている。

この弁の君という人は、あの大納言（柏木（かしわぎ））の乳母子（めのとご）で、父親は、この姫君たちの母の、母方の叔父（おじ）にあたり、左中弁（さちゅうべん）という官職で亡くなった人である。長年遠い遠い国をさすらい、母君も亡くなってからは、故大納言家とは疎遠となり、この八の宮の邸で引き取ってここに住まわせていたのである。人柄もさして上品というわけでもなく、宮仕えずれしているが、ものごとのわきまえのない者ではないと八の宮は思い、姫君たちのお世話役のようにしていたのだった。亡き大納言の秘めごとは、長年のあいだ朝に夕に近く仕えてきて、何もかも隠し立てすることなく親しんでいる姫君たちにも、一言たりとも漏らすことなく胸の内にしまいこんでいた。けれども中納言は、年寄りのこうした問わず語りはよくあることだから、だれ彼となく軽はずみに言いふらしたりはしないだろうけれど、あの、いかにもこちらが気後れするような姫君たちはとうに聞いているのではないか、と推測している。それが中納言には忌まわしくもあり困ったこととも思え、だからこそ姫君たちを他人のままにしてはおけない、と思うきっかけにもなっていくはず……。

八の宮のいない邸に泊まるのもよくないように思えて、中納言は帰ろうとし、ついいろいろな思いがあふれる。あの時八の宮が「これが最後ではないかと……」などと言っていたのに、どうして、そんなことがあろうかと本気にせずにもう二度と会えずじまいになってしまったのだろう。最後に八の宮に会ったのも、八の宮が亡くなったのも、同じ今年の秋のことだ。どれほどの日数もたっていないのに、八の宮がいったいどこに行ってしまったのかもわからない。なんとはかないことだろう。とくに世間並みの調度類があるわけでもなく、じつに質素にしていたようだが、それでもさっぱりと片付けてあり、風情ゆたかに暮らしていた住まいも、今は忌ごもりの僧たちが出入りしてあちこちを間仕切りなどをしている。八の宮の念誦の道具類は生前そのままであるが、仏像はみなあの山寺に移すことになっていると、僧が姫君たちに話しているのを聞くにつけ、中納言は、こうした僧たちの姿までがすっかり消えてしまったら、ここに残った姫君たちはどんな気持ちになるだろうかと想像するだに胸が痛み、さまざま考えずにはいられない。「すっかり日も暮れてしまいました」とお供の者が言うので、中納言は我に返って立ち上がる。雁が鳴きながら空を渡っていく。

秋霧のはれぬ雲居にいとどしくこの世をかりと言ひ知らすらむ

(秋霧の立ちこめる空を飛ぶ雁は、思いの晴れないこの私に、この世は仮だと前よりずっと強く言い聞かせているのでしょう)

宮（匂宮（におうみや））に会う時には、中納言（薫（かおる））はまずこの姫君たちのことを話題にする。八の宮が亡くなった今は、それほど気兼ねもいらないだろうと思い、宮は、熱心に手紙を送っている。なんということのない返事であっても書きづらく、気の引けるお方だと姫君たちはこの宮のことを思っている。「宮は、それはたいそうな色好みであると広く世間に噂されていて、私たちのことも風流で洒落（しゃれ）た恋の相手だと思っていらっしゃるようだけれど、こんなにも草に埋もれた葎（むぐら）の住まいから差し出すお手紙の筆跡など、どんなに場違いで古めかしく見えることだろう」などと思って気が滅入る。

「……それにしても、あきれてしまうほど明け暮れ過ぎていくのが、月日というものだった。こんなにはかなかった父宮のご寿命を、まさか昨日今日とは思わずに、ただこの世は無常で頼りないということばかり毎日見聞きしてきたけれど、父宮も私たちも、死に後れたり先立ったりするといっても、そんなに時を隔てることはないとなんとなく思っていたのに。今までのことをふり返ってみても、これといって希望の持てる暮らしではなかったけれど、ただ毎日のんびりともの思いに耽って、何をこわがるでもなく気兼ねするでもなく暮らしてきたのに、今は風の音も荒々しく聞こえ、今まで見たことのない人が連れだってやってきて、案内を請われると、まず胸がどきどきして、なんだかおそろしくて情けない思いをさせられるようになってしまった、それだけが本当にたえがたい……」などと、姫君たちは二人で話し合っては乾く間もなく涙を流す。そうしているうちにその年も暮れる。

　雪や霰の降りしきる頃は、どこでもこんなふうにすさまじい風の音だけれど、姫君たちは、今はじめて山里に分け入って住んでいるかのような気持ちになる。女房たちの中には、「ああ、今年も終わりますね。心細くて悲しいことも終わって、すっかり新しい春になってほしいものです」と気を落とさずに言う者もある。それは難しいわね、と姫君たちは聞いている。八の宮がこもることがあったからこそ、向かいの山寺からも人の出入りがあったのである。阿闍梨からは、いかがお過ごしかと通りいっぺんの便りがまれにあるけれども、今はなんの用もないので、邸に顔を出すこともない。こうしてますます人の姿もすっかり見られなくなってしまったことを、仕方がないとは思いながら、やはり姫君たちは悲しんでいる。以前はまるで目にも留まらなかった山賤の者たちでも、八の宮が亡くなってからは、ときたま姿を見せることがあるとありがたく思う。この季節にふさわしく薪や木の実を拾って持ってくる山人もいる。

　阿闍梨の僧坊から炭などが送られてくるのに際して「長年のあいだ、こうして続けてまいりました宮へのご用立てが、今年から終わってしまうのもさみしいものです」

との伝言がある。長年こちらからも、冬ごもりをする僧たちが山風をしのげるように綿入りの衣類を送っていたことを姫君たちは思い出す。山寺に帰る使いの法師たちやお供の童などが山道を上っていくのが、たいそう雪深い中に見えては隠れる。姫君たちは泣く泣く端近に出て見送っている。

「父宮がたとえ御髪を下ろして出家なさったとしても、生きていらっしゃるのだったら、こうして山寺から通ってくる人もおのずと多かったでしょうに。どんなに悲しく心細いといっても、まったく会えないということはなかったでしょうに」などと、しみじみと語り合う。大君は、

　君なくて岩のかけ道絶えしより松の雪をもなにとかは見る

　（父宮がお亡くなりになって、山寺に通う険しい道の行き来も途絶えてしまったけれど、あなたは、この松にかかる雪を何と見るかしら）

中の君、

「奥山の松葉に積る雪とだに消えにし人を思はましかば

　（せめて亡き父宮を、奥山の松葉に積もる雪とでも思うことができたら、どんなにいいでしょう）

うらやましいことに、雪は消えてしまっても、また降り積もるのだから」

中納言は、新年になってからだとおいそれと訪ねることもできなくなると思い、暮れのうちに宇治に向かった。雪もだいぶ降り積もり、ふつうの身分の人でも姿を見せなくなったのに、並々ならぬ立派な様子で気軽に訪ねてくれた中納言の気持ちは浅いものではないと思い知らされ、姫君たちはいつもより手厚く、席などを用意させる。中納言のために、服喪中の黒塗りではない火桶の、奥にしまってあるものを取り出して、塵を払いつつも、八の宮がこの方の訪問を心待ちにして、よろこんでいた様子などを女房たちも話し出す。対面するのはただもう気恥ずかしいばかりだけれど、それでは人の気持ちがわからなさすぎると中納言が思うだろうから、仕方がないと思って応対する。打ち解けて、というわけではないが、以前よりは多少言葉も多く話す大君の様子は、たいそう好ましく、奥ゆかしい感じである。こうした対面だけではとてもすませられない、と中納言は思うにつけても、なんとも身勝手な我が心だ、やはり気持ちは変わってしまうものなのだな、と思っている。

「宮が、どういうわけか私をお恨みになることがあるのです。胸に染みるご遺言を父宮から承った時のことなど、私が何かのついでにちらりと話してしまったのかもしれません。あるいは宮はいかにも抜け目のないご性格ですから、想像なさったのかもしれません。どうにか気持ちを伝えるようとりなしてほしいと、頼りにしているのに、姫君たちからお返事もいただけないのは、この私がうまくやらないからだとたびたびお恨みになるのです。じつに心外な言いがかりだとは思うのですが、こちらの山里への案内役を、そう強くも断ることはできずにいます。どうしてそんなに宮をすげなくお扱いになるのでしょう。好色な方のように世間では噂しているようですが、心の奥底は不思議なくらい情の深い方でいらっしゃいます。軽いお気持ちで声を掛けられる女たちが、軽々しくすぐその気になってしまうのを、まったくありふれている女だと宮はお見下しになっているのかと思うこともありますが……。何ごとも成り行きにまかせて、我を張ることもなく穏やかにかまえている人であれば、素直に世間の常識に従って、何があっても騒がずに見過ごし、ちょっと心外なことがあっても、仕方がない、これもさだめだと自分に言い聞かせられるでしょうから、かえって末長く添い遂げるということもあります。『神奈備(かむなび)の三室(みむろ)の岸やくづるらむ龍田(たつた)の川の水の濁れる（拾遺集／龍田川の水が濁っているのは、上流の三室の岸が雨で崩れたからでしょうか）』という古歌がありますが、いったん夫婦仲が崩れはじめると、龍田川の水が濁るようにその名も汚れ、取り返しもつかないくらい縁が切れてしまうこともありがちなようです。宮は情の深い方のようですから、とくに意に染まぬことの多いようなお相手でなければ、けっして軽々しく心変わりなどなさらないはずです。宮についてはほかの人が存じ上げないことでも私はよくよく承知していますから、もしお似合いの縁談だとお思いになり、そのようなお気持ちがありましたら、そのお仲立ちなどは私が心の及ぶ限り務めさせていただきます。そうなりましたらあちらとこちらの両方を行き来して、さぞや脚の痛いこととなるでしょうね」と、たいそう真面目な面持ちで言い続ける。大君は、自分自身のことだとはちらりとも思うことなく、妹君の親になったつもりで答えようと思案をめぐらせるが、やはりどのように返事をしていいのかわからないような気がし、

「なんと申し上げたらいいのやら……。私たちにお心を掛けてくださっているように話されるので、かえってなんとお答えしたらいいものやらわかりません」と笑って言う。おっとりした物言いで好ましく感じられる。

「かならずしもこのお話はあなたご自身のことだとお聞きにならずともいいかと思います。あなたは、雪を踏み分けてわざわざやってきたこの私の志を、姉君としてわかっていただければと思います。宮がお心を寄せていますのは妹君のようですから。宮が妹君にそのことをちらりとお手紙で伝えたようですが、さあ、他人の私にはよくわからないことですから……。宮へのお返事などはどちらの方がなさっているのですか」と中納言が訊くので、大君は、「よかった、よくぞ自分は冗談にも宮にお返事な

ど差し上げなかったものだ」と思う。「別にどうということもないけれど、中納言の君のこのお問いかけにも、どんなに恥ずかしく胸がつぶれる思いがしたことだろう」と思うと、とても返事などできずにいる。

雪ふかき山のかけはし君ならでまたふみかよふ跡を見ぬかな

（雪深い山の架け橋は、あなたさまのほかに踏み通う跡を見たことは――あなた以外とお手紙のやりとりをしたことはありません）

と書いて差し出す。

「そんな言い訳をなさると、かえって疑ってしまいます」と中納言は言い、

「つららとぢ駒（こま）ふみしだく山川（やまがは）をしるべしがてらまづやわたらむ

（氷に閉ざされ、馬が踏み砕いて通る山川を、宮を案内をしながら、私が先に渡りましょう――まず私が先にあなたへの思いを遂げたい）

それでこそ浅くはない気持ちでこちらに伺う甲斐もあるというものです」と中納言が言うので、大君はあまりの心外さに気分を害し、返事をせずにいる。きっぱりと近づきにくく取り澄ましているようには見えないけれど、この頃の若い女たちのように思わせぶりなところのない、じつに難のない穏やかなご性格なのだろう、と想像せずにはいられない。こうであってほしいものだという予想にたがわぬ人だ、と中納言は

思う。何かにつけて思いを打ち明けるが、大君はそしらぬふりをしているので、中納言は決まり悪くなり、八の宮の思い出話などを真面目な顔で話す。

「日が暮れてしまったら雪がいよいよひどく降って、空も閉ざされてしまいます」とお供の人々が咳払い(せきばら)いをして促すので、中納言は帰ろうとして、

「おいたわしく思わずにはいられないお住まいです。私の京の邸は、山里のように本当に静かで、人の出入りのないところですが、もしあなたがたがお移りになる気持ちになってくださったら、どんなにうれしいでしょう」と言う。それを小耳に挟んで、そうなればどんなにすばらしいことでしょう、と笑みを浮かべる女房たちがいるのを、中の君は、なんと見苦しい、どうしてそんなことがあってよいものか、と思って聞いている。

大君は果物を見映えよく盛って差し出し、お供の人々にも肴(さかな)などを体裁よく用意して酒とともに出す。あの、中納言の香りが移ったことで騒がれた宿直人(とのいびと)が、鬘鬚(かずらひげ)とかいう濃い鬚面で無愛想に控えている。頼りない番人だと中納言は思い、彼を呼び出して、

「どうしているか。八の宮がお亡くなりになってから、心細いだろうね」などと訊く。宿直人は顔を歪(ゆが)め、気弱げに泣き出してしまう。

「どこにも頼る人のいない身の上でして、ただ宮さまおひとりのご庇護の元に三十余年を過ごしてきましたので、宮さま亡き今はなおのこと、野山にさまようにしても、どの木の元を頼りにすればいいのかわかりません」と言い、ますますみっともない顔つきになる。

八の宮の暮らしていた部屋を開けさせると、たいそう塵が積もり、仏前だけは供花の飾りが以前と変わらず、宮が勤行を行っていたとおぼしい席は取り払って片付けてある。自分が出家の望みを遂げた時には……、と八の宮と約束したことを思い出し、

立ち寄らむ蔭（かげ）とたのみし椎（しひ）が本（もと）むなしき床（とこ）になりにけるかな

（いずれその木陰に身を寄せようと頼りにしていた椎（しい）の木の根本――出家した際には導いていただこうと頼りにしていた宮は亡くなり、そのお席も虚（むな）しい床となってしまった）

と柱に寄りかかって座っている姿を、若い女房たちはのぞき見ては褒めている。

日が暮れた。この近くの、中納言の荘園を預かっている人々のところに、お供の者が今晩は泊まりかと気を利かせて、あらかじめ秣（まぐさ）を取りにいかせていた。それを中納言は知らずにいたのだが、田舎じみた者たちが仰々しく連れだってあらわれたので、これはまずい、泊まるつもりだったようでばつが悪い、と思い、彼らがあの弁の君を

訪ねてきたかのように取り繕う。いつも今日のようにこの邸の用を務めるように彼らに命じて、中納言は京へと帰った。

新しい年になると、空の景色もうららかになり、水際の氷も溶けていく。今までよく生き長らえたものだと思いながら、姫君たちはその様子を前にぼんやり沈んでいる。阿闍梨(あじゃり)の僧坊から、「雪のあいだに摘んだものです」と、沢の芹(せり)や蕨(わらび)などが送られてくる。それを精進の食膳にして用意するのに、「山里は山里なりに、こうした草木の様子で、月日の移り変わりがはっきりわかるのがおもしろいことですね」などと女房たちが言っているが、いったいどこがおもしろいのだろう、と思って姫君たちは聞いている。

君が折(を)る峰の蕨(わらび)と見ましかば知られやせまし春のしるしも

(もしこれが父宮が折ってきてくださった峰の蕨であるのなら、春の訪れたしるしと思えるでしょうに)

雪深き汀(みぎは)の小芹(こぜり)誰がために摘(つ)みかはやさむ親なしにして

(雪深い水際の小芹を、いったいだれのために摘んでたのしもうというのでしょう、親もいない私たちは)

などと、とりとめもなく詠み交わしては明け暮らしている。中納言からも宮からも、折々の機会を外すことなくお見舞いの便りがある。まとまりもなく、たいしたこともない便りなので、いつものように書き漏らしたようで……。

花盛りの頃、宮は、去年の春に挿頭の歌をやりとりしたことを思い出して、その時お供していっしょに見聞きした君達なども、「なんとも奥ゆかしかった親王のお住まいを二度と見ることもなくなってしまいました」などと、なべて無常の世のはかなさをみな口にするので、宮は、宇治を訪れたくてたまらなくなる。

つてに見し宿の桜をこの春は霞へだてず折りてかざさむ

（昨年は旅の途中によそながら見たお邸の桜を、この春は、霞を隔てずにこの手で折って挿頭にしたいものです）

と、なんの気兼ねもなく送る。中の君は、とんでもないことだと思いながらも、たいそう気持ちも晴れない折だったので、みごとな宮の手紙の、うわべの風情くらいは無にするまいと思い、

いづくとか尋ねて折らむ墨染に霞みこめたる宿の桜を

（いったいどこをおさがしになって手折るのでしょう、薄墨の喪に霞が立ちこめた宿の桜ですのに）

やはりこんなふうにとりつく島もないそっけなさなので、宮は心底情けなく思う。

宮は思いがあふれんばかりになると、ただ中納言をあれこれと責め立てて恨み言を言うので、中納言は内心おかしく思いながら、いかにも姫君たちの後見だといった顔で受け答えをし、宮の浮気な気持ちを見抜いたりした時は、その都度、「そんなことでは、とてもとても」などと意見するので、宮も気を遣っているのだろう、「私の心にかなう人とまだ出会えないだけだ」と弁解している。

この宮が、右大臣（夕霧）の六の君（夕霧と藤典侍の娘）をまったく気にも留めていないことを、右大臣はいささか不満に思っている。けれども宮は、

「親族として近すぎて心ときめくような方ではないし、父大臣も大げさでうるさい方だから、ちょっとした浮気でもいちいちやかましくされるのが厄介だ」と陰では言っていて、取り合わないでいる。

その年、朱雀院から譲り受けた三条宮が焼けてしまって、入道の宮（女三の宮）は六条院に移った。何かと忙しいのに紛れて、中納言は宇治の姫君たちの元に長いあいだ訪れていない。生真面目な中納言は、ふつうの人とは考え方がまるきり違っていて、じつにのんびりと、姫君たちは自分のものだと信じていながらも、女のほうが心を許

さぬ限りは、馴れ馴れしい無体な振る舞いはすまいとも思い、それでも八の宮との約束を自分が忘れていないことをよくよくわかってほしいものだ、とも思っている。

その年は、例年よりも、だれもが持て余すほどの暑さだった。宇治川のほとりはさぞや涼しいだろうと思い出し、中納言はそのまま宇治に向かうことにした。朝の涼しい頃に京を出たが、宇治に着く頃には避けようもなく射しこんでくる陽射しがまぶしくなり、中納言は、八の宮が住んでいた部屋の西の廂に宿直人を呼んで、休んでいる。姫君たちは西面の母屋の仏間にいたのだが、客人にあまりに近くてもよくないからと、自分たちの部屋に移る。そっと気づかれないようにしていたのだが、どうしても、姫君たちが身じろぎするのがすぐ近くで聞こえてしまう。中納言はじっとしていられず、こちらに通じている襖の端のほう、掛け金をしたところに、穴が少しあいているのを以前から知っていたので、その外側に立てた屏風をどかし、のぞいてしまう。しかし穴のすぐ向こう、襖のあちら側に几帳を添えて立ててあるので、ああ残念、と思い、元の場所に戻ろうとしたちょうどその時、風が簾を高く吹き上げたらしく、

「丸見えになってしまう。その御几帳をこちらに押し出して」と言う人がいるらしい。馬鹿なことを、と思いつつもうれしくて、中納言はのぞいて見てみる。すると几帳を、高いのも低いのもすべて二間の簾に押し寄せて、この襖のちょうど向かいの、開いて

いる襖を通って、姫君たちが部屋に向かうところだった。

まずひとり（中の君）が立ちあらわれて、几帳のあいだからのぞいて、中納言のお供の人々が何かと行き来してみんなで涼んでいるのを見ている。濃い鈍色の単衣に、萱草色（黄がかった紅。喪服の色）の袴が引き立って、かえってふつうとは異なってはなやかに見えるのは、着ている人の人柄ゆえだろう。掛け帯（参詣の時、女性が胸の前から背後にまわして結ぶ）をかたちばかり掛けて、数珠を袖口に隠し持っている。たいそうすらりとした姿のうつくしい人で、髪は袿の裾に少し足りないほど、その髪の末までほんの少しも乱れもなく、つやつやと量が多くてなんとも可憐である。横顔など、たいそうかわいらしく見え、顔色もつややかで、ものやわらかにおっとりした感じである。女一の宮（明石の中宮の長女）もこのようでいらっしゃるだろうか、とかつてちらりと見かけた姿を思い出しては比べてみて、中納言はため息をつく。

もうひとり（大君）がいざり出て、「あの襖のところからのぞかれないかしら」とこちらを見る様子は、まったく気を許していないようで、慎み深い人に思える。頭のかたちや髪の掛かり具合など、先ほどの人よりももう少し気品があり優雅である。

「襖の向こう側に屏風も立て添えてありますよ。まさか、すぐにのぞいたりなさいませんよ」と若い女房たちの中にはまるで疑うこともなく言う者もいる。

「見られたりしたらたいへんなことになりますよ」と、気掛かりそうにいざりながら奥へと入ってしまうのが、一段と高貴で奥ゆかしく見える。黒い袷の一襲、先ほどの人と同じような色合いのものを着ているけれど、こちらはやさしく優美に見え、いたわしさに胸が苦しくなるほどだ。髪はすっきりした程度に抜け落ちたのだろう、先が少し細くなり、光沢のある翡翠色でじつにうつくしく、縒り糸を垂らしたかのようだ。紫の紙に書いてあるお経を片手に持っているが、その手はもうひとりよりもほっそりとして、痩せぎすのようである。立っていたひとりも襖の戸口に座り、何があったのか、こちらのほうを見て笑みを浮かべる。こぼれるような魅力である。

文庫版あとがき

六巻は大展開の巻である。何しろ物語の主人公である光君が亡くなってしまう。でもその前に「夕霧」である。

「少女（おとめ）」で雲居雁（くもいのかり）との幼い恋を引き裂かれ、浅緑の袖の色と見下されたことをずっと根に持ちつつも、雲居雁を思い続けた夕霧は、「藤裏葉（ふじのうらば）」でようやくその思いを遂げる。「源氏物語」では、気持ちがすれ違ったり、愛されずに苦しんだり、愛されて苦しんだりする登場人物がほとんどであるのに、この二人はめずらしく相思相愛で結ばれている。二人が結婚できることになったときは、私もすっかり祖母大宮みたいな気持ちになってよろこんだのだが、そのぶん、この帖で「夕霧よ、おまえもか」と大きく落胆した。

雲居雁とのあいだに子どもが七人も生まれ、雲居雁は今なおかわいらしく、夕霧もさぞや幸福に暮らしているだろうと思いきや、友人柏木の未亡人、落葉の宮に心奪われる。彼女の母である一条御息所を見舞うふりをして、嫌がられているのに落葉の宮を口説き続ける。

紫式部がすごいと思うのは、本妻宅と浮気先の落差を描くところである。雲居雁が待つ家ではちいさい子どもたちが遊び、泣き、散らかっていて騒々しいことこの上なく、妻は乳を出して赤ん坊に含ませたりしている。一方、一条御息所と落葉の宮が暮らす家は、しーんと静まりかえっている。煩雑な生活と日常の女から逃げて、雅やかな静けさと非日常の女を求め、月を眺めてもの思いに耽っている男の姿は、現代の小説にも登場しそうではないか。

雲居雁という女性は、じつに現代的に描かれている。ほかの女のもとに向かう夫の衣裳に香を薫きしめながらも、香炉の灰をかぶせてしまう鬚黒の大将の北の方や、苦悩を抑えておだやかさを演じる紫の上などとは異なり、女からきたと思った手紙を、雲居雁は取り上げて隠してしまうのだ。「いつも私のことを鬼と言っているでしょう、だから鬼になってしまおうと思いますの」「いっそのこと死んでしまえばいいのに」「見れば憎いのです。聞けば癪に障る」と夫相手に思ったことをずけずけ言って、しまいには実家に帰ってしまう。源氏物語に登場する女性たちのなかでもとびきり現代的で、キュートに描かれていると私は思う。

しかしながらこのキュートな雲居雁の、手紙を隠すというういたずらが、このあとの、もとに戻れぬすれ違いのきっかけとなってしまう。

この帖での、落葉の宮と母である一条御息所の関係も興味深い。今だったら一卵性母娘とでもいうのだろうか、ぴったりと寄り添って生きているかのような仲のよさだ。宮は、母にどう思われるかを全神経で気にしていて、母も、娘が他人から馬鹿にされることが許せない。それはひいては自分自身が馬鹿にされることだからだ。病に苦しんでいた母は、それゆえに亡くなってしまうのだが、私には、娘にたいする失望、いや、あたかも自分自身が全否定されたかのような絶望のゆえにいのちを落としたように思えてならない。

父である光君を反面教師としたかのように、まじめ一辺倒だった夕霧は、ここで、本当に嫌な男に描かれている（ように私には思える）。勉強ひと筋妻ひと筋だった無骨な男が恋に落ちると、こんな無様なことになるのかと思わずにはいられない。

私はこの帖のなかで、紫の上が胸の内で本音を語ることに、なんだかとても深い意味を見てしまう。話の流れとしては、このような無粋な夕霧のやりようを嘆く光君が、自身のきしかたゆく末を思い巡らせながら、紫の上に自分が亡くなったあとのことを話し、それを受けて紫の上が、明石の女御が産んだ女一の宮のことを考えて、胸の内でつぶやく。

「女ほど、身の振り方が窮屈でかわいそうなものはない。うつくしいものに心動かされたり、折々の風雅を味わったり、そういうことを何もわからないかのように引きこもっておとなしくしていたら、いったいどうやってこの世に生きるよろこびを味わい、無常の世のむなしさを忘れたりできるというのだろう――」

夫が亡くなり、朱雀院の妻であった母も亡くなった今、落葉の宮はどんなに嫌でも夕霧に頼るしか生きるすべはない。そうしてこの紫の上の心中の思いを読んだとき、いや、落葉の宮だけではなかったではないかと私たち読者は思い返すはずだ。これまで登場してきた多くの女たち、彼女たちのいったいだれが「生きるよろこび」を真に味わっただろうか。それ以前に、いったい女にとって生きるよろこびとはなんなのだろう……。

そのように本音を漏らした紫の上は、次の帖「御法（みのり）」で、とうとう息を引き取る。出家したいという願いは最後まで聞き入れてもらえない。光君にもっとも愛された紫の上がついに亡くなってしまうとき、私はやっぱり考えずにはいられない。紫の上はしあわせだったのか。

幼い紫の上もまた、光君に引き取られるしか生きるすべがなかった。父はいたけれど、父のもとにいけば継母にいじめ抜かれただろう。光君が連れ去らなければ、そんな暗い未来しかなかった。だから彼女に選択肢はなかった。愛されることで居場所を得た彼女は、生きる場所を確保し続けるために、愛され続けなければならなかった。そのようにしか生きるすべはなく、事実そのように生きたのだから、しあわせだったというべきなのかもしれない。でも。

この「でも」こそが、主人公たる光君亡きあとも、作者が物語を書き続けたモチベーションだったのではないか。

そうしてついにこの長い物語は主人公を失う。「雲隠（くもがくれ）」には本文はない。空白である。あまりにまばゆすぎて、私には顔が見えない、見上げた太陽みたいにただの白い光に思えた光君が、ぽっかりと空白にのみこまれる。紫の上の死をこれ以上ないほどかなしみ、女房たちにそのかなしみを紛らわせてもらった光君は、はたしてしあわせだったのか。若いころはこわいものなどひとつもなく、女性たちもほしいままにし、須磨に退居するひと幕もあったけれど、そこでのちに皇后となる姫君を産む明石の君と出会い、六条院という町みたいな本邸を造り、女性たちを配して暮らし、ひそかに望んでいたとおり位の高い皇女を妻にし、自分のわがままで紫の上の出家を拒み続けた光君が、しあわせでなかったはずはない。でも。

やっぱりここでも私は「でも」と思ってしまう。

そのふたつの「でも」のあとに思うことは、どうやらこの物語は、幸福を描くものではないぞ、ということである。光君の栄華を描く物語ではなく、人の幸福とはなんぞやを描く物語でもない。だからこそ「雲隠」で源氏物語は終了とならなかった。続く帖は「匂宮（におうみや）」。光君と明石の御方の娘、明石の中宮が帝とのあいだに産んだ子の名が付けられている。

この帖のはじまりにはこう記される。

「源氏の光君が亡くなったのちは、あの輝く光を継ぐような人は、大勢の子孫の中にもいないのであった」。

つまり、ここから先にはスーパースターはいっさい登場しませんよと宣言が成されている。光り輝かない人たち、つまりごくごくふつうの人たちしか出てきません、という宣言のもと、ふたたび物語ははじまる。

私感であるが、「匂宮」「紅梅」「竹河」は、そう宣言したはいいものの、作者はまだストーリーを思いつきかねているような気がする。あるいは思いついてはいるが、「こうではないんだよなあ」と書きながら書きあぐねている気がする。

だからこそ「橋姫」の冒頭は、あらたな物語の幕開けの予感に満ちていて、「きた！」と思ってしまう。

「その頃、世間からは忘れられている古い親王(みこ)がいた」。「橋姫」の冒頭のこの語り口に、やっと作者が物語の先をつかんだ、そのよろこびと興奮が感じられる気がするのである。ここからがいよいよ作者の本調子。

光君の母の異なる弟で、政権争いにやぶれ、妻も失い、家も焼け、宇治にひきこもって二人の姫君を育てる八の宮に焦点があたる。娘たちが心配で出家こそしていないが、僧のように暮らしている。その噂を聞きつけ、ぜひとも八の宮に会いたいと出向いてくるのが、薫である。女三の宮と柏木の不義の子で、自身の出生について知る以前から、薫には厭世的なところがあり、自分はふつうの男と違い、恋愛沙汰なんかには興味がないのだと（自分では）思いこんでいる。それで、俗聖として暮らす八の宮と、仏道の話をしたかったのである。

実際彼は、八の宮のもとに通い続けて三年たとうとも、娘たちには関心を示さない。それがたまたま八の宮不在の夜、宇治を訪れた薫は、琵琶と箏の琴を弾きながら語り合っている姉妹二人の姿を見てしまう。

ここから人々の運命がくるいはじめる。思い出してみれば、生まれたときから厭世的にならざるを得ない薫の存在へとつながる悲劇は、彼の実父である柏木が、女三の宮を「見て」しまったことからはじまっている。親の因果が子に報う、ではないけれど、作者は運命の残酷さをこんなふうに周到にあざやかに描いてみせる。子に報うだけならばまだいいが、因果は波及してこの姉妹、匂宮、このあと登場する浮舟、彼らの周囲にいる人々の運命までゆがめていく。

この「橋姫」のなかで、薫は自身の出生の秘密を知るわけだが、弁の君によってそれが語られるとき、今は亡き柏木や、まだ若く出家もしていなかった女三の宮、妻を寝取られるというはじめての屈辱を味わった光君を、まるでよく知るだれかのように思い出している自分に気づき、驚いた。いつのまにか、源氏物語に登場する人々が、私のなかでいのちを持って生きていることに気づかされた驚きである。

それにしても薫中納言のむっつりすけべぶりは、姉妹を垣間見てからどんどんエスカレートしていく。薫と出会ったことによって、姉妹、とくに大君は不幸へと突き進むわけだが、彼もまた、二人の姿を見なければ、自分は女にも恋にも興味がない、いや女を見たいし手に入れたい、と真っ二つに引き裂かれる自己を知ることもなかったろう。八の宮と仏教談義をしていたときのほうが、よほど心おだやかで幸福だったろう。

いや、そうだった、この物語は幸福を描く物語ではないのだと、ここでもまた、私は自身に言い聞かせる。姉妹と薫、匂宮を、この先待ち受ける運命とは――。人の不幸を書けば書くほど冴えわたる作者の筆が、この先さらに炸裂していく。

二〇二四年三月　角田光代

主要参考文献

・『源氏物語』六　石田穣二・清水好子 校注 （新潮日本古典集成） 新潮社　一九八二年
・『源氏物語』四・五　阿部秋生・秋山虔・今井源衛・鈴木日出男 校注・訳 （新編日本古典文学全集） 小学館　一九九六、九七年
・『新装版全訳　源氏物語』四　與謝野晶子　角川文庫　二〇〇八年
・『源氏物語』四・五　大塚ひかり全訳　ちくま文庫　二〇〇九年
・『ビジュアルワイド　平安大事典』　倉田実 編　朝日新聞出版　二〇一五年

本書は、小社から二〇一八年十一月に刊行された『源氏物語　中』（池澤夏樹＝個人編集　日本文学全集05）より、「夕霧」から「幻」、二〇二〇年二月に刊行された『源氏物語　下』（同全集06）より、「匂宮」から「椎本」を収録しました。文庫化にあたり、一部加筆修正しました。

kawade bunko
古典新訳コレクション

源氏物語（げんじものがたり） 6

二〇二四年 六 月一〇日 初版印刷
二〇二四年 六 月二〇日 初版発行

訳 者 角田光代（かくた みつよ）

発行者 小野寺優
発行所 株式会社河出書房新社
〒一六二-八五四四
東京都新宿区東五軒町二-一三
電話〇三-三四〇四-八六一一（編集）
〇三-三四〇四-一二〇一（営業）
https://www.kawade.co.jp/

ロゴ・表紙デザイン 粟津潔
本文フォーマット 佐々木暁
本文組版 株式会社キャップス
印刷・製本 中央精版印刷株式会社

Printed in Japan ISBN978-4-309-42114-8

河出文庫 古典新訳コレクション

古事記　池澤夏樹［訳］
百人一首　小池昌代［訳］
竹取物語　森見登美彦［訳］
伊勢物語　川上弘美［訳］
源氏物語1〜8　角田光代［訳］
堤中納言物語　中島京子［訳］
土左日記　堀江敏幸［訳］
枕草子上・下　酒井順子［訳］
更級日記　江國香織［訳］
平家物語1〜4　古川日出男［訳］
日本霊異記・発心集　伊藤比呂美［訳］
宇治拾遺物語　町田康［訳］
方丈記・徒然草　高橋源一郎・内田樹［訳］
能・狂言　岡田利規［訳］
好色一代男　島田雅彦［訳］
雨月物語　円城塔［訳］
通言総籬　いとうせいこう［訳］
春色梅児誉美　島本理生［訳］
曾根崎心中　いとうせいこう［訳］
女殺油地獄　桜庭一樹［訳］
菅原伝授手習鑑　三浦しをん［訳］
義経千本桜　いしいしんじ［訳］
仮名手本忠臣蔵　松井今朝子［訳］
松尾芭蕉 おくのほそ道　松浦寿輝［選・訳］
与謝蕪村　辻原登［選］
小林一茶　長谷川櫂
近現代詩　池澤夏樹［選］
近現代短歌　穂村弘［選］
近現代俳句　小澤實［選］

＊以後続巻
＊内容は変更する場合もあります

河出文庫

源氏物語　1

角田光代〔訳〕　41997-8

日本文学最大の傑作を、小説としての魅力を余すことなく現代に甦えらせた角田源氏。輝く皇子として誕生した光源氏が、数多くの恋と波瀾に満ちた運命に動かされてゆく。「桐壺」から「末摘花」までを収録。

源氏物語　2

角田光代〔訳〕　42012-7

小説として鮮やかに甦った、角田源氏。藤壺は光源氏との不義の子を出産し、正妻・葵の上は六条御息所の生霊で命を落とす。朧月夜との情事、紫の上との契り……。「紅葉賀」から「明石」までを収録。

源氏物語　3

角田光代〔訳〕　42067-7

須磨・明石から京に戻った光源氏は勢力を取り戻し、栄華の頂点へ上ってゆく。藤壺の宮との不義の子が冷泉帝となり、明石の女君が女の子を出産し、上洛。六条院が落成する。「澪標」から「玉鬘」までを収録。

源氏物語　4

角田光代〔訳〕　42082-0

揺るぎない地位を築いた光源氏は、夕顔の忘れ形見である玉鬘を引き取ったものの、美しい玉鬘への恋慕を諦めきれずにいた。しかし思いも寄らない結末を迎えることになる。「初音」から「藤裏葉」までを収録。

源氏物語　5

角田光代〔訳〕　42098-1

栄華を極める光源氏への女三の宮の降嫁から運命が急変する。柏木と女三の宮の密通を知った光源氏は因果応報に慄く。すれ違う男女の思い、苦悩、悲しみ。「若菜（上）」から「鈴虫」までを収録。

源氏物語　6

角田光代〔訳〕　42114-8

紫の上の死後、悲しみに暮れる光源氏。やがて源氏の物語は終焉へと向かう。光源氏亡きあと宇治を舞台に、源氏ゆかりの薫と匂宮は宇治の姫君たちとの恋を競い合う。「夕霧」から「椎本」までを収録。

東京ゲスト・ハウス

角田光代　40760-9

半年のアジア放浪から帰った僕は、あてもなく、旅で知り合った女性の一軒家に間借りする。そこはまるで旅の続きのゲスト・ハウスのような場所だった。旅の終わりを探す、直木賞作家の青春小説。

学校の青空

角田光代　41590-1

いじめ、うわさ、夏休みのお泊まり旅行…お決まりの日常から逃れるために、それぞれの少女たちが試みた、ささやかな反乱。生きることになれていない不器用なまでの切実さを直木賞作家が描く傑作青春小説集。

福袋

角田光代　41056-2

私たちはだれも、中身のわからない福袋を持たされて、この世に生まれてくるのかもしれない……人は日常生活のどんな瞬間に、思わず自分の心や人生のブラックボックスを開けてしまうのか？　八つの連作小説集。

異性

角田光代／穂村弘　41326-6

好きだから許せる？　好きだけど許せない⁉　男と女は互いにひかれあいながら、どうしてわかりあえないのか。カクちゃん&ほむほむが、男と女についてとことん考えた、恋愛考察エッセイ。

ぷくぷく、お肉

角田光代／阿川佐和子 他　41967-1

すき焼き、ステーキ、焼肉、とんかつ、焼き鳥、マンモス⁉　古今の作家たちが「肉」について筆をふるう料理エッセイアンソロジー。読めば必ず満腹感が味わえる選りすぐりの32篇。

平家物語　1

古川日出男〔訳〕　41998-5

混迷を深める政治、相次ぐ災害、そして戦争へ――。栄華を極める平清盛を中心に展開する諸行無常のエンターテインメント巨篇を、圧倒的な語りで完全新訳。文庫オリジナル「後白河抄」収録。

平家物語　2

古川日出男〔訳〕　42018-9

さらなる権勢を誇る平家一門だが、ついに合戦の火蓋が切られる。源平の強者や悪僧たちが入り乱れる橋合戦を皮切りに、福原遷都、富士川の遁走、奈良炎上、清盛入道の死去……。そして、木曾に義仲が立つ。

平家物語　3

古川日出男〔訳〕　42068-4

平家は都を落ち果て西へさすらい、京には源氏の白旗が満ちる。しかし木曾義仲もまた義経に追われ、最期を迎える。宇治川先陣、ひよどり越え……盛者必衰の物語はいよいよ佳境を迎える。

平家物語　4

古川日出男〔訳〕　42074-5

破竹の勢いで平家を追う義経。屋島を落とし、壇の浦の海上を赤く染める。那須与一の扇の的で最後の合戦が始まる。安徳天皇と三種の神器の行方やいかに。屈指の名作の大団円。

古事記

池澤夏樹〔訳〕　41996-1

世界の創成と、神々の誕生から国の形ができるまでを描いた最初の日本文学、古事記。神話、歌謡と系譜からなるこの作品を、斬新な訳と画期的な註釈で読ませる工夫をし、大好評の池澤古事記、ついに文庫化。

伊勢物語

川上弘美〔訳〕　41999-2

和歌の名手として名高い在原業平（と思われる「男」）を主人公に、恋と友情、別離、人生が描かれる名作『伊勢物語』。作家・川上弘美による新訳で、125段の恋物語が現代に蘇る！

更級日記

江國香織〔訳〕　42019-6

菅原孝標女の名作「更級日記」が江國香織の軽やかな訳で甦る！東国・上総で源氏物語に憧れて育った少女が上京し、宮仕えと結婚を経て晩年は寂寥感の中、仏教に帰依してゆく。読み継がれる傑作日記文学。

百人一首

小池昌代〔訳〕 42023-3

恋に歓び、別れを嘆き、花鳥風月を愛で、人生の無常を憂う……歌人百人の秀歌を一首ずつ選び編まれた「百人一首」。小池昌代による現代詩訳と鑑賞で、今、新たに、百人の「言葉」と「心」を味わう。

好色一代男

島田雅彦〔訳〕 42014-1

生涯で戯れた女性は三七四二人、男性は七二五人。伝説の色好み・世之介の一生を描いた、井原西鶴「好色一代男」。破天荒な男たちの物語が、島田雅彦の現代語訳によってよみがえる！

仮名手本忠臣蔵

松井今朝子〔訳〕 42069-1

赤穂浪士ドラマの原点であり、大星由良之助（＝大石内蔵助）の忠義やお軽勘平の悲恋などでおなじみの浄瑠璃、忠臣蔵。文楽や歌舞伎で上演され続けている名作を松井今朝子の全訳で贈る、決定版現代語訳。

現代語訳 古事記

福永武彦〔訳〕 40699-2

日本人なら誰もが知っている古典中の古典「古事記」を、実際に読んだ読者は少ない。名訳としても名高く、もっとも分かりやすい現代語訳として親しまれてきた名著をさらに読みやすい形で文庫化した決定版。

現代語訳 日本書紀

福永武彦〔訳〕 40764-7

日本人なら誰もが知っている「古事記」と「日本書紀」。好評の『古事記』に続いて待望の文庫化。最も分かりやすい現代語訳として親しまれてきた福永武彦訳の名著。『古事記』と比較しながら読む楽しみ。

現代語訳 竹取物語

川端康成〔訳〕 41261-0

光る竹から生まれた美しきかぐや姫をめぐり、五人のやんごとない貴公子たちが恋の駆け引きを繰り広げる。日本最古の物語をノーベル賞作家による美しい現代語訳で。川端自身による解説も併録。

現代語訳 徒然草

吉田兼好　佐藤春夫〔訳〕　40712-8

世間や日常生活を鮮やかに、明快に解く感覚を、名訳で読む文庫。合理的・論理的でありながら皮肉やユーモアに満ちあふれていて、極めて現代的な生活感覚と美的感覚を持つ精神的な糧となる代表的な名随筆。

現代語訳 歎異抄

親鸞　野間宏〔訳〕　40808-8

悩める者や罪深き者を救う念仏とは何か、他力本願の根本思想とは何か。浄土真宗の開祖である親鸞の著名な法話「歎異抄」と、手紙をまとめた「末燈鈔」を併録。野間宏の名訳で読む分かりやすい現代語の名著。

現代語訳 義経記

高木卓〔訳〕　40727-2

源義経の生涯を描いた室町時代の軍記物語を、独文学者にして芥川賞を辞退した作家・高木卓の名訳で読む。武人の義経ではなく、落武者として平泉で落命する判官説話が軸になった特異な作品。

桃尻語訳　枕草子　上

橋本治　40531-5

むずかしいといわれている古典を、古くさい衣を脱がせて、現代の若者言葉で表現した驚異の名訳ベストセラー。全部わかるこの感動！　詳細目次と全巻の用語索引をつけて、学校のサブテキストにも最適。

桃尻語訳　枕草子　中

橋本治　40532-2

驚異の名訳ベストセラー、その中巻は——第八十三段「カッコいいもの。本場の錦。飾り太刀。」から第百八十六段「宮仕え女（キャリアウーマン）のとこに来たりなんかする男が、そこでさ……」まで。

桃尻語訳　枕草子　下

橋本治　40533-9

驚異の名訳ベストセラー、その下巻は——第百八十七段「風は——」から第二九八段「『本当なの？　もうすぐ都から下るの？』って言った男に対して」まで。「本編あとがき」「別ヴァージョン」併録。

現代語訳 南総里見八犬伝　上

曲亭馬琴　白井喬二〔現代語訳〕　40709-8

わが国の伝奇小説中の「白眉」と称される江戸読本の代表作を、やはり伝奇小説家として名高い白井喬二が最も読みやすい名訳で忠実に再現した名著。長大な原文でしか入手できない名作を読める上下巻。

現代語訳 南総里見八犬伝　下

曲亭馬琴　白井喬二〔現代語訳〕　40710-4

全九集九十八巻、百六冊に及び、二十八年をかけて完成された日本文学史上稀に見る長篇にして、わが国最大の伝奇小説を、白井喬二が雄渾華麗な和漢混淆の原文を生かしつつ分かりやすくまとめた名抄訳。

八犬伝 上

山田風太郎　41794-3

宿縁に導かれた八人の犬士が悪や妖異と戦いを繰り広げる雄渾豪壮な『南総里見八犬伝』の「虚の世界」。作者・馬琴の「実の世界」。鬼才・山田風太郎が二つの世界を交錯させながら描く、驚嘆の伝奇ロマン！

八犬伝 下

山田風太郎　41795-0

仇と同志を求め、離合集散する犬士たち。息子を失いながらも、一大決戦へと書き進める馬琴を失明が襲う——古今無比の風太郎流『南総里見八犬伝』、感動のクライマックスへ！

妖櫻記 上

皆川博子　41554-3

時は室町。嘉吉の乱を発端に、南朝皇統の少年、赤松家の姫、活傀儡に異形ら、死者生者が入り乱れ織り成す傑作長篇伝奇小説、復活！

妖櫻記 下

皆川博子　41555-0

阿麻丸と桜姫は京に近江に流転し、玉琴の遺児清玄は桜姫の髑髏を求める中、後南朝の二人の宮と玉璽をめぐって吉野に火の手が上がる……！　応仁の乱前夜を舞台に当代きっての語り手が紡ぐ一大伝奇、完結篇